비평의 오쿨루스

우리 시대의 시와 문화에 관한 에세이

지은이 김정남

서울에서 태어나 한양대 대학원 국어국문학과에서 박사학위를 받았다. 2002년 『현대문학』에 평론이, 2007년 『매일신문』 신춘문예에 소설이 각각 당선되어 문단에 나왔다. 펴낸 책으로 문학평론집 『폐허, 이후』, 『꿈꾸는 토르소』, 『그대라는 이름』, 소설집 『숨결』(제1회 김용익 소설문학상 수장작), 『잘 가라, 미소』(2012년 우수문학도서), 『아직은 괜찮은 날들』, 장편소설 『여행의 기술—Hommage to Route7』(2014년 세종도서), 서사이론서 『현대소설의 이론』 등이 있다. 현재 가톨릭관동대 국어교육과에 재직하며 창작과 연구를 함께 하고 있다.
E-mail: phdjn@daum.net

비평의 오쿨루스
: 우리 시대의 시와 문화에 관한 에세이

© 김정남, 2019

1판 1쇄 인쇄__2019년 10월 15일
1판 1쇄 발행__2019년 10월 25일

지은이__김정남
펴낸이__양정섭

펴낸곳__도서출판 경진
　　　　등록__제2010-000004호
　　　　이메일__mykyungjin@daum.net
　　　　사업장주소__서울특별시 금천구 시흥대로 57길(시흥동) 영광빌딩 203호
　　　　전화__070-7550-7776　팩스__02-806-7282

값 15,000원
ISBN 978-89-5996-681-3 03810

작가와비평

02

비평의 오쿨루스

우리 시대의 시와 문화에 관한 에세이

김정남 지음

경진출판
Kyungjin Publishing Co.

눈이 깊어진다는 것에 대해 생각한다. 문단 말석에 끼어 앉은 것이 근 스무 해가 다 되어 가고, 하잘것없는 생명으로 지구라는 별에 불시착한 것이 이제 반백 년이다. 앞으로의 생은 누구도 장담하지 못하고 육체의 곳곳에서 내구연한이 다 했음을 수시로 알려온다. 그럴수록 내가 지금껏 일구어온 보잘것없는 글밭을 생각해 본다. 앞으로 얼마나 씨앗을 품을 수 있을지, 그 씨앗을 틔워 어떻게 문실문실 키워낼지, 알곡이 맺히면 또 어떻게 하나씩 하나씩 거두어드릴지, 그렇게 글밭을 묵묵히 가꾸어 가면 내 눈은 얼마만큼 깊어질지.

인생에서 얻을 수 있는 것은 결국 깊이라는 생각이 든다. 모든 것을 끌어안고 뒹굴고 아파하다가 결국 도달한 웅숭깊은 심안(心眼)의 경지 말이다. 그 지평을 얻기 위해 이렇게 많은 말을 쏟아내고 있는 모양이다. 햇수로 7년 동안 쓴 평문들을 모아 본다. 다시는 이런 기회를 얻을 수 없을 것 같았는데, 사방에 흩어져 있던 알곡들을 거두어들이는 것도 글밭을 매는 이의 의무라는 생각이 들어 되처 낱장들을 엮는다.

오쿨루스(óculus). 라틴어로 눈(眼), 시력, 관찰력이란 뜻과 함께 심안(心眼)의 의미를 지니고 있다. 또한 로마 판테온의 돔 정상부에 있는 원형의 개구부로 우주를 뜻하는 돔과 함께 태양을 상징한다. 창문이 없는 판테온은 오로지 오쿨루스를 통해 들어오는 빛으로 내부를 밝힌다. 모든 예술은 벙어리라는 노드롭 프라이의 오래된 명언을 떠올린다. 비평은 작품의 입이 되어 무명의 어둠을 밝혀주는 작업이다. 그러기 위해서 오쿨루스와 같은 심안을 얻어야 할 것이다. 작품 속 캄캄한 우주를 밝히는 한 줄기 빛은 비평의 눈에서 나온다고 믿는다. 그런 의미에서 이번 평론집의 제목을 『비평의 오쿨루스』라 명명한 것이다.

오래 매달린 일에는 난숙의 경지가 있기 마련이다. 하지만 문학하는 일은 생활의 달인이 아니어서 거기엔 반드시 생의 무르익음이 동반되어야 한다. 나는 어느 시인 쓴 산문의 한 구절처럼 "전쟁이 끝난 줄 모르고 참호 속에서 전의를 가다듬으며 분대원들을 독려하는 장기복무 분대장의 고독"을 운명처럼 받아들이며 "찔러, 찔러, 길게 찔러, 한 번 더 내리막고 베어."(박세현, 「흩어진 문장들」)를 외치듯 자모(字母)를 조립할 것이다. 그런 행위를 통해 나는 비루한 생의 시간과 길항할 수 있는 마음의 텃밭을 갖게 되고 그 순간순간이 나를 기투하게 한다는 것을 안다.

이번 평론집엔 시의 본질적인 물음에 답하고자 노력한 제1부 '시안(詩眼)을 벼리는 눈', 전통적인 시인론과 작품론에 해당하는 제2부 '서정을 읽는 눈'과 함께 문학판에 대한 일갈을 담은 제3부 '문학장(場)을 읽는 눈', 당대의 사회문화적 현상에 대한 해석을 담은 제4부 '문화를 읽는 눈'을 덧대어 기존의 문학평론의 시각을 확대해 그 외연을 넓혀 보고자 하였다. 장광설로 혹은 잡설로 여겨질 수 있는 글들 속에서도 필자의 비평의식을 당신의 마음의 현을 살짝이라도 건드릴 수 있다면, 이 부질없는 일에 조금의 위안이 될 수 있겠다. 어느 누구에게도 격려 받지 못하는 내 글쓰기의 운명은 스스로 깊어짐으로써, 아니 깊어진다고 착각함으로써 재생된다. 암흑을 밝히는 둥근 빛처럼 내가 가 닿은 심안으로 세상을 읽어내고 읽어내고 읽어내서…….

己亥年 季秋
김정남

| 차례 |

제3부 문학장場을 읽는 눈

제1부 시안詩眼을 버리는 눈

사물과 시적 언어의 연금술

― 시론 I

> 수력 발전소가 라인 강에 세워졌다. 이 수력 발전소는 라인
> 강의 수압을 이용하며, 이 수압으로 터빈을 돌리게 되어 있
> 고, 이 터빈의 회전으로 기계가 돌며, 이 기계의 모터가 전류
> 를 산출해 내고, 이 전류를 송출하기 위해 육지의 변전소와
> 전선망들이 세워져 있다. 전력 공급을 위한 이처럼 얽히고설
> 킨 맥락에서는 강 역시 무엇을 공급하기 위해 거기 있는 것
> 처럼 나타날 뿐이다.
> ―M. 하이데거, 이기상 옮김, 『기술과 전향』(서광사, 1993)

몰아세움(Ge-stell)과 사물, 그리고 언어

이 글의 프롤로그를 보라. 여기서 강은 어떻게 탈은폐되는가?
전기를 생산하기 위한 수단으로 얽히고설킨 맥락에서 강은 "무
엇을 공급하기 위해 거기 있는 것"처럼 존재하고 있다. 이는 자연
으로부터 동력을 얻는 방식 자체가 달라졌음을 의미한다. 과거,
풍차는 바람이 불어오기를 기다렸지 에너지를 달라고 무리하게
요구하지 않았다. 하지만 수력 발전의 경우는 최대의 에너지를
얻어내기 위해 자연을 닦아세워 이를 변형하고 왜곡시킨다. 같
은 방식으로 대지를 생각해 보자. 우리 시대의 논과 밭은 자연

자체의 생명력으로 작물들을 기르는 공간이 아니다. 그곳은 강력한 농약과 비료로 더 많은 양의 수확량을 올리기 위하여 자연을 닦아세우는 공장에 다름 아니다. 아파트, 초고층 빌딩, 도로망, 고속철도, 초음속 비행기, 핵 발전, 광케이블(……), 아니 현재 우리를 둘러싼 모든 것은 존재를 압박하고 강제하여 얻어낸 것이라고 해도 과언이 아니다.

결국, 기술에 따라 모든 존재는 자연스러운 쓸모를 넘어서 이용 가능성의 관점에서 접근해야 한다는 다그침을 받게 된다. 하이데거는 이를 '몰아세움(Ge-stell)'이라는 용어로 표현하는데, 자연에 대해 필요 이상의 에너지를 내놓으라고 무리하게 닦아세우는 '도발적 요청(herausfordern)'이 그것이다. 여기에는 자연뿐만 아니라 인간 존재까지도 부품(Bestand)적인 상황 속에 다그침을 받고 있다는 의미가 포함되어 있다. 공장에서 인간이 하나의 부품처럼 존재하는 것과 마찬가지다. 같은 맥락으로 오늘날 교수는 더 많은 연구실적을 내놓으라고 다그침을 받고 있고, 이에 따라 연구 기계로 탈은폐되어 각자의 연구실에서 논문을 생산하는 부품으로 전락했다고도 말할 수 있겠다.

기술이 지배하는 현대사회의 몰아세움 속에서 존재의 모든 조건은 이용가능성과 효용성의 맥락에서 작동한다. 이런 상황에서 "물은 유리이다.", "물오리는 수양버들의 사촌이다."(멕시코 시인 카를로스 페이세르)와 같은 말은 귀신 씨나락 까먹는 소리일 뿐이다. 물은 몰아세워 에너지를 얻어내야 할 수자원이고, 오리는 고병원성 AI를 퍼트리는 주범일 뿐이다. 바로 여기에 인간을 포함한 모든 존재를 몰아(Ge) 세우는(Stellen) 현대 기술의 고유한 탈은폐 방식이 작동하고 있다. 이는 사물과 언어의 관계에 매우 중요한 점을 시사해 준다. 기술 사회 속에 살고 있는 인간이 기술적 사고에 지배를 받게 되면 자신과 자신을 둘러싼 모든 존재를 이와 같은 도발적 관점에서 호명하게 되기 때문이다.

미메시스와 예술

아도르노의 『미학이론』에 따르면, 미메시스적 존재인 예술이 마술행위를 거부하는 것은 합리성에 관계하게 되었음을 의미한다. 자본주의 사회는 이러한 비합리성을 은폐하고 부인한다. (위에서 말한 물은 유리다, 물오리는 수양버들의 사촌이다, 라는 시구를 떠올려 보라!) 반면에 예술은 합리성으로 인해 불순해진 형상을 확고하게 포착하고, 기존 상황의 비합리성과 모순을 보여준다는 점에서 진리를 나타낸다. 그에 따르면 예술은 마술이 세속화된 것이기에 마술적 요소를 내포하고, 생산수단(기법, 형식)을 갖는다는 측면에서는 기술을 포함한다. 여기서 예술이 마술로 퇴행하느냐 아니면 사물적인 합리성으로 인해 미메시스적 충동을 버리느냐 하는 아포리아가 예술의 운동 역학을 설명해 준다.

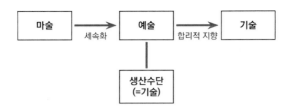

예술은 합리성에서 벗어나지 않은 채 합리성을 비판하는 합리성이다. 예술작품이 지닌 합리성은 단일성을 형성하고 조직화를 꾀하는 계기로서 작품의 외부에서 주도권을 잡고 있는 합리성과 무관하지 않지만, 그러한 합리성의 질서를 모사하지는 않는다. 이것을 통해서 예술은 기술 합리성이 지배하는 현실을 간접적으로 비판하게 된다.

예술이 하나의 사회적 사실이라고 했을 때, 그것은 예술이 정신의 사회적 노동의 산물이어서도, 소재 내용을 사회적인 것에서 끌어오기 때문이어서도 아니다. 아도르노에 따르면 예술이 사회적인 것은 예술이 사회와 대립되기 때문이다. 이런 대립은 예술이 자율적일 때 가능하다고 설명하는데, 그것은 예술이 기존 사회규범에 굴종하고 사회적으로 유용하게 되는 것을 지향하지 않고 자기 자신이 되기 때문이다. 이를 통해 예술은 총체적 교환가치를 지향하는 조건에 의한 인간의 타락을 묵시적으로 비판한다. "예술은 거기 있음으로 해서 사회 비판적이다."라는 아도르노의 명언의 밑바닥엔 이와 같은 논리가 자리하고 있다. 요컨대 예술은 사회를 직접 모방하지 않으면서 미적 반동을 통해 사회적 생산을 재생산한다.

견월망지(見月忘指)와 시적 상상력

여기서 시와 사회의 관계는 언어와 대상(사물)의 관계에서 보다 미시적으로 증명될 수 있다. 후기 대승불교의 경전인 『능가경(楞伽經)』에서 유래한 견월망지(見月忘指)라는 말을 떠올려 보자. 이는 말 그대로 달을 보면 손가락을 잊는다는 의미다. 달(사물)을 봤으면 손가락(지시체)을 잊어야지 왜 손가락만 보고 있느냐는 것이다. 따라서 여기에는 언어라는 지시체가 대상을 가리고 있어 그 본질을 직관할 수 없게 한다는 의미도 내포되어 있다.

말의 가치는 말이 숨기고 있는 의미에 있다. 이 의미는 바로 말로는 도달할 수 없는 어떤 것에 도달하려는 노력 그 자체이다. 결국, 의미는 사물을 지향하고, 사물들을 가리키지만, 결코 그것들에 도달할 수는 없다. 대상은 말 너머에 있다.

— 옥타비오 파스, 『활과 리라』

우리 세계의 경험적 사실은 이미 언어에 침윤되어 있다. 하이데거 식으로 말하자면 물이 전기에너지 생산이라는 목적을 위해 닦아세워진 이상, '물=수자원'일 뿐이다. 대상은 말 너머에 있는데, 우리는 기술의 목적합리성에 길들여진 지시체로 인해 사물의 근원을 관(觀)하지 못하는 것이다. 그리하여 본래의 우리 자신으로 돌아가는 경험, 이를 파스는 "새들을 놀라게 하지 않고 새장에 들어가는 것", "여여(如如)함의 왕국인 침묵으로 돌아가는 것",

"이름이 필요 없는 곳으로 돌아가는 것", "이름과 사물이 융합하여 하나가 되는 곳", 더 나아가 "말이 존재가 되는 시로 돌아가는 것"을 의미한다고 말한다.

난, 이때만은 모자를 벗기로 한다

난쟁이와 식탁을 마주할 때만은

난 모자를 식탁 한 가운데에 올려놓았다

이번 것은 아주 높다란 굴뚝모양의 모자였다

금방이라도 포오란 연기가 오를 것도 같고

굴뚝새라도 들어와 살 것 같은 그런 모자였다

사실 꼭 이런 모자를 고집하자는 것은 아니다

식탁 위에서 모자는 검게 빛났다

오라, 모자는 이렇게 바라보기만 하여도 되는 것이로구나

식사를 마친 우리는

벽난로에 마른 장작을 몇 개 더 던져 넣었으며

그리고 식탁을 돌았다

나, 난쟁이 이렇게 둘이서

문 밖에서 꽥꽥 하는 거위도 들어오라고 해서 중간에 끼워주고는

나 거위 난쟁이 이렇게 셋이서

모자를 돌았다.

— 신현정, 「난쟁이와 저녁식사를」 전문

"아름답고 황홀한 놀이의 珍景"(필자가 쓴 시집 『바보사막』 해설의 제목)을 펼쳐 보인 故 신현정 시인의 작품이다. 이 작품에서 화자는 '난쟁이와 식탁을 마주할 때만은' 모자를 벗어 식탁 한가운데 올려놓는다. 여기서 모자는 '쓰는' 효용가치에서 벗어나 그저 '바라보는' 대상으로 변한다. '오라, 모자는 이렇게 바라보기만 하여도 되는 것이로구나'라는 진술이 바로 그것이다. 화자와 '난쟁이'는 식사를 마치고 모자가 놓여 있는 식탁 주위를 즐겁게 돌다가, '문 밖에서 꽥 꽥 하는 거위도 들어오라고 해서' 함께 돈다. 이제 모자는 바라봄의 대상에서 유희의 대상으로 확대된다. 요컨대 이 시에서 모자는 본래 목적합리성에 부합하지 않는

용도로 활용되고 있다.

　바슐라르는 『몽상의 시학』에서 시적(詩的) 힘이 감각에 생기를 부여하고, 그 힘이 발휘되는 대목에서 우리는 즐거움의 쇄신, 즉 감각의 예민화를 받아들인다고 했다. 이때 세계의 전존재는 시적으로 몽상가의 코기토 주위에 모인다. '모자'를 '쓴다'라는 효용가치(패션의 일부, 시각 차단, 머리 보호 등)에서 벗어나 그저 바라보고 유희할 수 있는 놀이의 대상으로 여기면, 거기서는 그동안 존재하지 않았던 감각의 생기가 뿜어져 나온다. "높다란 굴뚝 모양의 모자"에는 "금방이라도 포오란 연기가 오를 것도 같고 / 굴뚝새라도 들어와 살 것 같"이 보이는 것이다. 쓰기 위한 모자가 아니라 탁자 가운데 놓고 함께 노는 모자는 이렇게 동화적인 환상적 분위기를 자아낸다. 이 모자를 중심으로 화자와 난쟁이 그리고 문밖에서 꽥 꽥 하는 거위도 들어와 빙글빙글 돌며 신나게 노는 장면은 동화 속 파티 장면을 연상시키는 무위의 놀이다. 사물에 대한 시적 상상력은, 몰아세움·목적합리성·사용가치 등에 얽매인 언어와 개념을 무화시키는 무용성에 의해서 작동한다. 아도르노가 "예술 작품이 교환에 의해 더 이상 손상되지 않은 사물들의 대변인"이라고 말한 것은 작품 그 자체의 존재론이기도 하면서 시적 상상력이 작동하는 방식을 의미하기도 한다.

언어의 주술성과 원초성

고대인들의 언어는 인간과 인간 사이의 단순한 의사소통의 수단이 아니었다. 그들의 언어는 신을 부르고, 영혼을 부르며, 해와 달과 별들을 부르고, 온갖 동식물들을 호명하며, 이들을 서로 연결하고 교섭하는 언어였다. 이런 소통이 가능했던 것은 언어가 갖고 있는 주술적 기능(마술적 기능) 때문인데, 그것은 "별이 빛나는 창공을 보고, 갈 수가 있고 또 가야만 하는 길의 지도를 읽을 수 있던"(루카치, 『소설의 이론』) 고대인의 세계관 안에서만 가능한 행복이다. 주체가 대상과 분리되어 있지 않고 연속되어 있는 총체성의 세계다. 하지만 이러한 원초적 통일성의 세계는 깨어졌고 그 끝자리에서 이제 더 이상 천상의 별이 아닌 고독과 소외로 점철된 어두운 내면 속에서 스스로 지도를 개척해 가야 하는 운명의 자리에서 소설이 시작된다고 그는 말하고 있다.

김준오는 『詩論』에서 이러한 고대인의 세계관을 다음과 같이 설명한다. 실제 사물인 '달'을 X라 하고 이 사물의 언어적 명칭을 Y라 했을 때, 원시인의 언어는 사물(X) - 언어(Y)의 형태로 언제나 사물과 구분될 수 없도록 밀착된 통일성을 갖고 있었다. 최초의 언어가 비인간적인 대상과 공감적으로 연결되는 것은, 원시인들의 의식이 대상을 '그것(es)'으로가 아니라 '너(du)'로 받아들이는 의인관적 세계관 때문이다. 그리하여 그는, 최초의 언어는 '주술적' 언어라고 규정한다. 다시 말하면 파도가 운다는 말은 실제로 파도가 운다는 것이고, 신에게 기적을 빌면 실제로 그 말이 이루어진다고 믿었던 것이다. 하지만 인간의 사고가 발달하고 그러한 인식에 힘입어 세계가 탈신비화될수록 인간과 신과 자연 사이의 소통은 불가능해지고 공감의 고리는 깨어지고 만다. 이에 따라 언어는 지시체의 의미를 실어 나르는 기능만을 수행하게 된다.

결국, 언어는 단순한 기호로 전락한다. 가령, '달'이라고 말했을 때, 달은 실재로 인식되는 것이 아니라 달을 지시하는 [dal]이라는 시니피앙 그 자체일 뿐이다. 여기서 김준오는 "시의 언어란 언어가 처음 발생하던 때의 자연과 인간이 조화된 그 원초적 통일성을 지향하는 언어"이며 이것이 곧 시어의 근본적인 특징이라고 말한다. 그리하여 분열적이고 병리적인 현대인의 삶의 조건이 "통시적 동일성(영원)을 갈망하게 하거나 원형적 동일성(신화의 세계)을 꿈꾸게 한다"고 말한다. 하지만 착각하지 말아야할 것은, 이러한 시적 언어가 지향하는 원초적 동일성의 세계가 언제나 조화로운 총체성의 세계만을 꿈꾸는 것은 아니라는 사실이다. 가령, 정현종 시인의 「사물의 꿈1— 나무의 꿈」이 보여주는 세계와 같이, 햇빛·비·바람이라는 대자연과 교감하는 나무의 생명력을 통해 우주적으로 교통하는 존재론적 이상을 구현하고 있는 것과 같은 시적 의도와 동일시해서는 안 된다는 것이다. 이것은 어디까지나 사물(X)—언어(Y)가 구분되지 않는 일체성을 통해 원초적 동일성을 실현하고 있는가 아닌가에 있는 것이다.

저 꽃들은 회음부로 앉아서
스치는 잿빛 새의 그림자에도
어두워진다

살아가는 징역의 슬픔으로
가득한 것들

나는 꽃나무 앞으로 조용히 걸어나간다
소금밭을 종종걸음 치는 갈매기 발이
이렇게 따가울 것이다

아, 입이 없는 것들

— 이성복, 「아, 입이 없는 것들」 전문

 꽃은 식물의 성기다. 이를 회음부로 지칭한 것을 보아, 꽃을
여성의 성기와 동일시한 것이다. 꽃은 벌과 나비를 부르기 위해
그렇게 스스로를 피운 채 회음부로 앉아 있다. 이에 화자는 꽃을
향해 "살아가는 징역의 슬픔으로 / 가득한 것들"이라고 말한다.
꽃은 식물이기에 움직일 수 없고 의지대로 누군가를 찾아갈 수
없다. 그저 무엇인가 찾아오기를 막연히, 묵묵히, 그리고 지루하
게 기다릴 수밖에 없는 것이다. 그러니 "스치는 잿빛 새의 그림자
에도 / 어두워"질 수밖에 없는 것이다.

 화자는 꽃나무를 향해 걸어나간다. 이 과정에서 화자는 "소금

밭을 종종걸음 치는 갈매기 발"과 같은 따가움을 느낀다. 여기서 꽃이라는 대상이 지니고 있는 고통이 화자에게로 옮아가고, 이 과정에서 이 두 대상은 내면적인 동일성을 얻게 된다. 그리하여 화자는 "아, 입이 없는 것들"이라고 탄식하듯 말한다. 이 발화는 표면적으로는 꽃나무를 향한 것 같지만, 기실 화자와 꽃나무가 동일시되어 있기에 주객의 구분은 무화된다. 여기서 입이 없는 것들이란 무엇인가? 이 시에 대해 언급한 기존의 여러 평자들은 '입'을 '구멍'으로 해석하는데 나는 생각이 다르다. 여기서 입이 없다는 것은 자신의 외로움과 고통을 '말'할 수 없다는 뜻이다. 꽃나무와 동일시된 화자가 "입이 없는" 이 세상의 모든 존재들을 향해 실존적 차탄을 토해내고 있는 것이다.

이 글의 서두에서 언급한 바와 같이 우리는 몰아세움이 낳은 탈은폐의 현실 속에서 살아가고 있다. 이렇게 기술적 사고가 지배하는 목적합리성의 세계에서, 시의 언어는 사물(세계)에 대해 연금술을 구현함으로써 미적 반동을 꾀한다. 이것이 바로 시의 언어가 갖고 있는 사회적 위상학이다. 문학을 위시한 예술은 감각적으로 분배된 대상에 대한 지각 원칙에 대해 철저하게 무관심하다. 이를 통해 예술은 "자리들과 기능들을 위계적으로 분배" 해 놓고 있는 현실에 대한 "감각의 재분할"(자크 랑시에르, 『정치적인 것의 가장지리』)을 시도한다. 그런 의미에서 모든 시적 발화는 메타-정치적인 것이라고 할 수 있다.

"시는 변신이며, 변화이며, 연금술적 작용"이라고 옥타비오 파스는 말한다. 그는 우주의 모든 것들은 "광대한 가족이며, 서로

의사소통하고, 끊임없이 변화하며, 모든 형태에는 똑같은 피가 흐르고", 시는 "인간이 자신으로부터 빠져 나오는 동시에 원초적 존재로 돌아가게 만드는 것"이라고 정의한다. 이것이 시가 사물(세계)과 교통하는 방식이며 이를 통해 "스스로 실존의 진실이라는 또 다른 진리의 세계를 창조"하는 것이다.

시의 본령을 묻다

― 시론 II

　우리 시인들의 상상력이 세계와의 길항력을 상실한 채 자폐적 사유 속에 갇혀 있다는 것은 실로 끔찍한 일이다. 세상에 어떤 일이 일어나도 상관없다는 듯 나르시시즘에 빠진 요령부득의 관념이나 교언영색으로 꾸며진 일상의 한담을 늘어 놓고 있다면, 이는 무심함을 넘어 시의 존립 의미를 상실하게 하는 일이며 하나의 직무유기다.

　언어의 긴장은 풀어지고 관념의 사치로 범벅이 된 한가한 일기 수준의 글들이 행갈이를 했다고 곧 시가 되지는 않는다. 아픈 언어, 가파른 언어, 간절한 언어, 마침내 돌파해 나가는 언어, 이런 시어를 보고 싶다. 여기 내가 고른 이 3편의 시는 진흙 속에서 간신히 찾아낸 연꽃이다. 고고한 자태를 뽐내는 가편이 아니라, 진흙탕과 같은 시대고를 떠안고 그 안에서 힘써 제 무릎을 펴고 일어선 언어라는 말이다.

내 인생은 온갖 물음으로 만든 주머니였다
물음이 울음으로 끝나지 않게 묻곤 했었지
결혼도 사랑도 하기 고단한 나라에서 우리는 무엇일까
언제까지 서로의 피난처가 못되고
서로를 믿지 못하고
서로를 인정하지 못하고
밀어내는 눈보라 소리를 낼까

페북, 인스타그램 등 SNS 무대에서
언제까지 나를 알리고, 팔아야 하나
우리는 SNS 무대가 아니면 만날 수 없는 생을 살고
쇼핑백무덤에 간편히 누워 장례식을 치르고
명복을 빌어야 할지 모른다
돈이 있으면 예전에는 그냥 부자구나 했는데,
돈이 있으면 이제는 존경하고 부러워하는 세상이 되었다

8년 일해 번 돈을 잃고
8년째 반지하방을 못 나오는
나를 화살처럼 날려버리고 싶다가도

살기 위한 모진 주먹들이
꿈꾸는 걸음들이
제대로 사랑하기 위한
몸짓이어야 함을 이제는 아네

지구가 회전의자처럼 빨리 돌고,
어느 곳이든 썩은 냄새가 난다
아무리 일해도 나아지는 게 없고
아무리 달려도 제자리걸음에
내 주머니에 흐린 눈물만 가득하다

요즘은 가는 곳마다 벼랑 같아
뭘 어찌 해야 할지 모르겠다
물음이 울음으로 끝나지 않게
나대신 비명을 지르는 유리창이 흔들린다
아, 아프다고 외치지도 못하는 저녁에

— 신현림, 「물음 주머니」 전문(『시로여는세상』, 2016년 겨울)

　　시에는 적어도 고통의 흔적이 있어야 한다. 그것이 인식론적
인 갈망이든, 현실에 대응하기 위한 안간힘이든, 그로 인한 절망
이든, 시와 현실의 계면에는 몇 방울의 피가 아교처럼 응혈져
있어야 한다. 사랑과 이념을 상실한 세기말의 내면풍경을 진술
하게 묘파했던 신현림 시인이 지금−여기 우리 삶의 지옥도를

명징하게 드러내면서 그 고통을 노래하고 있다.

먼저 화자는 이렇게 묻는다. "결혼도 사랑도 하기 고단한 나라에서 우리는 무엇일까"라고. 3포(연애·결혼·출산 포기)를 넘어 9포세대(연애·결혼·출산·취업·주택·인간관계·희망·건강·외모 포기)로 나아가고 있는 사회에서 그 사회성원의 존재를 묻는 것은, 곧 이것이 개인의 문제가 아니라 이를 불가능하게 만든 사회, 더 나아가 국가 시스템에 의문을 제기하는 것이다. 만남을 통해 "서로의 피난처"가 되지 못할 때 우리는 차라리 혼자이기를 택한다. 1인 가구의 증가는 이를 반영하고 있고 혼밥, 혼술 등의 문화는 접촉성 질병의 상태에 놓여 있는 우리의 자화상에 다름 아니다.

그렇다면 우리는 어디서 타자와 가장 쉽게 만나고 교류하는가. 화자는 SNS를 지목한다. 우리는 "SNS 무대가 아니면 만날 수 없는 생을 살고" 있다. 그곳은 수많은 이들이 스스로의 생각과 일상을 노출하고 타자들의 '좋아요'를 통해 평가받으며 그를 통해 위안을 얻는 세계다. 그러나 그 접촉이란 타자를 이해하고 관계 맺기 위한 것이 아니라 나 자신을 증명하기 위한 도취적 성격이 강하다면, 이는 진정한 만남일 수 없다. 이렇게 인스턴트화된 생의 모습은 죽음까지도 "쇼핑백무덤에 간편히 누워" 치르는 장례식으로 사물화된다.

이 속에서도 끈질기게 달라붙는 생의 기반은 지긋지긋한 돈의 문제다. "8년 일해 번 돈을 잃고 / 8년째 반지하방을 못나오는" 출구 없는 유리천장 사회! 그러나 "살기 위한 모진 주먹들이 / 꿈꾸는 걸음들이 / 제대로 사랑하기 위한 / 몸짓이어야 함을"

화자는 알고 있다. 그 소망마저 없다면 "어느 곳이든 썩은 냄새가" 나고, "아무리 일해도 나아지는 게 없는" 세상을 살아갈 이유가 없기 때문이다.

"요즘은 가는 곳마다 벼랑 같아 / 뭘 어찌 해야 할지 모르겠다"라는 진솔한 표현은 우리 시대의 억눌린 수많은 하위주체들의 생의 절망을 반영하고 있다. 그리하여 화자는 "아무리 달려도 제자리걸음"인 현실과 "꿈꾸는 걸음"이 상징하는 극복의 의지 사이에서 "아, 아프다고" 비명조차도 지르지 못한 채 질식하고 만다. 생에 대한 물음이 울음이 되지 않기 위한 화자의 악전고투가 헬조선을 견디는 우리 모두의 마음에 깊은 공감을 던져주고 있다. 부러 꾸미고 배배 꼰 언어가 아니라 날 것의 그대로의 인식과 정서를 드러낸 과감한 진술이 오히려 핍진성을 더한다.

손톱은 밤에 깎는다
시궁쥐들의 분발을 위해
인간이 못 다 저지른 악행을 대신해 준다면
우리는 더 많은 치즈를 빚을 것이다

다음엔 가혹하게 끝내주시겠지
신도 있다는데
무거운 얼굴을 씰룩거리는 새들의 병은
오늘도 차도가 없다
즐겁고 즐거운 나머지

연인들이 다정하게 손을 맞잡고 지나간다
그러자, 그렇게 하자
중국매미는 바로 죽여야 한대
천적이 없기 때문이래 친구가 말한다
천적이 없는 신 같은 건 만날 일 없던데?
그러자, 그렇게 하자

시작하는 안녕은 몰라도 끝내는 안녕은 잊지 마
팔이 하나뿐인 남자는 잊지 않았다
발이 세 개 되는 그는 유일한 팔로
세 번째 발목을 들고 근면성실 양말을 팔았다

아침에 켜두고 간 형광등이
그대로 켜져 있는 방으로 돌아왔다
불쑥 떠오른 대낮에 한 약속
기꺼이 서로의 신이 돼주기로 한
언제 어디서나 꺼낼 수 있는 포캣치즈처럼

— 유계영, 「공공 서울」 전문(『문장웹진』, 2016년 12월)

유계영 시인은 주인이 함부로 버린 손톱을 먹은 쥐가 사람으로 변해 가짜가 진짜 행세를 하는 옹고집전의 '진가쟁주(眞假爭主) 모티프'를 우선 제시한다. 그런데 여기서 화자는 시궁쥐를 "인간이 못 다 저지른 악행을 대신해" 주는 대상으로 동기를 변형하고, 이를 위해 우리는 더 많은 치즈를 빚을 수 있다고 말한다. 이처럼 쥐가 대속의 대상으로 제시된 것은 악행의 원조가 인간임을 말하기 위해서이다.

이어 "다음엔 가혹하게 끝내주시겠지"라는 심판의 묵시록이 제시되는데, "무거운 얼굴을 씰룩거리는 새들"로 상징되는 피조물들의 병은 차도가 없고, 그저 향락의 날들을 보내고 있을 뿐이다. 악의 공간인 서울이라는 소돔성은 "즐겁고 즐거운 나머지", 아포칼립스(apocalypse)의 날은 영영 오지 않을 듯이 깊은 향락의 병에 물들어 있다.

손을 맞잡은 연인들처럼 일상은 평화롭고, 천적이 없는 중국 매미는 바로 죽여 버릴 수 있지만, 천적이 없는 신은 만날 일이 없다. 언제나 숨어 있는 영생불사의 신. 인간의 비극을 지켜보기만 할 뿐 나타나 말과 행동으로 개입하지 않는 신. 그렇게 구원의 형식으로서는 부재하면서 동시에 현존하는 신. 화자는 "그러자, 그렇게 하자"라는 말을 통해 비극적 세계 인식을 담담하게 받아들이는 듯한 태도를 취하지만, 이는 포기나 체념에 다름 아니다.

팔이 하나밖에 없는 남자는 곧 발이 세 개인 남자이고, 그는 유일한 팔인 "세 번째 발목을 들고 근면성실 양말을" 판다. 이 순수하면서도 절박한 실존의 양태에도 불구하고, 신은 서울 하늘에 나타난 적도 없고 나타나지도 않는다. 그리하여 화자는 대낮에 친구와 맺은 "기꺼이 서로의 신이 돼주기로 한" 약속을 떠올린다. 서로에게 "포켓치즈"처럼 꺼낼 수 있는 신이 되어 준다는 것. 신은 숨어 있다. 있는 것은 확실하지만 언제나 부재의 방식으로만 현현하는 신. 이 비극에 맞서 서로에게 신이 되어 주겠다는 약속은, 진정한 자기구원을 상실한 "공공 서울"의 비극이 아닐 수 없다. 이때 공공을 公共(사회의 일반 구성원에게 공동으로 속하거나 두루 관계되는 것)으로 보았을 때, '공공 서울'이란 온갖 악행이 넘쳐나는 소돔성으로서의 보편적 도시공간으로 이해할 수 있다. 숨은 신에 함축되어 있는 비극적 세계인식이 공공의 서울에 어떻게 겹쳐지는가를 고구한 이 작품은, 자기구원의 불가능성과 그 단념의 방식, 더 나아가 실존적 결속의 방식을 담담하게 진술하고 있다.

세상은 매일 매순간 무너지려 한다.
한순간도 천지사방은 시간을 견디지 못한다.
한순간에 무너지고 우주가 쏟아질 수 있다.

세상 모든 새들은
잿빛 댐처럼 우주를 가둔 하늘을 틀어막고 있다.
하늘이 터져 지상이 우주로 뒤덮이지 않도록,
새들은 일생 쉼 없이 우주가 흘러나오려 하는
제 몸피만큼 작은 바람구멍들을 계절마다
매일매일 시시각각 날아다니며 틀어막고 있다.

새들이 모두 잠든 밤이면
우주가 새어나와 지구가 침수되고

집들과 배들과 별들의 깨진 창문 같은 잔해가
둥둥 떠내려왔다가 떠내려간다, 떠내려가다가
흘러내려가다가 고인 곳, 봉분처럼 쌓인, 고인의 곳.

세상의 모든 사람들은
잿빛 댐처럼 지구를 가둔 땅을 틀어막고 있다.
땅이 터져 우주가 지구로 뒤덮이지 않도록,
사람들은 일생 쉼 없이 지구가 흘러나오려 하는
제 발자국만큼 작은 땀구멍들을
매일매일 시시각각 발바닥 닳도록 서로 오가며 틀어막고 있다.

엄마들은 자식이 죽었다는 소식을 전해 듣고
그 순간 한순간에 세상이 무너질까봐
그 자리에 곧바로 무더지듯 털썩 주저앉는다.
지구가 땅속 깊은 곳에서부터 폭발해 터져나오려는
그 순간 그 자리를 틀어막듯 주저앉는다.

단 한걸음도 더 내딛지 못할 순간이 왔다.
단 한방울도 남김없이 온 힘이 빠져나간 순간이 왔다.
이제 어떡하나, 엄마들 가슴 한가운데 난 구멍을.
당장 막지 않으면 금세 금가고 갈라져 댐이 툭 터지듯
한순간 무너져내릴 텐데, 세상이 엄마로 다 잠길 텐데.
세상 모든 사람들 물살에 무릎이 부러지고

막지 못한 얼굴의 모든 구멍에서 온몸이 줄줄 다 흘러나올 텐데.

이렇게 오랫동안 기적을 기다리며
매순간 무너지려는 길을 틈새를
매순간 무너지려는 공중의 틈새를
천지사방을 이 시간을 온몸으로 막으려
죽어서도 그들은 여기에 서 있다.
　　— 김중일, 「매일 무너지려는 세상」 전문(『창작과비평』, 2016년 겨울)

　우리가 살아가는 세상은 매일 무너지려 한다. 모든 것은 시간을 견디지 못하므로 인간은 끊임없이 낡은 것을 수리하거나 허물고 다시 세우기를 반복한다. 그것이 문명의 역사라면 그 막다른 골목인 우리의 시대는 어떠한가. 네트워크 형태의 시스템으로 규율되고 작동되는 현대사회의 바벨탑은 그만큼 취약하고 그 파국은 막대하고 광범위하다. 지진·쓰나미· 전염병 등 대규모 자연재해나 테러·금융위기·각종 사고 등 사회적 재난은 전지구적으로 발생하고 있고 또 복합적인 형태를 띠기도 한다. 이는 그만큼 우리의 삶의 조건이 취약하고 불확실한 토대 위에 놓여 있다는 것을 말해 준다.

　그런 의미에서 우리의 평온한 일상이란 재난들의 간극을 아슬아슬하게 통과해 가면서 유지되고 있는 것이다. 세상의 모든 새들은 우주가 흘러나오지 않게 우주를 가둔 하늘을 막고 있고, 세상의 모든 사람들은 지구가 흘러나오지 않게 지구를 가둔 땅을 틀어막고 있다. 이 팽팽한 긴장과 위기를 "매일매일 시시각각" 견디는 존재들. 이런 존재의 재난상황은 미증유의 사태이며 종말론적인 위기의 상황을 내포하고 있다.

이때 자식이 죽었다는 소식을 전해들은 엄마들은 그 자리에 털썩 주저앉는다. 하지만 이 주저앉음이란 망연자실의 감정을 드러내는 것이 아니라 "지구가 땅속 깊은 곳에서부터 폭발해 터져나오려는 / 그 순간 그 자리를" 틀어막는 행위이다. 온몸으로 절망의 불덩이들을 막아선 엄마들. 화자는 "단 한 걸음도 더 내딛지 못하는 순간"이라고 말한다. 이어 "엄마들 가슴 한 가운데 난 구멍을" 어떡하느냐고 탄식하며 그 구멍을 당장 막지 않으면 "댐이 툭 터지듯 / 한순간 무너져 내릴 텐데, 세상이 모두 엄마로 다 잠길 텐데"라고 절체절명의 파국적 상황을 타전한다.

우리는 2014년 4월 16일 세월호 참사에서 자식 잃은 엄마들의 오열과 분노를 목도하지 않았는가. 그리고 유가족들은 자식의 죽음이라는 아픔을 딛고 이대로 진실이 수장되어 버리면 안 된다는 생각으로 지금도 진실을 인양하기 위해 싸우고 있지 않은가. "그 엄마들의 가슴 한가운데 난 구멍"을 어찌할 것인가. 당장 그 구멍을 막지 않으면 세상이 무너져내릴 텐데. 그 엄마들은 이제 갈라져 무너지려는 세상에 맞서 안간힘을 쓰고 있는 것이다. 그들은 오랫동안 "기적을 기다리며" "무너지려는 길의 틈새를" "무너지려는 공중의 틈새"를 온몸으로 막으며, "천지사방을 이 시간을 온몸으로 막으며 죽어서도" 여기 서 있을 수밖에 없다.

우리가 재난사회에 살면서도 일상이 유지되는 것은 재난의 상황을 인지한 혹은 그 비극을 이미 직간접적으로 경험한 사람들의 희생과 의로운 싸움의 결과라는 사실을 잊어서는 안 된다. 당장이라도 무너져 내릴 우주가, 당장이라도 터져 나올 지구가 오늘도 무사한 것은, 무수한 구멍들을, 균열의 틈새들을 온몸으로 틀어막고 있기 때문이다. 세상이 무너질까봐 자리에 주저앉아 온몸으로 그 순간 그 자리를 틀어막고 있는 자식 잃은 엄마들처럼.

참을 수 없는 사소함으로 가득 찬 현재 한국시단의 상황은 시대고에 허덕이는 사회 현실과 너무도 상반된다. 내밀한 자의식적 고뇌는 일기장에나 써야 할 것이고, 한가한 산책담에 불과한 이야기들은 페이스북에나 적어야 온당하리라. 시는 어디까지나 공적인 자리이고 그것은 시대와 역사의 문제를 도외시한 자리에서 개화하지 않는다. 이 혹독한 시간을 통과해 가는 우리 모두에게 보다 치열한 사유와 뼈아픈 고뇌가 필요하다. 변방 오랑캐에 불과한 나의 외로운 타전이, 오만한 언의의 성체를 쌓아올린 저 비만한 중심에 역이(逆耳)의 목소리로 전해지길 빈다.

시는 어떻게 오는가

— 시론 Ⅲ

    종이와 연필만 있으면 할 수 있는 시나 소설 따위의 기초예술
은, 자신의 생에서 무엇인가를 자발적으로 포기하지 않고서는
매달릴 수 없는 장르다. 게다가 동료와 전공자가 아니면 거의
읽지 않고 (일부 인기 작가를 제외하고는) 상업적으로도 가치가 없
는 일을 꾸역꾸역 밀고 나가는 이들은, 죽어가는 문학이라는 장
르에 아직도 매달리며 순교자를 자처하는 자인지도 모른다.

    하지만 등 따습고 배부른 가운데에서도 재주가 승하여 여기
(餘技)로 문학을 하는 자도 있겠고, 또 그렇게 썬 글이 걸작이
되지 말라는 법도 없다. 그러나 시를 위하여, 소설을 위하여, 스
스로 더 나은 일을 포기한 쓰라린 자리에서 건져 올린 언어는,

부러 멋을 부리고 윤을 낸 배부른 언어와 분명하게 구분된다. 담박한 언어와 요란하게 치장한 언어, 겸하의 언어와 교만의 언어, 뼈아픈 언어와 태평한 언어, 시적 언어를 둘러싼 이와 같은 진위의 대응쌍은 자신의 생을 언어에 바쳤는가 아닌가에 따라 결정된다.

시가 아니면 아무 것도 아닌 사람, 소설이 아니면 아무 것도 아닌 사람, 그런 이가 쓴 작품이 속 깊은 빛을 발하는 법이다. 이 캄캄한 시절에 누군가의 영혼에 촛불을 밝히는 일은 쉬운 일이 아니다. 그것은 오로지 자신을 진실하게 녹여 태운 대가를 통해서만 얻어진다. 하지만 시가 아니어도 충분히 행복한 인간들이 너무도 많고, 그렇게 무늬만 시인인 사람들이 만들어내는 허위의 언어들을 볼 때면, 분노를 넘어선 능욕의 감정마저도 감수해야 한다. 그리하여 좋은 작품을 찾아내는 일은 언제나 고통스러운 일이다.

벌교초등학교 55회
오랜만에 옛 생각에 젖어
초등학교 동창회 카페를 여니
선양이라는 여자 친구가
지난겨울 홀연히 세상을 떠났단다

친구들이 달려갔지만
만나지 못하겠다 해서

어둔 병원 주변 헐벗은 나무들처럼 우두커니서 있다
그냥 돌아왔다는데
유일하게 다녀온 친구 얘기론
그의 병실 창가에
우리들의 빛바랜 졸업식 단체사진이
덩그러니 놓여 있었다 한다

거기 나도 있었을까
난 기억조차 하지 않는 그 시절을
아직 졸업하지 않고 살아왔던 친구가 있었다니
미안해. 슬며시 다시 앉아보는
그 겨울날 얼어붙은 교실
서리진 창가
— 송경동, 「인생이라는 교실」 전문, 『21세기 문학』(2016년 겨울)

이렇게 한 시절에 머물러 있는 사람이 있다. 화자의 초등학교 동창 여자 친구 '선영'이라는 사람은 자신의 마지막 생애를 버틴 병실 창가에 "빛바랜 졸업식 단체사진"을 놓고 있었단다. 남들은 "기억조차 하지 않은 그 시절을 / 아직 졸업하지 않고 살아왔던 친구"를 생각하며 화자는 미안한 마음에 슬며시 "그 겨울날 얼어붙은 교실 / 서리진 창가"에 다시 앉아보는 것이다.

우리 "인생이라는 교실"에도 기억에 사로잡힌 이들이 있다. 시인이란 기억하는 자다. 아니 잊지 못하는 자다. 그것이 개인사

속의 상처일 수도 있고 그와 연관된 역사적 아픔일 수도 있다. 혹은 다시는 돌아갈 수 없는 유토피아의 기억일 수도 있다. 평생을 놓고 기억과 씨름하는 자가 시인이고, 자신의 기억을 통해 세계를 껴안는 자가 시인이다. 저세상으로 간 화자의 친구 선영의 기억 속의 빛바랜 초등학교 졸업사진은 아무도 기억하지 않는 그녀만의 유토피아다. 그 기억 속에서 그녀는 인생이라는 학교를 졸업했다.

아무 것도 기억하지 않으려는 무심하고도 잔인한 세계. 세월호의 절규를 지겹다 말하기를 서슴지 않으며 잊을 것을 강요하는 세계. 시인들은 망각에 저항하는 자다. 그 상처를 현재화하여 우리의 지옥도를 증명하고 마침내 어둠의 막을 찢고 가장 먼저 새벽을 맞는 자다. 우리는 언제나 기억해야 한다. 일본군 종군위안부 할머니들의 한 맺힌 역사를, 시퍼런 바닷물 속에 수장된 304명의 세월호 희생자의 이름을, 국가폭력의 물대포에 쓰러진 백남기 농민의 억울한 죽음을, 잊지 말아야 한다. 우리 인생이라는 교실에는 잊어서는 안 되는, 영원히 졸업해서는 안 되는 기억이 있다. 시인이여, 호출하라. 망각해서는 안 되는 기억을, 얼어붙은 교실 서리진 창가 자리를, 빛바랜 졸업 사진을!

바람이 읽어 내리는 경전 소리인 듯
촌스러운 얼룩무늬 차양 펄럭이는
그 집 추녀 끝으로
막 점등한 알전구 불빛 같은 노을

깃드는 저녁
듣는 이 없는 늙은 중의 염불처럼
혼자 웅얼대는 텔레비전 소리 등지고 앉아
조림반찬 몇 가지와 장국 한 그릇 놓고
오랜 중독처럼 혼자 먹는 밥
미명(微明)을 허물 듯 밥을 허물면
바닥을 드러내며 점점 가벼워지는 밥그릇
종점이란 말도 이곳으로 오는 모든 길 위에
제 몸을 다 비우고 마침내 본산(本山)에 이르는
순례의 다른 말 인 듯하여
여기서 몸 수그리며 밥 먹는 일은
길나서는 세상 모든 허물어진 것들에게
뼈마디처럼 단단한 마음을 다해
간절한
아주 간-절한 경배를 올리는 일

— 김명기, 「종점식당」 전문(『시가 날아올랐다』, 2010)

　그리하여 우리는 세상 구석진 곳에 깃들어 있는 신성에 경배를 올려야 한다. 시를 짓는 일은 그러한 종교 행위와도 같아서 우리가 망각하고 있는 순정한 존재의 자리를 복원하는 작업이기도 하다. 이 시의 시간은 "막 점등한 알전구 불빛 같은 노을 / 깃드는 저녁"이다. 그 시간, 종점식당의 입구에는 촌스러운 얼룩무늬 차양이 "바람이 읽어 내리는 경전 소리"처럼 펄럭이고, 텔

레비전은 "듣는 이 없는 늙은 중의 염불처럼" 웅얼거린다. 시인은 이미 추레한 종점식당의 안과 밖을 승원의 한 공간으로 장식하고 있다.

이곳에서 혼자 밥을 먹는 일은 허무는 일이고 바닥을 드러내는 일이고 점점 가벼워지는 일이다. 그리하여 화자는 종점이라는 말을 이렇게 정의한다. "제 몸을 다 비우고 마침내 본산(本山)에 이르는 / 순례의 다른 말"이라고. 밥을 비우는 일은 종점에 닿는 일이다. 다시 종점에 닿는다는 것은 제 몸을 비워 근본에 이르는 순례의 그것에 다름 아니다. 그리하여 종점식당에서 "몸을 수그리며 밥 먹는 일"은 "세상 모든 허물어진 것들"에게 "뼈마디처럼 단단한 마음"으로 드리는 간절한 경배다.

여기 종점식당에 김명기 시인이 발견한 생의 본산이 있다. 아프고 고단한 이들이 고개를 숙이고 밥을 비워내는 일은 하나의 기도이고 경배다. 그 일을 "오랜 중독처럼" 하고 있는 우리들은 인생이라는 순례길을 걷는 곤고한 행려들이다. 인생이 이럴진대 시는 어디서 어떤 모습으로 다가오는가? 후미진 종점식당 한 구석에서 밥을 비우며 세상 모든 허물어진 것들에게 바치는 간절한 경배가 그것 아니겠는가.

　　너는 없는 것처럼 있다 아무도 너의 존재를 몰라보지만
　　너는 모든 것을 보고 있는 듯이 있다 모든 것을 보고 있는 것이
　　유령의 형체처럼 만져지지도 않지만 너는 너와 만나는
　　모든 것을 유체처럼 통과한다 유체처럼 통과함으로 누구도

너의 존재를 알아보지 못하지만 너는 안다 자신이 지금
누구의 육체를 지나왔는지 무엇의 몸과 함께 머무르며
숨결을 심장의 두께를 느끼며 그것의 체온이 얼마나 따뜻했는지
차가웠는지 만져도 느껴지지 않는 손길로 눈빛으로 지나왔다
그러나 세상은 여전히 너를 유령처럼 바라본다 꼬집으면
아프고 한 끼를 굶으면 허기에 시달리는 고된 육신을 가졌다는 것을
모른다 모른 척 한다 그냥 유체 이탈처럼 너를 바라보며
역시 유령처럼 스쳐지나간다 그 때마다 너는 일회용으로
포장되고 무덤이라고 느낀다 그것을 잊기 위해 사유 또한
유리의 벽을 투과하는 햇살처럼 차가운 언어의 벽을 혼신으로
스며들지만 그것 또한 일회성으로 포장되고 소모될 뿐—
아무도 기억하지 않는다 누가 그랬지? 돈이 되지 않는 것은
치욕일 뿐이라고— 혼자 책을 뒤적이며 사색에 잠겨 보지만 생각은
생각일 뿐— 그냥 유체처럼 너를 통과해 간다 그렇게
유체 이탈하는 것은 생활일 뿐—남루하게 누더기
누더기 기워 입는 것 같은 사유만 광고 끝난 거리의 전광판처럼
녹슬고 쇠락해 갈 뿐이다 그래도 너의 눈은 빛난다
물방울 거울처럼 빛난다 물방울 거울에 비친 모든 것은
마치 얼음 조각처럼 맺혔다 스러지지만 너의 눈은 빛난다
자신을 유체 같다고 생각하므로 어느 무엇에도 일회용으로
소비되고 소모되지 않는다는 듯이—

　　　　　　　　— 김신용, 「滴—포에지 푸어」 전문, 『서정시학』(2016년 겨울)

본래 문학이란 쓸모없음으로 인해 그 존재 가치를 인정받게 되다는 예술적 노동의 무용성을 강조한 김현 선생의 오래된 언명을 떠올린다. 그런 의미에서 시인은 "없는 것처럼 있다". 세상 사람들은 그를 몰라보지만, 시인은 모든 것을 보고 있는 "유령의 형체"처럼 존재하고 "모든 것을 유체처럼 통과한다". 그러나 시인은 "꼬집으면 아프고 한 끼 굶으면 허기에 시달리는 고된 육신"의 존재이지만 신체를 빠져나온 유령처럼 스쳐간다.

　그때마다 시인은 자신을 일회용으로 포장되는 무덤처럼 여긴다. 그것을 잊기 위해 "언어의 벽을 혼신으로 스며들지만" 그것 역시 일회용으로 포장되고 소모될 뿐이라고 괴로워한다. 자본의 사회에서는 "돈이 되지 않는 것은 치욕일 뿐"이라고 시인을 조소하고 "남루하게 누더기 누더기 기워 입은 것 같은 사유만 광고 끝난 거리의 전광판처럼" 쇠락해 간다. 이러한 시인의 존재를 화자는 "포에지 푸어", 곧 시 쓰는 빈자(貧者)로 명명한다. 그러나 물방울(滴) 같은 시인의 눈은 빛난다. 자신을 마치 유체(여기서 유체란 곧 幽体의 의미로 곧 靈魂體를 가리킴―인용자 주)로 여겨 무엇에도 일회적으로 소비되고 소모되지 않기를 소망한다. 시인은 포에지 푸어로서 남루한 생을 살아갈지언정 물방울처럼 맑은 거울에 얼음 조각처럼 맺히는 세계의 상(eidos)을 날카롭게 포착할 것이다. 시는 어떻게 오는가? 유체 같은 시인의 영혼에, 물방울 같은 시인의 맑은 눈에, 형형하게 맺혔다 스러지고 다시 맺히는 것이다.

이 동작이 있을 뿐이다.

무엇을 메우고 있는가.

침대 위에서는 선선하였다. 소소한 풍화를 더듬는 것처럼. 그들은 일치하고 반복되고 서늘하고 감각적이었다.

빨래를 돌린다. 일월의 어느 날이었다.

고개를 숙이며 잠시 느낌을 없을 수 있을 뿐인데. 추위를 들락거리는 소리가 거듭 내게 다가와

한 모금 마시면 딱 한 모금 죽는다.

먼지가 풀풀 날리는 날.

의자 위에서 존다. 나는 저것이라고 말한다. 이것이 아니라고, 그렇지 않다고 말한다. 익숙하다고.

산책 하는 나는 굉장하다고, 알 수 없다고,

문 앞에서 돌아본 나는 책상 앞에서 돌아본 나와 지나는 한밤일 것이라고 보았다.

보이지 않았는데 보았다.

창공을 쓰면 겨울이다.

피로는 안개처럼 알알한데 바스라진다.

화장실에서 나온다.

내려가는 계단이 있어.

얽혀 있어.

여느 하루 같은 커튼을 여미고 있어.

이 길은 평면 같다.

내가 온 시간이 나 같지 않다.

일월의 어느 날이다.

이불 속에서 나오지 않았는데 방금까지도 시에서 나오지 않았다.

시간은 숫자를 가리키고 그걸 보는 나는 헐렁하다.

형광등은 꺼진다.

나는 생각한다.

일월의 어느 날에

나는 감각적인 슬픔을 생각하고 시를 쓴다는 것을 생각한다.

날은 이미 가득하다.

외출에서 돌아와 밖이 춥다.

얼어 가는 쓰레기 같은 겨울이다.

창문도 얼어붙었는데

고개를 돌리고 나는 마음이라니.

눈에 파묻혀 죽어.

스탠드도 꺼야겠다.

얇은 모서리 같은 걸 들추고 있는 것 같다.

설거지 하자.

움직이자.

끝이 있을 것이다.

다시 일어나 화장실에 간다.

알았다

흠뻑 젖어서 짙어진 보라색 단을 짜면서

그리고 긴 치마를 입은 여인들이 완벽하게 펼쳐진 하늘을 끌고
일제히 걸어오는 것이다.

호박아. 날 좀 봐. 응? 그 큰 눈을 좀 깜박여 봐.

　　　　　　　　　— 김성호, 「언어 창문」 전문(『POSITION』, 2016년 겨울)

　이처럼 언어의 창문을 통과하는 일은, 시를 얻는 일은, 모질음을 써야 하는 고달픈 일이다. 시인은 한 편의 시를 얻기 위한 힘겨운 형이상학적 사유가, 일상이라는 형이하학적 상황을 어떻게 투과해 나가는지를 형상화하고 있다. 빨래를 돌리고 산책을 하고 화장실에 가고 설거지를 하는 일상 속에서 나의 의식은 점점 더 예각화된다. 가령, 의자 위에서 졸며 어떤 존재의 의미를 이것이라고 말했다가 그렇지 않다고 말한다. 감각적인 슬픔을 떠올리고 시를 쓴다는 것의 의미에 대해 생각하기도 한다.

　그리하여 "피로는 안개처럼 알알한데 바스라"지지만 작시(作詩)에의 욕망은 끝내 사유를 통과하지 못한다. "얼어 가는 쓰레기 같은 겨울"에서 돌아온 화자는 설거지를 하고 화장실에 가는 일상 속에서도 시적 사유의 정점을 향해 줄달음친다. 그리고 마침내 "알았다"를 외친다. 이처럼 깨달음은 갑자기 찾아온다. 그리하여 자신에게 찾아온 시적 영감을 이렇게 기록한다. "긴 치마를 입은 여인들이 완벽하게 펼쳐진 하늘을 끌고 일제히 걸어오는 것이다"라고. 단속적인 단문형의 문장들이 잦은 행갈이를 통해 나열되고 이를 통해 사유의 긴박함과 예민도를 끌어올리는 시적 형식을 통해, 시를 낳기 위한 인식론적 고투를 형상화한 시인의 몸부림이 값지다.

　존재를 걸지 않는 예술은 모두 가짜다. 이를 위해 자신을 포기하지 않으면 그것은 단지 여기에 불과하다. 뼈아픈 언어는 쉽게 오지 않는다. 그리고 자신이 아무리 열렬하게 아프다 해도 그것은 독자에게 쉬이 전달되지 않는다. 그분은 수시로 들락거리지 않는다. 매달리고 뒹굴고 비비고 허우적거려도 그는 쉽게 자신을 열지 않는다. 시인으로 등록된 자는 많아도 진짜 시인은 희귀하다.

시는 무엇을 말하는가

— 시론Ⅳ

시란 세계고(世界苦)에 반응하는 리트머스지가 아니다. 시가 현실의 어떤 지점과 길항한다고 했을 때, 참다운 시는 현실에 스며들 수 없는 이물(異物)일 수밖에 없다. 가령, 연둣빛 새 이파리를 향해 "네가 바로 강철이다"(박노해, 『강철 새잎』)라고 했다면, 이 강철의 이미지는 부드럽고 화려하게 장식된 자본의 세계에서 얻어낼 수 없는 이물인 셈이다. 따라서 진정한 시인은 세계고로 인해 고통스러운 존재가 아니라 멀쩡해 보이는 세계에 고통을 안겨주는 이물적 존재여야 한다.

하지만 오늘날 우리 시인들은 너무도 고통스러워하고 있다. 자신만 아프고 괴롭고 슬프다. 이것은 참으로 '웃픈' 일이다. 세계의 현실에 개입하지 않고 피학의 코스튬을 걸치고 징징거리고 있다는 말이다. 고통의 시선에서 세계고의 현실을 발견하고 응전하며 돌파해 나가는 미학적 길항력을 확보해야만 한다. 그렇게 해도 시는 쓸모없어 가소로운 것일 뿐이다. 쓸모없어 아름답다는 말은 문학적 자위행위와 동의어가 아니다. 시가 별 볼 일 없다는 겸허한 자기 절망이 최소한의 미적 응전력을 확보할 수 있는 심리적 기저로 작동해야 한다.

팔자 편하게 문학하면서도 괴로운 척, 아픈 척, 시니컬한 척하지 마시라는 말이다. 시로 아픈 척을 할 수는 있어도 시로 세계에 괴로움을 안겨주는 일이란 쉬운 것이 아니다. 우울이라는 토성의 기운 아래, 세계가 사물이 되는 것을 보게 될 때 마주치게 되는 "피난처, 위안, 환희"(수전 손택, 『우울한 열정』)가 발견이며 아름다움이며 응전인 것이다. "분노처럼 불끈불끈" 돋아나는 "눈부신 강철 새잎"처럼.

마음이 사물이 되는 순간이 있어요.
사물이 되어서 만지면 아픈 날이 있어요.
세탁기가 울어서 방에 홍수가 나고
인형은 시체처럼 널브러져 있는 날이 꼭 있어요.

방이 눅눅한 마음일 때
방에 틀어박혀 있을 때가 있어요.
그럴 때 왕자웨이(王家衛) 영화를 보죠.

금색 가발을 쓰고 선글라스를 끼고
트렌치코트를 입고
린칭샤(林靑霞)가 인도인들을 총으로 쏴
마구 죽일 때,
내 친구는 조금 겁먹은 표정을 짓지만…….

쫄지 마, 바보야.
린칭샤는 센 역을 많이 했지만
그건 변장일 뿐.
경찰 223이 호텔방에서 잠든 그녀의 신발을 벗겨줄 때
고단한 신발이 침대 밑에 놓일 때
그건 그녀의 아픈 마음이야.

어른들은 모두 서툰 어른이란 걸 알게 되는 날이 있어요.
그날은 마음이 사물이 되는 순간이 있다는 것을 아는 날이죠.
그리고 말예요,
그날은 내 친구가 없는 날…….

* 왕자웨이(王家衛)의 1994년 영화.

― 장이지, 「중경삼림(重慶森林)*」 전문(『문장웹진』, 2017년 1월)

마음이 사물로 현시(顯示)되는 순간이 있다. 이런 돌연한 정신
의 사물적 표상성을 장이지 시인은 이렇게 말한다. 세탁기가 울
어 홍수가 나고, 인형이 시체처럼 널브러져 있는 날들이라고.

이렇게 사물이 된 마음은, 정신의 물질화된 현현으로서, 만지면 아프기까지 한 대상으로 화한다. 가령, 눅눅한 마음을 방이 대신할 때, 화자는 그 방에 틀어박혀 왕자웨이(王家衛)의 영화 〈중경삼림〉을 본다.

그 영화에서 화자는, 마약 중개업자인 린칭샤(林靑霞)가 자신을 배반한 인도인을 총으로 쏴 죽이는 장면을 보고 겁먹은 표정을 짓는 친구에게 이는 피상적인 것일 뿐이라고 말한다. 그는 이 영화에서 경찰 223(金城武 분)이 호텔방에서 린칭샤의 신발을 벗겨줄 때의 상황에 주목한다. 이때 그녀의 "고단한 신발"은 그녀의 "아픈 마음"을 표상하기 때문이다. 영화에서 경찰 223은 그녀의 구두를 자신의 넥타이로 깨끗하게 닦아놓고 호텔방을 빠져나온다. 이렇게 구두라는 사물이 인물의 정신적 상황을 은유할 때, 이 표상성이야말로 시적 현현의 순간이라고 할 수 있다.

문제는 이러한 은유가 함정이 되어서는 안 된다는 점이다. 사회·문화·종교·정치·지리·질병 등의 은유의 수사학적 자장으로부터 벗어나 실체적 표상성을 획득하는 것은, 시적 운동의 정치성과도 호응된다. 감각의 위계를 전복시키고 상징적 공간을 재분배하는 시적 언어의 운동이 곧 정치와 맞닿아 있기 때문이다(자크 랑시에르, 『미학 안의 불편함』). 그리하여 감각을 대신하고 정신성을 응축하는 대상을 포착하는 일이야말로 모든 예술이 얻고자 하는 표상성의 원리가 된다. 린칭샤의 고단한 신발처럼 말이다.

*그리고*를 손에 들고 조금 울었다

눈 코 입을 기억하는 일은 슬펐다 *그러나*

아버지는 가난보다 더 질긴 접속사를 남기고 갔다

도처에 상처는 늘어나고 그 흉터마다 접속사 하나씩 자랐다

그리고 우리에게 남은 가난은 적절한 접속이었고

그러므로 가난은 간절한 접속이었다

왜냐하면 덥고 잠을 청했다 잠이 오지 않았다

상처는 *그러나 그리고 그래서 그러므로* 늘 우리 곁에서 영역을 넓혔다

미루나무 끝까지 접속을 밀어 올리기도 하고

고양이의 눈 속에서 *그런데*를 찾아내기도 하고

빨랫줄에 *더구나*를 말리며 변화를 기다렸다

그러나 그 언저리만 흔들릴 뿐

물려주고 간 것이 접속사인 것 외에는 알 수가 없었다

접속이 안 되는 생 속에서 나는

그러나 추잡한 속셈의 기다림일 뿐이고

그래서 알아야 할 것보다 좀 더 많이 알게 되었다

그해 여름 접속의 숲에서

우리는 우리를 거부했다

대학을 포기하고

사루비아는 빨강을 버렸다
불타는 칸나처럼 누나는 집을 나갔다
받아들일 수 없는 접속
그래서
아버지의 전생이 우리에게 왔다

예컨대 접속은 자꾸 끊어지기만 했다
내게 남은 접속사는 상처가 다음 상처를 부르는 데 사용될 뿐이었다

접속사를 껴안으면 피가 났다
접속사는 표정을 짓지 않았고
우리는 자꾸 혼자가 되어 갔다

접속할 아무것도 남기지 않고 아버지는 갔다
접속사로 불러들일 사람 하나 없이
그리고 그러나 그래서 그러므로 떠돌기만 했다.

— 정진혁, 「접속사」 전문(『문예바다』, 2016년 겨울)

　이 시는 접속사라는 문법의 단위를 생의 순간순간과 연관지어, 이를 하나의 구체적인 표상으로 제시한 작품이다. 부친이 남기고 간 유산으로서의 가난과 상처가 어떻게 남은 자들에게 질기게 이어지는지 성찰한 이 시는 "*그리고*"라는 나열의 기능을 지닌 접속사를 시작으로 그 부채의식을 서술해 가고 있다. 아버

지를 생각하는 일은 슬프지만 그가 남긴 가난은 "*그러나*"라는 역접의 접속사처럼 깊은 상처를 남기고 그 흉터는 늘어만 간다. 남은 자들에게 "*그리고*"는 가난과 상처의 연속을, "*그러므로*"는 그것의 순접이라는 숙명을 의미한다.

　남은 자들은 "*그리고*", "*그래서*", "*그러므로*"의 상처의 대물림 과정을 고스란히 겪으면서도 변화를 갈망한다. 그러나 언저리만 흔들릴 뿐, 그가 물려주고 간 가난과 상처의 접속은 끊어지지 않는다. 생은 "추잡한 속셈의 기다림일 뿐"이어서 이들은 스스로의 생을 거부하기에 이른다. 그것은 대학 진학의 포기와 누이의 가출로 이어진다. 결국 거부할 수 없는 "아버지의 전생"은 "*그래서*"로 우리에게 고스란히 순접된다. 따라서 화자에게 남은 접속사는 상처가 다음 상처를 부르는 것으로만 기능한다.

　생의 순간들을 이어주는 "접속사를 껴안으면 피가 났"고 "우리는 자꾸 혼자가" 될 수밖에 없다. 자신에게 "*그리고*"로 남겨진 생의 숙명을 "*그러나*"로 맞서고 싶지만 결국 "*그래서*", "*그러므로*"로 이어지는 악순환의 고리들. 시인은 접속사라는 문법의 기능을 생의 비극적 운명을 형상화하는 데 바쳤다. 언어의 개념적 기능을 삶의 실체적 국면으로 전환시킨 시인의 상상력이 곡진하게 펼쳐진다. 결국 생이란 "*그리고*"와 "*그래서*"와 "*그러므로*"의 현실에서 "*그런데*"를 찾아내고 "*그러나*"로 맞서는 일이다. 그것이 고작 미미한 떨림일지라도 모든 생의 몸부림은 진동 그 자체에 의미가 있다.

졸립니까. 당신은 혼자 있는 시간이 그렇게 많은데 말이죠. 생각해보면 가진 게 많지 않습니까. 누울 집도 있고 차도 있고 아내와 자식도 있잖아요. 출근을 안 해도 되잖아요. 지난주엔 혼자 조조영화를 보고 왔지요? 그 다음 날은 술을 마시고 늦잠을 잤지요? 슬픈가요. 초겨울 을씨년스러운 북한산을 오르며 무슨 생각을 하셨나요. 아무 생각도 없으셨겠지요. 솔직히 인간의 사유는 불쾌하기 짝이 없어요. 모두 엄살이고 타살이죠. 매일 똥을 누지 않습니까. 더러운 인간들. 또 졸립니까. 당신은 매일 자지 않습니까. 매일 먹지 않습니까. 매일 기쁘거나 슬프죠. 참혹한 일들을 잘 기억하고, 사소한 일들을 잘 기억하죠. 당신은 글을 씁니까. 글을 쓰며 매일 사람을 먹거나 토하죠. 부인하지 마세요. 계단을 오르면 숨이 차는 것처럼, 인간들은 글을 쓰면 헐떡거려요. 감정을 절제할 줄 모르죠. 현명한 척 마세요. 당신은 구원받을 거라고 생각하십니까. 그동안 젓가락으로 수없이 많은 음식들을 헤집었죠. 수없이 많은 마음들을 헤집었죠. 수없이 많은 죽음들을 헤집었죠. 더 할 말이 있나요? 많다고요? 많겠지요. 쌓아놓은 기어(綺語)의 죄는 어쩌지요. 죽지도 못하고 혀가 뿌리째 뽑혀 나갈 텐데요. 운명이라고요. 그것이 인간의 운명이라고요. 시인의 운명이라고요?

— 이재훈, 「괴물」 전문(『문학선』, 2016년 겨울)

이토록 통렬한 오뇌의 과정이 없이 어찌 시인이라고 할 수 있겠는가. 스스로 반성할 것이 아무 것도 없는, 오만하고 무치한 인간들이 도처에 널려 있다는 것을 생각할 때, '자기고문'에 가까운 시인의 반성적 의식은 우리의 잠든 의식을 각성시킨다. 생각해 보면, 언어에 자신을 바치는 자도 드물고, 언어에 들린 자는 더욱 희박하다. 여기(餘技)로 태작을 지어내는 이들, 문학으로 패거리를 만들어 정치하는 이들, 졸렬한 글재주로 끼리끼리 모여 도락을 일삼는 이들, 이 무수한 가짜들을 몰아내는 것은 요원한 일이다.

이재훈 시인은 시인을 둘러싼 허위의 코스튬을 모두 걷어낸다. 이를 위해 시인은 자신을 심문대에 앉혀 놓고 자신을 낱낱이 문초할 또 하나의 페르조나를 내세워 역할극을 수행한다. 심문관의 역할을 맡은 자아가 "졸립니까"라는 말로 포문을 연다. 혼자 있는 시간도 많은 당신이 이 상황에서 졸음이 오냐는 말이겠다. 없이 산다고 징징거리지만 당신은 사실 가진 게 많은 사람이 아니냐고 화자는 말한다. 출근을 안 해도 되는 프리한 삶의 조건 속에서 조조영화를 보고 술도 마시고 늦잠도 마음껏 잘 수 있지 않느냐고. 그래도 삶이 슬프냐고 그는 재우쳐 묻는다. 산을 오르며 무슨 생각을 했는가. 화자는 인간의 사유는 불쾌한 것이라고 일갈한다. 매일 똥을 싸고 먹는 가운데, 기쁘거나 슬픈 일상들을 사는 당신은 그저 더러운 인간. 화자는 현명한 척 말라고 질책한다. 글을 통해 구원받을 거라는 생각에 대해서도 단념을 요구하며 그동안 "쌓아놓은 기어(綺語: 교묘하게 잘 꾸며대는 말—인용자 주)의 죄"를 꾸짖는다. 그것이 "인간의 운명"이며 "시인의 운명이냐"는 뼈아픈 질문을 의문부호로 남긴다.

여기서 괴물이란 시인을 심문하는 이가 아니라 심문의 대상이 되는 시인 자신을 가리킨다고 봐야 한다. 매일 사람을 먹거나 토하며 "엄살이고 타살"에 불과한 불쾌한 사유로 언어를 빚어내는 괴물 같은 존재가 바로 시인이라는 것. 하지만 화자의 냉혹한 추궁에도 불구하고 시인은 평범한 일상의 대지에 하나의 오접(誤接)의 형태로 존재해야만 한다. 따라서 괴물의 의미는 양가적이다. 엄살을 떨며 자기 슬픔에 징징거리는 존재가 아니라, 이 세상의 일탈자로서 존재 자체가 괴물이어야 한다. 고통의 증인이 되어야 할 뿐만 아니라 그 존재 자체가 고통이어야 하는 것이다. 그런 의미에서 시인은 위악적 괴물이 아니라 참된 괴물이어야 한다. 그래서 우리는 제대로 예술하는 이가 나타났을 때, 괴물이 나왔다고 말하는 것이다.

> 백 킬로에 가까운 돗돔이 잡혀
> 바닷속 물길을 궁금하게 하지만
> 몇 시간의 사투 끝에 마침내 기진한 어부에겐
> 뱃전에 눕혀놓은 발광가오리가 괴물 같다
> 추가 도달하는 곳 해저라 해도
> 상상이 도사리는 깊이라면 경악할 뿐,
> 수심을 몰라 닿을 수 없는
> 바닥엔 무엇이 사는지 모르겠다
> 어느 날 내가 떨어뜨린 한 편이 가라앉아
> 심란해진 마음 이리저리 뒤적거리지만
> 우리 심성 어디에 공포를 동반한 심해가 있어

내려갈수록 캄캄하게 좁혀진다면
나는, 옴팍진 해구를 건너뛰려는
장님물고기와 다름없으리!
빛을 엿보는 자 내 안에도 있어
흑암이었을 때 그 기미를 끌어안으면
무언가에 갇혀 있다가 활짝 젖혀진
상상들은 그렇게 이어진다, 심해의 비밀처럼!
저 산봉우리에서 조개 무덤이 발견되지만
일생을 함구한 자의 등을 은밀하게 떠미는
절벽해구 따로 있을까 싶어 지느러미 꿈틀거린다
　　ㅡ 김명인, 「수심에 길들여지지 않는 장님물고기」 전문(『시와표현』, 2017. 2)

　우리에게 시가 무엇인가를 가능하게 한다면, 이는 상상력을
통하여 "자신과의 만남을 위해 자신 저 너머로 갈 수 있"(옥타비
오 파스, 『활과 리라』)기 때문이다. 김명인 시인은 이 시를 통해
상상력이 작동하는 근본적인 이유와 존재의 심층을 탐사하는
시인의 의미를 형상화한다. 작품은 기본적으로 두 가지 사태의
겹침을 통해 이를 구현해 낸다. 먼저 "백 킬로에 가까운 돗돔"이
잡히는 바닷속이 궁금한 어부와 "몇 시간의 사투 끝에" 뱃전에
누운 "발광가오리"의 관계가 제시된다. 어부는 "수심을 몰라 닿
을 수 없는 / 바다엔 무엇이 사는지" 모른다. 추가 도달하는 곳이
해저라고 해도 그것은 상상일 뿐, 그것이 가닿은 곳이 어딘지는
알 수 없고, 거대한 돗돔을 기대했다 해도 무엇이 잡혀 올라올지

는 전적으로 우연에 달려 있다.

시인은 이러한 상황을 자신의 내면으로 옮겨온다. 화자는 어느 날 "떨어뜨린 한 편이 가라앉아" 자신의 마음을 이리저리 뒤적거리는데, 이는 곧 해저에 낚시추를 드리우고 있는 어부의 상황과 조응한다. 이러한 사고 작용은 우리의 마음에도 저 깊은 해저와 같은 "공포를 동반한 심해"가 있어, "내려갈수록 캄캄하게 좁혀진다면" 자신이라는 존재는 "옴팍진 해구를 건너뛰려는 장님물고기"와 같다는 인식과 만나게 된다. 바다의 깊이를 알 수 없는 것처럼, 자신의 내면의 깊은 해구를 다 헤아릴 수 없는 것이다. 우리는 단지 그 마음의 "기미"(幾微)를 느낄 수 있을 뿐인데, 그것을 붙잡아 마음의 흑암을 열고 "활짝 젖혀진 상상들"로 나아갈 수 있다. 상상력의 힘이란 곧 우리의 캄캄한 마음의 해구를 뛰어넘게 하는 치명적 도약의 순간을 만든다. 내면의 절벽해구를 헤엄치며 지느러미를 꿈틀거리는 장님물고기. 이것이 바로 충만한 존재로서 생성을 거듭하는 상상력의 화신, 시인의 표상인 것이다.

별이 떨어지고
어디든 날아가기 좋은 밤이다
나를 가져가서 나를 바꿔놓고 나를 버린
사랑을 잊을 수는 있어도 부정할 수는 없으므로
검은 하늘 검은 구름 검은 공기 속으로 사라져야지
기억을 매어놓았던 별이 떨어지는 날

늙고 느린 강이 혼자서 바다로 가는

그 길을 따라

울어 줄 사람이 없는 곳까지

풍경의 국경을 넘어야지

백 번을 바라보고 백 번을 기억했던 눈빛이 사라지면

구름에 관한 문장 같은 건 농담이 되는

싸늘한 적국에라도 닿아

한 자루 권총보다 더 쓸쓸한 역할을 나에게 줘야지

떠돌이까마귀처럼

당신으로부터 자유가 되어

— 이운진, 「떠돌이까마귀처럼」 전문(『시와시학』, 2016년 겨울)

    시인은 어딘가로 끊임없이 떠도는 존재다. 정주한다는 것은 그의 사유가 정체되어 있다는 뜻이다. 따라서 머물러 있지 않다는 것은 자신이 발 딛고 선 자리를 거부하고 새로운 사유의 지평을 찾아 현재를 돌파해 나가는 것을 가리킨다. 이는 고상하게 유목이라 말해도 좋고 떠돌이 의식이라 말해도 좋다. 시인은 이런 자신의 자의식을 "떠돌이까마귀"(旅鴉)로 표상한다.

    이 시는 언뜻 보면, 자신을 옥죄는 현실로부터의 도피나 탈출을 함의하는 것처럼 여겨질 수 있다. 하지만 이운진 시인이 이 작품에서 말하는 월경(越境)은 그것을 넘어선 또 다른 의미를 함축한다. 별이 떨어지는 하강의 이미지는 우선 화자에게 비상이라는 일탈의 욕망을 부추긴다. 화자에게는 "나를 가져가서 나를 바꿔놓고 나를 버린 사랑"이 있다. 이런 사랑을 "잊을 수는 있어도 부정할 수는 없으므로" 그 기억이 별처럼 떨어지는 날, 화자는 "늙고 느린 강이 혼자서 바다로 가는 길"을 따라 가겠다고 말한다.

그리하여 화자가 닿고자 하는 곳은 어디인가. 그곳은 지금 여기의 기억보다 더 냉혹한 공간이다. 거기는 "울어줄 사람이 없는 곳"이며 "싸늘한 적국"이다. 그 동토를 향해 국경을 넘어가면, 그곳에선 아파했던 생의 기억마저도 "구름에 관한 문장"처럼 헐렁한 농담이 되고 만다. 따라서 화자가 도달하고자 하는 곳은 현재의 기억이 부려놓은 아픔보다 더욱 가혹한 공간이다. 그곳에서 화자는 "한 자루 권총보다 더 쓸쓸한 역할"을 자신에게 부여할 것이라 말한다. 그러한 의미에서 화자의 각오는 지금 여기의 고통 속에 안주하기보다 그보다 더 혹독한 곳을 찾아 더 아픈 생의 배역을 맡아, 비로소 현실의 아픔을 이겨내겠다는 의지이다.

시인이여, 떠돌이까마귀가 되자. 자유란 쉽게 얻어지는 게 아니다. 한 시인의 말대로 거기에는 피의 냄새가 섞여 있는 것이다. 시인이라는 이름의 온갖 허위를 내던지자. 또 다른 피난처와 위안과 환희를 찾아 미래를 향해 기투해야 한다. 온몸으로 자신을 내던지는 자만이 진정한 시인이다. 참된 괴물이자 진정한 방랑자가 되는 길은 쉬운 일이 아니다. 시 쓰는 교수들의 아늑한 연구실 책상 위에 그런 것들이 예비되어 있겠는가. 그들의 기름진 사유 속에서 나오겠는가? 현학의 언어로 무장한 강의실에서 얻어지겠는가? 시인들의 질펀한 술자리에 있겠는가? 촛불의 바다

를 이루었던 광화문 광장에서 피어오르겠는가? 진짜는 어디에
도 없지만 또 어디에나 있다. 그것은 현재의 나타(懶惰)를 찢고
나오는 돌파의 국면에 언뜻언뜻 나타나는 신기루 같은 것이다.

제**2**부 서정을 읽는 눈

기분의 세 가지 조율법

— 박상수 시집 『숙녀의 기분』, 채선 시집 『삐라』, 정충화 시집 『누군가의 배후』

'찌질한' 숙녀들의 사회학—박상수 시집 『숙녀의 기분』

당신이 건넨 후르츠 캔디를 입속에 넣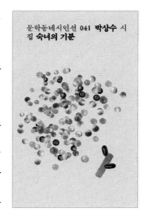
었을 때의 찰나의 느낌을 산뜻하게 건져
올렸던 박상수 시인이 거침없는 숙녀들
의 세계에 가 닿았다. 20대의 그녀들의 경
험이 굴욕적인 상황일지라도 그것을 드
러내는 방식이 칙칙하거나 무겁지 않다.
그것은 20대의 시선에서 그들의 세세한
일상적 감정들을 포착하기 때문이다. 그

는 그들의 사유, 발화방식을 너무도 정확하게 알고 있다. 그렇기 때문에 젊고 세련된다. 세계를 향한 덕담도, 아프니까 청춘이다 식의 성급한 위로도, 더 거창하게는 우주적 갈파도 손대지 않는다. 오래된 서정의 원리가, 낡은 문법이, 그의 언어로 인해 부서진다. 그의 시의 내포화자는 숙녀인 그녀들이다. 오로지 그들의 말과 행동, 그들이 부딪치는 현실을 철저하게 보여주기만 할 뿐이다.

그것도 주로 대학과 그 언저리를 둘러싼 세대 현실들에 집중되어 있다. 그는 자신의 평론집 『귀족예절론』(문예중앙, 2012)에서 귀족(=미학)과 예절(=윤리)의 조율에 대해 말한 바 있다. 한국 문학사가, 적어도 비평의 궤적을 보면, 그의 말대로 윤리에 지나치게 경도되었던 것이 사실이다. 그는 그 예절의 중압감으로부터 벗어나 '감정의 귀족주의'를 지향한다. 그러나 문학이 윤리의 중력으로부터 벗어나 휘발되어 버릴 수도 없다. 이 길항의 관계를 그는 아는 것만 말하기, 책임질 수 있는 것만 말하기의 방식으로 그 윤리를 담고자 했다. 대학과 그 주변에서 벌어지는 20대의 일상은 그가 늘 목도하는 현실이기 때문이다. 이런 시들. 가령 「기숙사 커플」, 「학생식당」, 「나의 여학생부」, 「조별 과제」, 「합격수기」, 「편입생」 등에서, 분명 숙녀들의 행복하지 않은 상황들이 전개되지만, 시를 읽으며 '낄낄'거리게 되는 것은, 그런 '찌질한' 상황들이 20대 여자아이들의 어법으로 산뜻하게 드러나기 때문이다. 이 씁쓸하면서도 '개웃긴' 숙녀들의 세대 현실을 그보다 날렵하게 포착한 시인은 없었다. 그런 의미에서 이번 그의 시집 『숙녀의 기분』은 하나의 지평이라 해도 좋다.

아파, 당분간 너 못 만나

그런데도 방으로 들이닥치면 어떻게 해, 쩝쩝거리면서 왜 내가 먹던 어제 식빵을 먹고 있어, 룸메는 집에 올라갔지 방학이니까, 나는 이제부터 스터디에 갈 거야 그러니까

좀 가, 냄새나니까 좀 가

내 침대에 들어가서는 자는 척하고 있구나 그렇게도 입지 말라는 늘어난 면 티를 입고서, 굴욕 플레이가 더는 싫어서 너를 만났지 스쿨버스에 캐리어 올려줄 사람이 없어서 너를 만났어 일주일 전부터 너에게 들려주고 싶었던 이야기, 기어이 마구 해버렸다 넌 이불 밑에서 번민광처럼 중얼거렸지

내가 시험에 떨어졌다고 이러는 거니?

한 번 더 떨어지면 다섯 번 채워, 그 다음엔 어디 국토대장정 같은 데라도 갔다 와 거기 가면 울면서 어른이 된대

그러지 말랬지 그런 마이너스 사고방식

갑자기 뛰쳐나와 네가 나를 안아버렸다 내 머리카락에 코를 파
묻고 훌쩍였어 나도 몰래 스르르 가랑이가 벌어졌지만 딱 1분간만
키스해주었지 그리고 떨쳐냈다

책상 위의 교정기를 이빨에 끼우고 너를 내려다봤어, 때릴 거야
때려버릴 거야, 고개를 흔들다가 이번 방학이 끝날 때까지만 참기
로 했어.

— 「기숙사 커플」 전문

숙녀의 찌질한 남자친구를 어찌할 것인가. 그리고 이런 이성친
구를 둔 숙녀의 굴욕은? 남자친구는 시험에 네 번이나 떨어진
주제에, 그녀의 침대에 몰래 기어들어와 '자는 척'을 하고 있다.
냄새나는 몸뚱어리로. 그러나 그녀가 그를 사귀는 이유는 무엇인
가. 남들도 하나씩 생활의 편리(?)를 위해 가지고 있는 거니까.
가령 "스쿨버스에 캐리어 올려줄 사람이 없어서 너를 만"난 것이
다. 이런 남자친구에게 그녀는 이렇게 말한다. "어디 국토대장정
같은 데라도 갔다 와 거기 가면 울면서 어른이 된대" 이 기막힌
발화의 상황. 극기의 방식으로 무언가를 깨우친다는 이 체험의식
은, 싸구려 수신서에 인문의 딱지를 붙이는 것만큼이나 상투적이
고 진부하다. '-ㄴ대'의 종결어미가 드러내는 바와 같이 일반적
속회를 그대로 옮겨 전하는 방식엔 이미 냉소의 의미가 스며
있다. 찌질한 남자친구는 숙녀를 안지만 화자는 1분 동안만 키스
를 허락한다. 이윽고 화자인 숙녀는 치아 교정기를 낀다. 숙녀는

예뻐 보여야 하고, 이 사회가 요구하는 형식에 맞는 교정기를 끼어야만 한다. 이 찌질한 남자친구도 이번 방학 때까지 만이다.

점심은 가방이랑 먹어요 오늘은 아무도 날 몰라봤으면

간신히 참을 정도의 음식, 을 씹으며 나는 구름 스탠드를 켜고 치즈를 사러 가요 버찌술을 살짝 넣은, 스위트피 언덕에서 세모로 잘라 먹고만 싶은 치즈

다른 식탁의 학생들은 눈을 동그랗게 뜨고 턱을 움직이지만, 아주 센 감기약을 먼저 먹고 왔거나 점점 정신을 잃어가는 중일 거예요 맨정신으로는 이런 밥을…… 그래도 너희들에게는 냅킨을 건네줄 메이트가 있다

(중략)

처음으로 혼자가 되었을 뿐인데, 그냥 이런 기분으로는 시험을 치를 수가 없을 것 같은데, 저쪽에서부터 비주얼 쇼크의 아이들이 다가오네요, 닦아주고 싶은 커다란 이빨들, 이빨들이, 십, 구, 팔, 칠 육, 오.

제발 얘들아,
제발.

— 「학생식당」 **부분**

이 대학의 학생식당 풍경을 보라. 혼자 앉아 "가방이랑" 점심을 먹는 우리들의 숙녀는 쪽팔리다. 그래서 "아무도 날 몰라봤으면" 한다. "간신히 참을 정도의 음식"을 먹고 있지만 그녀는 구름 스탠드를 켜고, 치즈를 사러 가고 스위트피 언덕을 오른다. 이 현실과 지향의 괴리가 바로 20대들의 세대 욕망의 본질을 가리킨다. 의식만큼은 귀족적으로 폼 나게! 이천 원짜리 라면을 먹었어도 커피만은 전문점에서 사오천 원이나 되는 돈을 아낌없이 지불한다. 폼에 죽고 사는 폼생폼사. 그러나 현실은 "맨정신으로 이런 밥을" 먹어야 하는 상황이다. 게다가 너희들은 "냅킨을 건네줄 메이트"라도 있건만.

언젠가 나도 폼 나게 살 거라는 욕망은 자본주의의 작동원리이고, 이러한 욕망은 항시 잉여욕망을 낳으며 다수의 패배자를 양산한다. 그럼에도 자본은 유혹한다. 너희도 폼이 날 수 있다고. 처음으로 혼자가 되어 학생식당에서 쓸쓸하게 밥을 먹고 있는 '솔로 숙녀'의 비애를 어쩔 것인가. 저쪽에서 "비주얼 쇼크"의 아이들이 다가온다. 나는 숫자를 세며, 폼 나는 그들을 바라본다. 저 멋진 녀석들은 그녀의 것이 아니다. 그녀의 지향을 만족시켜줄 젠틀맨은 어디에 있는 것일까. 그녀와 함께 "버찌술을 살짝 넣은" 치즈를 잘라 먹을 신사는.

그런데 여기서 그녀의 욕망이 왜 타발적(他發的)인가를 숙고해 보아야 한다. "아무도 날 몰라봤으면" 하는 것도, 혼자인 자신을 구원해줄 '매력 포텐 작렬'의 상남자도, 모두 그 기원은 타인에 있다. 이렇게 철저하게 타인지향적 욕망은 숙녀의 내면성을 사라지게 한다. 이처럼 우리 시대 숙녀들의 세계는 철저히 역사의 종언 이후의 의식과 삶을 적시하고 있다.

사회의 출구는 닫혀 있고, 수많은 욕망은 좁은 문을 향해 질주한다. 안정적으로 '잘 먹고 잘 살기' 위한 삶의 방편으로 숙녀들이 택한 것은 바로 시험! "땀엔 배신이 없더라"라는 말에 "독침백 개는 맞은 것처럼 손발이 떨려"(「합격수기」) 식은땀을 흘리는 그들을 보라. 기실 우리 현실은 무수한 이들의 땀에 '빅(big) 엿'을 먹이고 있지 않은가. 대표적으로 "방이 없는" "교양 선생님들"(「학생식당」) 같은 경우를 생각해보라. 그러면서도 불합격한 우리의 숙녀들은 "문도 안 열린 학원 앞에 줄을 서"서, "가방을 사자, 니 가방이 들어가는 그런 가방으로"(「합격수기」)라고 읊조리며, 경쟁논리를 내면화하며 살아가고 있다. "우리 다 합격할 때까지 죽을 때까지"라고 외치는 이 긍정의 논리는 자기착취적(한병철, 『피로사회』)일 수밖에 없으며, 이는 피로사회를 살고 있는 우리의 자화상이다.

박상수 시인의 숙녀들의 굴욕 셀카는 우리 시대의 명징한 근본 상황을 전한다. 위엄을 떠는 시적 진술도 아니고, 생에 훈수를 두는 아포리즘도 아닌, 철저한 극적제시! 주관적 진술을 철저하게 배제하고 오로지 현상만으로 그려낸 그의 이번 시집은, 대학과 그 주변에서 관찰한 20대가 마주한 세대 현실을 조금의 과장도 여과도 없이 만화경처럼 제시하고 있다. 박상수 감독, 생생레알 다큐 『숙녀의 기분』 레디 고우!

'빈방'에서 다진 내성(耐性)—채선 시집 『삐라』

시가 고이는 곳은 어디인가. 충만한 곳에
선 시가 잉태되지 않는다. 채선 시인의 첫
시집은 '텅 빔(empty)'의 이미지를 변주하며
그곳에서 움튼 존재의 모습을 조명하고 있
다. 이때 빔은 결여(lack)가 아니라 자아가
새롭게 인식되는 전화(becoming)의 공간이
라는 데 요체가 있다.

나도, 빨래가 되고 싶다.
더렵혀져서도 마르고
뜨겁거나 차갑게 젖었다가도 마르고
처박혔다 종일 비벼져도 마르고
다 마르고도 다시 젖을 몸인 것을 아는
빨래가 되고 싶다.

추세워도 추슬러지지 않아
힘없이 주저앉아버리는 귀퉁이가 있어
한 줄 빨랫줄에 매달려
몸 둘 곳 찾는다.

그 많던 옷자락들은 다 걷히고

숨어든 방 안에서 홀로 어둡다.
맨몸 켜켜이
바랜 누더기 같은 비애가 마른다.

어둠이 따뜻하다는 것, 이제 알겠다.
기다림은 없다, 없으므로
딱딱하게 굳어진 초인종 더는 누르지 못하고
다들 망설이다 되돌아갈 것이다.
빈 옷장 같은 방
열어젖히듯 떠나버릴 것이다.

젖은 채 개어 넣은 몸속
거품 같은 씨앗 한 움큼
말라가며 자란다.

내성(耐性)이다.

— 「내성(耐性)」 전문

    화자는 빨래가 되고 싶다고 말한다. 이때 빨래의 운명은 처박히고 젖고 비벼지고 마르고 다시 젖는 것이다. 그것을 인생사라고 한다면 시련의 구체적 세목인 것. 누구에게나 허물어진 상처가 있듯이 빨래도 "힘없이 주저앉아버리는 귀퉁이"가 있어 빨랫줄에 매달리고, 맨몸 켜켜이 어둠 속에 스며든다. 이러한 빨래의 메타포는 아무런 기다림 없이 '빈 옷장 같은 방'에 외롭게 거하는 화자의 운명과 아날로지의 관계를 맺는다. 그 텅 빈 방에는 '거품 같은 씨앗 한 움큼'이 자라난다. 그것을 화자는 내성(耐性)이라 말한다. 이는 고독 속에서 잉태된 생의 저항력에 다름 아니다. 빔이 바로 시의 숙주라면, 외로움은 시의 씨앗이고, 내성은 시적 발아의 원동력이 되는 셈이다.

> 지나갈 때면 두어 차례쯤
> 한철 헉헉대며 땀 흘리던 것들
> 회오리에 휩쓸려 가지만
>
> 한바탕 앓고 지나가는 것이라 여기며
> 웅덩이 같은 빈방에서 기어이
> 앓는다, 저릿저릿
> 오른쪽 어깨를 지나가는 여름.
>
> 함께 앓고 있었지.
> 서로
> 퍼내던 말 삼키던 울음.
>
> 보이지 않던 틈으로 빗물 고여 들고
> 견디지 못해 내려앉은 천정 아래 불빛
> 울컥, 쏟아진다.

얼마나 다행인가
빈방이라는 그 헐거움.
닫힌 문 안에서 몰래 눅져 들던 벽지처럼
달래듯 쓸어내야 하는 것들
소리 없이
곰팡내로 슬어 있던 것들
있었다.

스미듯, 죽은 말들 지껄이고 살아왔나.
때 절은 플라스틱 대야를 두드리는 낙수 소리
점점 내려앉는 천정 떠받쳐들고
견뎌내야만 하는 소리 새삼 듣는 듯
뜻 모를 물소리만

똑!
똑!
똑!

오른쪽 어깨에
구멍을 내고 있다.

　　　　　　　　　　　　　　　　　—「낙수」전문

견통(肩痛)을 앓고 있는 화자는 "웅덩이 같은 빈방"에서 "오른쪽 어깨로 지나가는" 여름을 견디고 있다. 그러나 "얼마나 다행인가 / 빈방이라는 그 헐거움"이라고 말함으로써, 홀로 앓아야 하는 고통의 무게를 긍정하고 있다. "닫힌 문 안에서 몰래 녹져들던 벽지처럼" 생에는 홀로 "달래고 쓸어내야 하는 것들"이 있기 마련이다. 더 나아가 화자는 "죽은 말들을 지껄이고 살아"온 날들을 생각한다. 이때 낙수 소리, 똑! 똑! 똑! 이때 그 무심한 소리는 화자의 어깨에 구멍을 낸다. 여기서 구멍을 낸다는 것은 앓는다는 의미가 아니다. 저릿한 통증에 구멍을 내면 어떻게 되는가. 죽은 말들이 사라지면 어떻게 되는가. 그 견딤의 규칙적인 낙수 소리와 함께 고통도 울음도 사라지게 되는 것이다. 이것이 바로 텅 빔이라는 무의미의 의미다.

소매물도 찾아가는 객선은 표적 잃은 촉처럼 흔들린다.

저마다 방심한 바다를 차지하고
멀미나는 거품에 휩쓸려 출렁대는 여객들.

나는 대체 어디로 가는 것인가.
결박당하지 않은 채, 중심에서 멀어지는데
중심을 잡으려 바다를 기울이는 작은 객선에
오르내린 적 없는 빛의 경지가 실린다.

매물도 매몰도 매물도 매몰도…,

물음표로 꺾인 새들의 모가지가 바다에 꽂힌다.

스스로의 무게가 벅찬 것은
내 안에 매몰된 섬, 허우적거릴수록
없는 나.

표류하는 것들은 모두 섬이 된다.
공중문서 같은 바다 한가운데
나는 잠시 흔들릴 뿐,
여객들이 찾아가는 섬은 배에 실린 채
매몰도로 가고 있다.

산란하는 빛,
물결에 반사된 편두통이 일고 있다.

—「삐라; 섬 2008」 전문

　　화자는 소매물도로 가는 객선에 몸을 싣고 있다. 매물도라는
이름에서 화자는 '매몰'을 떠올린다. 매물과 매몰의 유사발음은
화자로 하여금 "내 안에 매몰된 섬, 허우적거릴수록 / 없는 나"
를 생각케 한다. 생의 시련은 스스로를 고통 속에 매몰되게 하
는데, 그 속에서 허우적거릴수록 나라는 존재는 희미해지고 만
다. 그런 화자는 스스로를 더욱 매몰시키기 위해 "표류하는" 섬
처럼 매물도를 찾아간다. 빛은 산란하고 화자는 눈부신 물비늘

에 편두통을 앓는다. 매몰도로 가는 화자의 여행은 매몰을 위한 여행이다. 나 스스로를 매몰하면 무엇이 남는가? 결국, 텅 빔이다, 공이다, 무의미다. 이것이 결국 시인이 얻으려는 존재의 지평이다.

이 시집을 통해서 채선 시인은 '부재'를 변주하고 재구성한다. 텅 빔을 견성(見性)의 방책으로 삼아, 생의 고통을 견디고 나를 비우고, 생의 고독과 고통을 받아들이려는 의지가 뼈라처럼 곳곳에 들어차 있다. 그 의지가 새로운 시적 발화와 지평으로 나아가는 생성의 씨앗이 되리라는 것도 의심의 여지가 없다.

'배후'를 응시하는 시선—정충화 시집 『누군가의 배후』

시를 비롯한 모든 예술은 존재의 이면(裏面)을 드러내려 한다. '그것(es)'이 '너(du)'가 되는 오랜 서정의 원리가 존재의 비의(祕義)를 발견하는 일과 통하는 것은 이면적 실체를 갈취하려는 시작의 본원적 욕망에 기인한다. 정충화 시인의 시세계는 이러한 시작 원리에 밀접하게 닿아 있다. 생활사의 세부에서 건져 올린 그의 시는 높은 가독성을 바탕으로, 박질한 서정의 세계를 구축하고 있다.

나는 지금

너에게 입국하려 한다

지닌 것 모두 내던져버리고

단출하게

너의 땅으로 잠입하려 한다

강물에 뒤섞이는 빗방울처럼

절대의 정적 속으로

나를 유폐하려 한다

내게 각인된 열쇠로

네 침묵의 빗장을 열고 들어서면

거기 푸르디푸른 심연

장대한 땅으로 드는 시원의 골짜기가

국경을 넘는 나를

품어 안을 것이다

그리운 것들은

언제고

서로 만나야 한다

— 「강물에 뒤섞이는 빗방울처럼」 전문

　단순하면서도 명쾌한 아날로지의 원리를 보여주는 이 시에서 "강물에 뒤섞이는 빗방울"은 "그리운 것들"의 완전한 만남을 의미한다. 빗방울이 강물에 떨어져 섞이는 것을 "입국", "잠입",

"유폐" 등의 시어로 변주하면서, 그 만남이 새로운 지평으로 나아가는 장면이 장엄하게 그려진다. 빗방울이 강물에 닿는 순간, 서로가 서로에게 용해되어 하나가 될 때, 거기엔 "푸르디푸른 심연"이 열리고, "장대한 땅으로 드는 시원의 골짜기"가 펼쳐진다. 시인은 이처럼 모든 그리운 존재들의 만남이, 물의 순환이라는 자연의 섭리처럼 운명적으로 귀결되어야 하고, 그 만남을 통해 새로운 존재로의 도약을 맞이하기를 희원하고 있다.

아느냐

내 유방에서 흘러나온
생명의 젖이
얼마나 긴 여정을 거쳐
너희 몸 깊이 저장되는지를
그 진기로 하여
너희가 숨을 이어가는 것인지를

물과 화염
터빈의 회전과 물의 낙차로 생겨난
내 삶의 근원들이
산맥을 넘고 강을 건너
세상에 흩뿌려져 온 것임을

송전선을 타고 내가 경유해온 곳마다
거리에선 가로등이 눈을 뜨고
집집의 어둠을 내친 이적(異蹟)을 너희
눈으로 보지 않았느냐 그리고

종착지에 닿아서도
내 젖을 탐하는 모든 기기들과
너희 디지털의 자손들에게까지
남김없이 진액을 빨리고 소멸해가는
나의 역사를 알지
않느냐

― 「콘센트가 묻는다」 전문

전기를 동력원으로 일상의 거의 모든 것이 유지되고 있는 현
대사회에서 "콘센트가 묻는다". 안도현 시인이 "연탄재 함부로
발로 차지"(「너에게 묻는다」) 말라고 말한 것처럼, 정충화 시인은
우리의 눈이 닿지 않는 곳에서 전기가 어떻게 만들어져 여기에
닿았는지를 소상히 드러낸다. 그의 어법대로 하자면, 전기의 배
후 혹은 콘센트의 배후쯤이 될 것이다.

"물과 화염 / 터빈의 회전과 물의 낙차"로 탄생한 전기는 "산맥
을 넘고 강을 건너" 세상으로 퍼져나간다. "생명의 젖"인 전기는
어둠을 내치고, 마침내 종착지에 닿아, "모든 기기들"과 "디지털
의 자손들에게" 진액을 남김없이 빨리고 소멸해 간다. 그러나

매일 이 생명의 젖줄을 끌어다 쓰면서도 전기의 역사, 그 탄생과 고난에 찬 긴 여정을 알지 못한다. 연탄이라는 자기희생적 사랑에 무지했던 산업사회의 우리들은, LED와 현란한 모니터로 휘황하게 불을 밝힌 디지털 시대에 살면서도 플러그 이전의 전기의 전사(前史)에 대해 몰각한 것이다.

모든 옷걸이는
옷을 위한 몸이다
주인을 대신하는 또 다른 몸
육신의 껍데기를 끌어안고
기꺼이 제 몸을 빌려주는
누군가의 대역(代役)이다
철 지난 양복을 걸치고
옷장 속 어둠을 거르거나
젖은 셔츠를 입고 빨랫줄에 매달려
햇볕과 바람의 통로를 지키는
수문장이 되기도 하는 것들

세상의 모든 옷걸이는
누간가의 배후다
나 역시
낡고 찌그러져 가는
한낱 옷걸이일 뿐이다

— 「세상의 모든 옷걸이는 누군가의 배후다」 전문

이 작품에서 옷걸이도 존재의 내면에 자리한 근원적 배후를 지칭한다. 이름 하여 "옷을 위한 몸"이 바로 그것인데, 옷걸이는 "누군가의 대역(代役)"을 자처하고, 빨랫줄에서는 "햇볕과 바람의 통로를 지키는 / 수문장"이 되기도 한다. 그런 의미에서 "세상의 모든 옷걸이는 / 누군가의 배후"이다. 세계가 멀쩡하게 움직이는 것은 바로 화려함 뒤에 숨어 "기꺼이 제 몸을 빌려주는" 옷걸이 때문인데, 이것이야말로 세상을 지탱하는 최후의 보루이지만, 또 그렇기 때문에 한 번도 빛나본 적이 없는 쓸쓸한 존재이기도 하다. 화자는 말한다. 자신 역시 "낡고 찌그러져 가는 / 한낱 옷걸이일 뿐"이라고. 이는 스스로가 존재의 배후가 되어 주역이 아닌 대역의 삶을 마땅히 감당하겠다는 의지의 표현으로 읽힌다. 존재의 이면에는 바로 이를 지탱하게 하는 옷걸이가 있다. 나무의 배후가 뿌리이고, 인간의 배후가 신이듯, 이 우주의 모든 것은 서로가 서로의 배후이며 옷걸이다.

십이월 들어 여러 날째
광화문 거리 은행나무마다
전공들이 들러붙어 있다
가을의 증서를 잃어버린 가지마다
전깃줄을 감고
알전구 매다는 공사가 한창이다
상실의 계절을 넘느라 강파른 나무에
인간들의 잔치판을 밝힐

형구(形具)를 씌우는 중이다

성탄절과 송구영신의 나날
거리가 어둠에 덮이면
은행나무들의 육신을 깨우는
고문이 시작된다
수형(受刑)의 밤마다
흐르는 전류를 받아 마시고
발광한 나무들이
광화문 길을 휘황히 비출 것이다

연인들은 고문으로 지펴진 불 아래서
빛그물을 뒤집어쓴 채
사랑을 속삭일 것이다

— 「네 고통이 거리를 밝힌다」 전문

해마다 연말의 거리를 밝히는 수많은 전등들의 화려함 이면엔
역시 그 배후가 존재한다. "가을의 증서"인 낙엽을 모두 잃어버
린 은행나무 가지마다 전깃줄이 휘감기고, 화려한 불빛을 뿜어
낼 "인간들의 잔치판"을 위해 형구(形具)를 씌운다. 그러니 시인
의 말대로, 나무의 고통을 담보로 우리는 거리에 화려한 불을
밝히는 것이다. 나무들이 "수형(受刑)의 밤"을 견딘 대가로 연인
들은 그 불빛 아래서 사랑을 속삭인다.

모든 것들의 배후를 보면, 세상의 모든 일은 거저 주어지는 것이 없다는 것을 알게 된다. 겉의 화려함이나 편리함만을 좇는 우리들에게 시인은 존재의 후면을 보아야 한다고 일침을 놓는다. 배후를 응시하고 사태의 이면을 투시하는 시인의 시심이, 현실의 이욕에 쉽게 망혹(妄惑)하는 우리들을 각성시키는 것은, 과학적 정의를 뛰어넘어 "풀꽃과 다정히 눈"(「들길을 걷다」) 맞추는, 따뜻한 마음자리가 있기에 가능한 일이다. 과학과 실용이 모든 것을 지배하는 탐욕적인 기술만능사회에서 말이다.

지옥에서 시쓰기

— 김성규 시인의 시론시(詩論詩) 혹은 우는 심장

단순한 슬픔이 아니다. 포즈나 위악은 더더욱 아니다. 그의 시는 선명하고 구체적인 절망의 묵시록이다. 이것은 시인이 제 시하는 복합적인 이미저리와 그것에 의해서 구성되는 미장센이 가져다주는 상황의 구체성에 기인한다. 그의 시는 회화적이되, 어두운 색조가 두드러지는 그로테스크 화풍의 유화다. 이러한 그의 시풍은 의도적이라기보다는 기질적이고 생래적이며, 오래 도록 고통의 편에 서 왔던 그의 마음자리를 대변한다.

저 1960년대 짐 모리슨의 음울한 목소리와 사이키델릭한 사운 드로 기억되는 The doors의 음악 「The end」의 한 구절, "The end of laughter and soft lies. The end of nights we tries to die. This is the end(웃음과 사소한 거짓말의 마지막. 우리가 죽고자 했던 밤의 마지막. 이게 마지막이다.)"처럼 절망의 단애에 서 있는, 우리 시대의 고통이 신음처럼 을씨년스럽게 울려 퍼진다. 그 종말의 풍경을 그는 그의 첫 시집 『나는 잘못 날아왔다』에서 이미 우울한 시스케이프(seascape)로 그려낸 바 있다.

눈이 내리고 나는 부두에 서 있었다
육지 쪽으로 불어온 바람이
보이지 않는 곳에서 넘어지고 있었다

바닷가 파도 위를 날아온 검은 눈송이 하나,
춤을 추며
이쪽으로 다가오고 있었다
주변의 건물들은 몸을 웅크리고
바람은 내 머리카락을 마구 흔들었다

눈송이는 점점 커지고, 검은 새
젖은 나뭇잎처럼 처진 날개를 흔들며
바다를 건너오고 있었다
하늘 한 귀퉁이가 무너지고 있었다

해송 몇 그루가
무너지는 하늘 쪽으로 팔다리를 허우적였다

그때마다 놀란 새의 울음소리가
바람에 실려왔다

나는 잘못 날아왔다
나는 잘못 날아왔다

─「불길한 새」 전문

　이 시의 음산하면서도 불길한 기운은 눈이 내리는 겨울바다
의 풍경을 후경으로, 검은 새 한 마리가 점점 화자를 향해 전경
화되는 동적인 기법에 의거한다. 화자는 눈이 내리는 부두에 서
있다. 이때 "바닷가 파도 위를 날아온 검은 눈송이 하나"가 화자
의 눈에 포착된다. 주변의 건물들도 몸을 웅크리고, 바람은 화자
의 머리카락을 흩어놓는다. 검은 눈송이는 점점 더 가까이 다가
오고 급기야 그 실체가 검은 새라는 것이 밝혀진다. 이 불길한
검은 새는 화면의 한쪽 귀퉁이를 일그러뜨리고, 해송은 무너지
는 하늘 쪽을 향해 "팔과 다리를 허우적"거린다. 이 절망적인
분위기 속에서 아우성치는 존재의 비명이 울려 퍼진다. "나는
잘못 날아왔다." 이러한 "놀란 새의 울음소리"처럼 고통에 신음
하며 우리는 모두 잘못 날아왔다고, 지구별이라는 이 패망한 왕
국 여기저기에서 비명이 터져 나온다. 쓰나미로, 태풍으로, 전쟁
으로, 질병으로, 기아로, 자본의 전횡으로. 이 검은 재앙들을 어
찌할 것인가.

흰 눈 내리는 숲으로 걸어가네
나무들은 머리를 흔들어 눈을 털고
검은 뿌리의 발톱을 잎사귀로 감추네

가지 사이로 가지를 뻗으며
나무들은 언 손가락을 구부려
손바닥만한 하늘에 길을 물을 뿐
피에 젖은 발자국 찍으며
숲으로 달아나는 밤

지나온 발자국에 이유를 묻지 않듯
누군가 나에게 걸어온 길을 돌아가라 말하면
부어오른 살갗에 찬 눈을 뿌릴 뿐

다시는 가지 말아야 할
그래서 갈 수 밖에 없는 길을 걸으면,
흰 눈 덮인 나무들만
부러진 팔을 붙잡고 숨을 몰아쉬네

나무 사이에 줄지어 선 나무의 이름을 모르듯
인간을 헤치고 다니면 인간을 알 수 없네
아무리 세차게 고개를 저어도
나무는 눈 속에 스민

자신의 핏자국을 지우며 울지 않네

— 「눈 위에 찍힌 붉은 발자국」 전문

여기는 겨울숲이다. 재앙의 증인이 되기를 자처한 시인은 "다시는 가지 말아야 할 / 그래서 갈 수밖에 없는 길을" 걷고 있다. 그렇게 고통의 화신이 되어 걸어가는 길을 시인은 "피에 젖은 발자국을 찍으며"라는 시구로 은유한다. 그러나 그 숲의 겨울나무를 보라. "머리를 흔들어 눈을 털고" "검은 뿌리의 발톱을 잎사귀로 감추"며 서 있다. "언 손가락을 구부려 / 손바닥만한 하늘에 길을 물을 뿐"이다. "부러진 팔을 붙잡고 숨을 몰아"쉴지언정, 나무는 결코 울지 않는다. 묵묵히 "자신의 핏자국을 지우며" 서 있다. 고통을 과장하거나 엄살을 부리지 않고 나무는 "자기의 온몸으로 나무가 된다"(황지우, 「겨울나무로부터 봄나무에로」). 그런 의미에서 눈 위에 찍힌 붉은 발자국이란, 그 선혈 붉은 이미지가 환기하는 바와 같이 분명한 고통의 증거이지만, 스스로의 핏자국을 지우며 영하의 시간을 온몸으로 버티고 있는 겨울나무의 묵연함에 비할 수가 없다. 낙루의 시간조차 얼려버리는, 지워버리는 겨울나무의 강고함으로, 더 굳세게, 밀고 나가는 시, 그런 시인이 되고자 함이겠다. 그리하여 재앙의 나날들을 버티고, "폐정"(「동면, 폐정, 병이 최초로 발생한 곳」)의 순간을, 그 병의 진원지를 증언하는 시인이 되리라고.

점자를 읽듯 장님이 칼을 만진다

칼날에 피가 흐른다
사람들이 소리 죽여 웃는다

칼은 따뜻하다!
자신이 새긴 글씨가 상처인 줄 모르고
기뻐하는 장님을 보라

쏟아지는 피를 손바닥으로 핥으며
자신도 모르는 글씨를
칼날에 새기고 있다

몸에서 잉크가 떨어질 때까지
더 빨리
더 빨리
마귀가 불러주는 주문을
온몸으로 받아 적고 있다

— 「방언(方言)」 전문

　시라는 이름의 이질음성, 돌연변이, 이방의 언어. 이를 시인은
방언(方言)이라 했다. "점자를 읽듯 장님이 칼을 만진다"는 것.
피를 흘리며, 자신이 새기는 글씨가 상처인줄도 모르고, 쏟아지
는 피를 핥으며 "마귀가 불러주는 주문을 / 온몸으로 받아 적"는
것. 이것이 곧 시작(詩作) 행위의 알레고리이다. 시적 영감은 인간

의 구성 요소인 타자성의 발현이다. 저 너머에 있는 저곳으로 가고자 하는 초월성이 가능하기 위해서는 자신에게서 벗어나 타자의 주문을 받아 적어야만 하기 때문이다. 옥타비오 파스에 따르면 말이란 본질적으로 "타자가 되기 위해 가지는 수단"이다. 따라서 시적 목소리는 '나의 목소리'인 동시에 '타자의 목소리' 다. 이렇게 태어나는 방언은 감각의 위계와 질서를 흔들며, 새로운 존재의 위상학을 만들어내고, 이러한 창조 행위가 곧 영구혁명의 도정 속에 있는 시의 역사다.

죽은 물고기를 삼키는
두루미
목을 부르르 떤다

부리에서 삐져나온
푸른 낚싯줄
흘러내리는 핏물

목구멍에 걸린
바늘을 토해내려
날개를
터는 소리

한번 삼킨 것을

토해내기 위해
얇은 발자국 늪지에 남기며
걸어가는 길

살을 파고드는
석양을 바라보며
두리미가 운다

—「시인」 전문

그리하여 김성규 시인은 시인이라는 존재를 이렇게 알레고리
화한다. 죽은 물고기를 삼키는 두루미가 목을 부르르 떨고 있다.
그러나 그 물고기 부리에서 삐져나온 "푸른 낚싯줄" 때문에 두루
미는 피를 흘린다. "목구멍에 걸린 / 바늘을 토해내려" 날개를
털고 있다. 이때 치명적인 고통의 몸부림을 뜻하는 "날개를 /
터는 소리"는 곧 시를 의미하며, 운명적으로 "삼킨 것"을 토해내
기 위해 "얇은 발자국 늪지에 남기며 / 걸어가는 길"이란 곧 시인
의 천형을 뜻한다. 붉디붉은 석양과 같은 피 흘림의 길, 그 길을
가는 두루미의 울음은 오늘도 이렇게 계속된다. 이처럼 고통을
체험함으로써 나타낼 수 있는 비합리적인 인식의 지평이 곧 시
(예술)의 운명이다. 이 고통의 언어는 재앙의 증언이며 그것이
곧 진정한 시가 내포하는 불화의 계기성이다.

부러진 칼날처럼 우박이 쏟아졌어 익은 사과에 꽂히고 자동차

유리창이 깨졌어 농부들은 쓸모없는 과일을 내다 버리지

우박은 아스팔트 바닥에서 반짝였어 우산을 버리고 집으로 걸어가는 행인들, 버스 유리창의 성에를 손바닥으로 닦으며 바라보지

젖은 신문을 들고 빌딩 아래 담배를 피우는 사람들 연기가 공중에서 부서지지 이어붙일 수 없는 거추장스런 물건을 보듯

화상을 입은 여자가 거울 앞에 서 있지 우는지 웃는지 알 수 없는 표정으로, 형태도 없이 내 마음이 망가지는 날

버스에서 내려 쏟아지는 칼날에 얼굴을 대고 울고 있어 소리내지 않고, 우박 소리가 내 소리를 대신해서 울어주지

형태를 알아볼 수 없을 때까지 내 마음이 망가지는 날, 버릴 수도 없는 그것들을 조각조각 더러운 풀로 붙여 시를 쓰지

덕지덕지 기워진 내 얼굴을 보고 너는 나를 기억할까 더러워진 내 마음을 보고 너는 나를 이해할까

— 「형태도 없이 내 마음이」 전문

또 이처럼 재앙이 변주된다. "부러진 칼날처럼 / 우박이 쏟아"

지고, 그 날카로운 조각들은 "익은 사과에 꽂히고 자동차 유리창이 깨"진다. 사람들은 우산을 버리고 집으로 걸어가고, 화자는 버스 안에서 이를 바라본다. 젖은 신문을 들고 빌딩 아래서 사람들이 담배를 피운다. 사람들은 칼날 같은 우박이라는 재앙 앞에서 아우성치지 않는다. 오히려 그러한 재앙에 익숙한 듯, 쓸모없어진 과일을 내다 버리고, 그저 우산 없이 걸어가고, 젖은 신문을 들고 담배를 피울 뿐이다.

거울 앞에는 "우는지 웃는지 알 수 없는 표정으로" 화상 입은 여자가 서 있다. 이미 재앙에 순화(馴化)된 상황에서, 더 이상의 좌절도 희망도 없다. 화자는 버스에서 내려 "칼날에 얼굴을 대고" "소리내지 않고" 울고 있다. 이처럼 자해에 가까운 자포자기의 심정으로 깊은 속울음을 씹을 뿐인 것이다. 화자는 "형태도 없이 내 마음이 망가지는 날" 버릴 수도 없는 마음 조각들을 모아 "더러운 풀로 붙여" 시를 쓴다고 말한다. "덕지덕지 기워진 내 얼굴을 보고", "더러워진 내 마음을 보고" 너는 나를 기억하고 이해할 수 있는지 묻는다. 이처럼 형태도 없이 마음이 뭉그러진다는 것. 재앙을 전존재적으로 체현하고 이로 인해 누더기가 된 마음을 기워 시를 쓴다는 것. 구제역, 핵 재앙, 쓰나미, 금융 위기 등 일상화된 재앙의 시대(the era of catastrophe)를 살면서, 이에 길항하는 예술은 단순한 개량적 발상으로 얻어질 수 없다. 재앙은 지속되고 현실의 일부가 되기 때문에, 위기의식보다 이에 무감각해지는 속도가 더 빠르다는 점을 이해해야만 한다. 후쿠시마 원전 사고 이후, 우리는 재앙에 대해 각성하기는커녕, 벌써 망각했거나 적어도 우리는 아니겠지 하는 안심 속에서 살고 있지 않은가. 재앙은 멀리 있는 게 아니다. 푸른 지구에서 인간의 삶이 언제나 찬연하고 영원하리라 생각하는 무책임한 믿음 속에 재앙이 살고 있는 것이다. 김성규 시인의 재앙의 상상력은 이를 거부하며 종말의 묵시록을 숭엄하게 수놓는다.

> 나를 죽이고 김이 나는 심장을 꺼내가
> 나를 죽이고 김이 나는 심장을 꺼내가
> 취해, 자면서도 우는 소리가 들리네
>
> ─「우는 심장」 부분

나를 죽이고 우는 심장을 꺼내는 것. 이것이야말로 김성규 시인이 추구해 왔던 시론이 아니겠는가. 오죽하면 "내 몸을 짜서 오늘, 한편의 시를 쓰는 밤"[혈국(血國)]이라 했겠는가. 그의 시에 내재한 부정의 에너지가 재앙의 날들과 만나 더욱 강고해지고 매섭게 날이 서길 기대한다.

멜랑콜리아의 시선들

— 유병록·류성훈·이진희의 시

  지금—여기 우리 시의 내적 동인은 멜랑콜리아다. 이것은 단순한 정조 이상의 시적 현실이다. 검은 담즙(melancholia)이라는 어원 그대로 우리 시의 검은 심연은 현존재의 불안을 담지하고 있을 뿐만 아니라 "모든 시선을 규정하고, 인식을 형성시키고, 수사를 주조하며, 이미지를 창조하는 일종의 기조 화성"(김홍중, 「멜랑콜리와 모더니티」)으로 기능하고 있다. 거기에는 세계감(世界感)으로서의 근대가 만들어내는 소외·고독·부조리·절망·비인간화 등이 그 내적 동인으로 작동한다. 이 모든 인식의 핵심은 세계에 대한 '환멸'인데, 그것은 이 세계는 병들어 있으며 어느 곳에서도 어떤 안식도 얻을 수 없다는 비극적 인식으로 이어진다.

하지만 이러한 인식과 미적 반응이 수동적이지 않고 오히려 적극적인 인식으로 전화된다는 데 멜랑콜리아의 핵심이 있다. 우울은 정신병리적 입장에서는 피동적 성격을 지니지만, 현실 인식과 심미성의 필수적 요소라는 측면에서는 일종의 각성 기제이자 시작(詩作)의 원동력이 된다고 할 수 있다. 프로이트 식으로 말하면, 지금-여기는 단순한 '애도'로 치유될 수 있는 곳이 아니다. 오히려 '영원한 애도의 상태'(김홍중, 「멜랑콜리와 모더니티」) 속에서 끊임없이 방황할 수밖에 없다.

수전 손택이 벤야민의 '우울'을 기술할 때 비유한 바와 같이 "가장 느리게 공전하는 별, 우회와 지연의 행성"인 "토성의 영향 아래 놓인"(『우울한 열정』) 우리 시대의 시인들의 고독하고 우울한 열정이 여기에 있다. 여기서 우리는 이 "토성적 기질"이 세계 인식의 근기(根氣)이며 길항(拮抗)의 심미적 토대라는 것을 확인할 수 있을 것이다.

　걷는다.
　귀를 막고 진열된 희망들 사이로, 입을 닫고 버려진 절망들 사이로
　낙관도 비관도 없이

　희망에게는
　불길한 몇몇의 아나키스트를 길러내서 내쫓는 풍습이 있다 자진해서 국경을 넘는 자들이 있다

절망에게도

얼마쯤 행복이 있겠다 사소한 즐거움은 있겠다 작은 고통이 큰
고통 곁에서 위로받듯이

희망이 절망을 경멸하고
절망이 희망을 짓밟는 광장을 지나서 간다

나는 둔감하고
천국을 이야기하면서 미소를 짓지 않는다 지옥을 떠올리며 농
담을 건넬 수도 있다

나를 경멸하는 너에게
나를 가엽게 여기는 너에게 말한다

사양하겠습니다
교수대 앞에서 용서를 구하지 않았던 위대한 악인들처럼
　　　　　　— 유병록, 「낙관도 비관도 없이」 전문(『유심』, 2014년 6월)

우리 시대에 널려 있는 "진열된 희망들"을 생각한다. 예술미로
윤색된 강력한 미적 에네르기를 내뿜는 상품미들이 그렇고, 그
것에 대한 향유가 생의 유일한 목적인 듯한 타인지향적 욕망들
이 그렇고, 이 모든 것을 둘러싸고 있는 허위의식으로서의 이데
올로기가 그렇다. 희망이 허위의 대타자(A)라고 했을 때, "버려진

절망"은 무엇을 의미하는가. 이는 절망조차 일상화되어 버려진 채 즐비하게 나뒹굴고 있는 현실을 가리키는데, 이러한 상황성에 포획되어 있는 우리의 내면 풍경을 화자는 "낙관도 비관도 없이"라는 시구로 제시한다.

희망은 "불길한" "아나키스트"를 내쫓음으로 제도와 권력이 제시하는 미래상 복무하도록 강요하며, 이는 지금과는 다른 세계를 꿈꿀 수 있는 사유를 원천적으로 봉쇄한다. 권위를, 제도를, 자유를 넘어선 새로운 세계를 향한 영구혁명의 기획들 말이다. "절망에게도 / 얼마쯤 행복이", "사소한 즐거움"이 있다. 그러나 이때 이 행복은 진정한 것이 아니다. "작은 고통이 큰 고통 곁에서 위로받"는 것이기에. 큰 고통이 오면 작은 고통이 잊히는 것을 우리는 행복이라 말하지 않기 때문이다. 이것은 능동적으로 희망을 갈구하는 모습이 아니다.

결국 "희망이 절망을 경멸하고 / 절망이 희망을 짓밟는" 이 시대의 광장에서 화자는 결코 "천국을 이야기하면서 미소를 짓지 않"고, 오히려 "지옥을 떠올리며 농담을" 건넨다. 여기엔 우리 시대에 천국을 이야기하는 것은 모두 허위라는 의식이 짙게 배어 있다. 천국에 대한 과도한 긍정이 아니라 지옥을 상상하는 부정적 계기성이 우리를 자각하게 할 수 있기 때문이다. 그런 의미에서 천국은 이데올로기적이며 그에 복무하는 것은 자기착취적이라는 사실을 이 시대는 뚜렷하게 보여주고 있다.

100년 전 레닌의 어법으로 묻는다. 무엇을 할 것인가? 시인은 우리에게 이렇게 충고한다. "교수대 앞에서 용서를 구하지 않았던 위대한 악인들처럼" 그 어떤 경멸도 연민도 "사양하겠습니다"라고 말할 것을. 여기서 사양한다는 것은 무한한 가능성을 선전하는 자유주의 시대의 가장 레디컬한 행위의 하나가 될 수 있다. 어떠한 "낙관도 비관도 없이" 합의된 담론의 체제에 구속되지 않고 어떠한 계몽적 기획에도 흔들림 없이, 교수대 앞에선 악인처럼, 모든 통치를 넘어선 자유를 꿈꾸었던 아나키처럼, 길이 끝난 곳에서 언제나 새롭게 길을 시작해야 하는 것이다. 유병록 시인이 말하는 낙관과 비관의 사이는 바로 이러한 탈주선에 대한 리좀적 발상이 아닌가. "진열된 희망"이 TV로, 영화로, SNS로 퍼져나가고 그것을 우리 일상의 대기권으로 느끼며 살아가는 이 시대야말로, "귀를 막고" "입을 닫고" 사는 세계감이 필수적으로 요구된다.

돌본다는 건 심장에 깊어지는 못이었다. 4월이 모든 개화(開花) 순서를 놓친다. 식기들을 떨어뜨렸고 먼 촌수로부터 가까운 촌수에게로 찾아오는 문상에게 엄마는 뒷덜미로 다음 밥상을 차린다. 꽃무덤 하나를 두고 서로가 서로를 미루던 병동에서 그 긴 추위를 어떻게 견뎌왔을까. 기저귀 속에서 한 번도 만개해 본 적 없던 외할머니가 더는 일어날 수 없게 되었을 때. 나는 살아서도 일어설 수 없는 봄과, 삶을 돌아본 적 없으면 끝도 돌보지 않는 진실을 이해하지 못했다. 심박이 떨어질수록, 혼자 남겨질 식사와 혼자 남겨질 가족사(家族史)는 끝내야만 옳은 것이 되어 갔다. 요양,이란 아무도 돌보지 않는다는 뜻이었고 지긋지긋한 오한보다 더 지긋지

굿한 것이 봄이라고, 나는 밥상머리에서 차마 말하지 못했다. 벚꽃 만개한 날 봄의 성욕이 거리에 쏟아지듯, 쏟긴 물컵은 밥상의 비린내만 걸레질한다. 돌볼 일 없는 꽃놀이로 어질러진 침상들이 더 두꺼운 혼자가 되어 간다. 입맛이 없어져도, 살 사람도 죽을 사람도 모두 자기가 흩날릴 거라곤 말하지 않았다.

— 류성훈, 「상」 전문(『시와사람』, 2014년 여름)

이제 한 가족사를 껴안고 있는 미시적인 영역에서 멜랑콜리커의 사유의 일단을 감각해 보자. 류성훈 시인은 '상'을 말한다. 이 단음절의 단어가 거느리는 동음이의어의 영역을 모두 일별할 필요는 없지만, 적어도 이 작품에 등장하는 '상'은 '喪'과 '床'과 '牀'으로 구분할 수 있다. 외할머니의 죽음으로서의 '喪', 문상객들의 밥상을 가리키는 '床', 병원의 침상을 뜻하는 '牀'이 그것이다.

먼저 '喪'이다. 화자는 "돌본다는 건 심장에 깊어지는 못이었다."라는 말로 시의 서두를 열고 있다. 이때 '못'은 무엇인가? 시인은 이 작품에서 동음이의어를 최대한 사용하여 독자의 인식과 주목을 강요하고 있다. 돌본다는 것은 심장 깊이 못(nail)을 박는 일이라는 뜻인가? 돌본다는 것은 가슴에 못(callosity)이 박히는 일이라는 뜻인가? 돌본다는 것은 슬픔의 못(pond)이 깊어지는 일이라는 뜻인가? 그 어떤 것도 답이 될 수 있다. 누군가를 돌보아 본 사람은 안다. 그 일은 심장에 못을 박는 일이며, 가슴에 굳은살이 박히는 일이며, 가슴 속에 눈물의 소지(沼池)를 만드는 일이다.

두 번째로 '床'이다. 외할머니의 빈소에 문상객들이 찾아오고 어머니는 끊임없이 밥상을 차린다. "한 번도 만개해 본 적 없던 외할머니"의 죽음은 만개한 벚꽃으로 대표되는 "봄의 성욕"과 대비된다. 이때 화자는 외할머니의 고단한 삶을 다음과 같이 요약한다. "삶을 돌아본 적이 없으면 끝도 돌보지 않는다는 것"을. 자신의 생을 돌아본다는 것은 그만큼의 여백을 요구하는데, 화자의 외조모는 그것조차 허락되지 않는 벅찬 생을 살아왔고, 그로 인해 그 인생의 마지막도 외로울 수밖에 없었다는 것이다.

마지막으로 '牀'이다. 결국 외할머니는 요양을 하게 되고, 겨우내 요양병원에서 긴 추위를 견뎠다. 거기는 죽음을 지척에 둔 노인들이 "꽃무덤 하나를 두고 서로가 서로를" 미룰 수밖에 없는 곳이다. 이때 요양이란 "아무도 돌보지 않는다"는 뜻과 동의어였다. 결국 외조모는 만물이 소생하는 찬란한 봄날의 하루를 골라 당신의 제일(祭日)로 삼는다. 죽음이란 밥상 위에서 쏟긴 물컵처럼 생의 "비린내만 걸레질"할 뿐, 무상한 것이다. 이제 외조모가 누웠던 침상(寢牀)은 홀로 두꺼워진다. 이처럼 인간에게 죽음이라는 것은 외부에서 다가오는 '가능성의 불가능성'(레비나스)이지만, 현존재의 존재 체제 안에서 죽음은 항시 '아직 아님'의 상태로 남아 있는 '불가능성의 가능성'(하이데거)이다. "입맛이 없어져도, 살 사람도 죽을 사람도 모두 자기가 흩날릴 거라곤 말하지 않았"기 때문이다.

이 작품은 '상'과 '못'으로 대표되는 동음이의(homonymy)와 "봄의 성욕"과 '喪'의 대비(antithesis)를 통해 존재와 죽음에 대하여 성찰하고 있다. 죽음을 기억하는 것은 멜랑콜리커의 기본 요건이다. 메멘토모리. 죽음은 모든 생명이 안고 있는 숙명이며, 인간에게 죽음의 공포와 불안은 하나의 실존적 언명이다. 그러나 꽃들은 낙화를 위하여 피어나지 않는다. 죽음에 대한 자각으로부터 생의 의미를 재구성하고 자신을 미래로 내어던지는 기투(企投)는 바로 여기서 시작된다.

　　강요하지 말아요

　　입맞춤은 좋아하지만
　　누군가와 나란히 팔짱 끼고 걷는 건 싫어요

　　잠깐은 마주 설 수 있지만
　　한 몸처럼 나란히 걸을 순 없는 건
　　오전 9시부터 오후 5시까지는
　　내가 누군지 모르겠다가
　　오후 7시부터 새벽 3시 사이에
　　수두룩하게 나와 악수하고 가는
　　쓸모없는 나들 때문인지도 몰라요

　　가능하면
　　쓸모없어지고 싶어요
　　오후 7시부터 새벽 3시 사이

물결에 몸을 맡긴 채 떠가는 들오리처럼
억지로 오리배에 태워도
페달을 밟지 않을 거예요
오전 9시부터 오후 5시까지라면
발 구르는 시늉을 할지는 몰라요
쓸모없어지려면 아직 멀어서
아직은 말뿐인 거라서……

하루 열여섯 시간을 자는 나무늘보처럼
그 나머지 시간에도 줄곧 졸고 있는 나무늘보처럼

나무를 베고 싶지 않아요 모래를 퍼내고 싶지 않아요 참호를 파
고 싶지 않아요 총을 쏘고 싶지 않아요 유일한 신에게 기도하고
싶지도 우주여행을 하고 싶지도 않아요

수백 년 전 당신이 쓴 편지가 나의 심장을 찢어요 거기엔 아무것
도 적혀 있지 않았어요 어떤 얼룩뿐 피일까요 술일까요 눈물일까
요 당신은 편지를 보낸 적 없는지 몰라요 편지를 쓴 당신은 없었는
지 몰라요

살아 있는 동안은 물론 죽은 뒤에도
영 쓸모없어지고 싶어요
　　　　　　　─ 이진희, 「나의 쓸모」 전문(『실비아 수수께끼』, 2014. 5)

여기 쓸모없음을 노래하는 시인이 있다. 온 세상이 유용성(usefulness)을 추구할 때, 시인은 무용성(useless)을 희구한다. 이 작품에서 말하는 "오전 9시부터 오후 5시까지"는 언제인가? 이는 이른바 nine to five, 우리가 사회적 일상을 살아내는 시간을 말한다. 각자의 직장에서 업무라는 이름의 일을 수행하는 시간, 우리는 조직사회에서 유용성을 최대치로 끌어올리려한다. 여기서 화자는 "내가 누군지 모르겠다"고 말한다. 개인의 퍼스널러티는 철저하게 봉쇄당한 채, 목적합리성에 복무하는 부품으로 전락하기 때문이다.

반대로 "오후 7시부터 새벽 3시 사이"에는 "수두룩한 나와 악수하고 가는 / 쓸모없는 나들"을 만나는 시간이다. 누군가 나를 오리배에 억지로 태운다 해도 "오전 9시부터 오후 5시까지"는 "발 구르는 시늉"이라도 해야 하지만, 이 시간만큼은 "페달을 밟지 않을 거"라고 말한다. 이 순간은 수많은 나와 만나는 시간이고, 사회적 유용성이 개입하지 못하는 시간이며, 가능한 한 "쓸모없어"질 수 있는 시간이기 때문이다. "졸고 있는 나무늘보처럼" 어느 것에도 방해받지 않는 나로 돌아가는 시간은 제도의 규율이 만들어놓은 상징계적 질서로부터 벗어날 수 있는 순간이다. 나무를 벨 필요도, 모래를 퍼낼 필요도, 참호를 팔 필요도, 총을 쏠 필요도, 기도를 할 필요도, 우주여행을 할 필요도 없는 세계.

이는 노동과 재화에 종속된 현실 세계의 목적 합리성이 오히려 '헛된 지출'임을 재호출한다. 교환가치의 물신적 지배권 속에서 나날이 남루해지는 우리의 삶은 '거기 있음'으로 존재하는 나를 망각케 한다. "살아 있는 동안은 물론 죽은 뒤에도 / 영쓸모없어지고 싶어요"라는 화자의 진술은 그러한 의미에서 시와 시인의 존재론에 대한 내적 토로라고 할 수 있다.

　사회는 항시 무엇을 위해(for-other) 존재하지만, 문학은 그 안에 스스로(in-itself) 존재한다. 아도르노는 「시와 사회에 대한 강연」에서 사회 규범은 유용성을 목적으로 하지만, 문학은 '거기 있음'으로 해서 오히려 사회비판적이라고 말한 바 있다. 그렇기 때문에 예술은 총체적인 교환가치를 지향하는 조건에 의한 인간의 타락을 묵시적으로 비판할 수 있는 것이다. 이렇게 현실에 대한 확정적 부정성은 바로 "쓸모없음"의 쓸모로 인해 발생한다. 이때 멜랑콜리아가 함유하는 쓸모없고 무능하고 타락한 자아상은 우리의 경험적 현실을 거부하는 저항적 몸짓이 된다. 이 부정적 계기성에 의해서 잉태된 언어 안에 우리가 문학이라고 부르는 쓸모없음의 가치가 내재해 있는 것이다.

오래된 그늘

— 박미란 시집 『그때는 아무 것도 몰랐다』

1995년에 등단한 이래, 20년 만에 세상에 나온 첫 시집이다. 어떤 용암 같은 시간들이 지나갔기에 이토록 오랜 시간을 견딘 것일까. 이런 생각만으로도 아득해진다. 혹시 자신이 잊히지나 않을까 하는 두려움에 작품 발표와 시집 출간에 조바심치는 시단의 분위기를 생각해 볼 때, 스무 해라는 견인 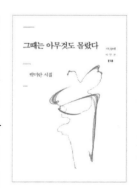 (堅忍)의 시간은 실로 놀랍다. 그러한 의미에서 그녀의 첫 시집을 펼치는 것은 한 켜 한 켜 두터워진 나이테를 찬찬히 더듬어 보는 것과 같다.

살다가 가끔 음음, 할 때가 있다

음음, 그토록 기다렸다 만나면 손이라도 덥석 잡을 줄 알았는데
그냥 좋아 자지러질 줄 알았는데
오히려 할 말이 없어 음음, 이라는 말에 물들고 있다

흰 눈동자를 가진 검은 나무에 비스듬히 기댄 당신 얼굴
아무 생각이 나지 않는다
음음, 말들이 안으로 삼켜지는
주머니 속에서 손이 나오지 않는 느닷없는
이런 날

음음, 점점 어두워지는 당신의 눈, 당신의 어깨, 당신의 흰 손목,
둥근 귓바퀴와 흘러내리는 머리카락, 머리카락……

내가 기다린 것은 오직 음음, 더 깊은 어둠이다 이미 지나갔다고
생각한
그곳에 음음, 당신이 있다

— 「음음」 전문

모든 존재에 대한 기다림과 만남이 그렇듯, 문학에의 운명적
조우와 열망도 그것과 동궤에 있다. 그러나 저 기다림, 존재의
근원에 대한 매혹은 항시 채워지지 않는다. 무엇인가 기다린다

는 것은 끊임없이 나의 조건으로부터 도망하여 진정 자신으로 돌아가려는 움직임일 터인데, "음음"이라는 무덤덤한 감탄사 이상으로 귀결되지 않는 것이 또 우리의 생이다. 손이라도 덥석 잡고, 좋아 자지러질 줄 알았지만, 오히려 "음음"이라는 묵묵한 말없음. 결국 "내가 기다린 것은 오직 음음, 더 깊은 어둠"인 것이다. 문학이 해줄 수 있는 말도 결국 "음음"이다. 아마 시인은 지난 20년 동안, 아니 시를 꿈꾸던 더 먼 과거로부터 "음음"이라는 말을 간신히 내뱉기 위해 오랜 시간을 견뎌온 것이 아닐까. 적어도 나는 이 시집이 "음음"과 같이 속내를 다 드러낼 수 없는 어둠, "안으로 삼켜지는" 슬픔, 그런 아픔을 더 깊게 감싸 안은 언어미학에 화답한다고 믿는다.

이 시집에 실린 55편의 시를 관통하는 시혼은 입을 다물지 못하는 슬픔에 그 기원을 두고 있다. 그것은 기억의 형태로 존재하는 화석화된 슬픔도, 정신적 외상과 관련된 병리적 상황도, 거시사를 거느린 사회역사적 슬픔도 아니다. 그녀의 시는 미시적 개인사 안에 현재 진행형으로 존재하는 슬픔 속에서 상징적 표상물을 건져 올린다. 그것은 슬픔과 오랫동안 사귀어 온 사람만이 얻을 수 있는 애소의 응결체이자 미학적 응전물이라고 할 수 있다.

다시는 입 다물 수 없어
옛날로 돌아갈 수 없어

아마 입 벌리고 싶었을 거야
붉은 속울음 보여주고 싶었을 거야
벌어지고 나니
도무지 입 다무는 방법을 모르는데

그 벤치 위의 저녁,
정신없이 걷다가 발길 끊어진 후에야
물기 번지듯 갔지
오로지 번지고 번져서 갔지

번진다는 건
무작정 다가가는 일이라는 걸
내 삶이 망가진 다음에야 알았지

뜨거움이 지나간 그때 그 자리에서
아, 벌어진 입
끝내 다물지 못하고

— 「조개처럼」 전문

  입을 다물 수 없다는 것. 이는 화자의 말에 의하면 "붉은 속울
음"을 보여주기 위해서다. 뜨거운 물에 데여 입이 벌어지는 조개
가 "다시 입 다무는 방법을 모르는"것처럼, 화자에게 상처는 아
물지 않은 채로 벌어져 있다. 암시적으로 제시된 "그 벤치 위의

저녁", 화자는 "물기 번지듯" 무작정 걸어간다. 물기가 번져나가는 것을 멎게 할 수 없듯이, 생이란 불가역적이어서, 우리 역시 어떤 이끌림에 의해 무작정 다가가게 되는 것이 있지 않은가. 그렇게 그 뜨거운 순간이 지나고 나면, "벌어진 입 / 끝내 다물지 못하"는 생의 화인(火印)이 찍히게 되는 것이다. 끝내 아물지 않고 붉은 속살 드러내는 상처처럼.

모든 예(藝)의 시작엔 어떤 홀림이 있다. 그 운명이 생의 한 부분을 훼손하고 파괴한다고 해도, 그것을 짊어지고 나아가는 모든 쟁이들은 "뜨거움이 지나간 그때 그 자리"를 벌어진 상처로 언제나 현재화한다. 그들은 오히려 비루한 생의 상처를 동력으로 "끝내 다물지 못하"는 입을 밑천삼아 나아가는 자다. 그 고통의 언어가 바로 벌어진 조개의 입으로 상징된 것이 아닐까. 아마도 이러한 현재화된 슬픔, 오래된 그늘의 넓이가 그녀의 시의 자장을 형성하고 있는 것이 아닐까.

봄날 매운 파밭에서,

찜통 같은 공장 바닥에서,

눈 내리는 쓰레기더미에서,

어느새 저 높은 곳까지 쫓아갔을까

밤중에 잠깐 올려다본

서쪽 하늘가엔

시리고 서러운

엄마 발목이 걸려 있다

—「반달」 전문

　그녀의 시에 나타난 뛰어난 표상성은 이 작품에서 조금의 결
(缺)도 과(過)도 없이 압축적인 정결미를 드러낸다. 이 시에 등장
하는 엄마를 보라, 아니 달을 보라. 그것도 아니다. 오로지 달의
움직임과 모양을 말하면서 엄마의 고단한 생을 이야기하는 화자
의 뛰어난 수사를 보라. "봄날 매운 파밭에서, / 찜통 같은 공장
바닥에서, / 눈 내리는 쓰레기더미에서," 신로(辛勞)의 생을 살아
야 했던 엄마. 그런데 "어느새 저 높은 곳까지 쫓아갔을까". 밤중
에 올려다본 서쪽 하늘에 "시리고 서러운 / 엄마 발목"이 "반달"
로 걸려 있었던 것이다. 어머니의 발목과 서쪽 하늘가에 걸려
있는 반달 사이의 유추는 단순한 수사를 뛰어넘은 "시리고 서러
운" 삶을 뜨겁게 껴안는 단아하고 곡진한 생의 메타포라고 할
수 있다.

　사춘기가 올 무렵

처음으로 한 남자의 물건을 보았다
거무튀튀한 사타구니 사이에서
힘없이 세상 밖을 내다보던 그것

단단하던 그가
누가 우는 걸 그토록 싫어하던 그가
장성 도립병원에 누웠을 때
가까운 사람들이 제일 먼저 그를 떠나갔다

밤새 울부짖다가 잠든
그의 기저귀를 갈다가 마주하게 된 물건
어린 내가 감당할 수 없는
너무 커다란 감정이거나 쓸데없이 달린 혹 같아

아버지 가까이 갈 수 없었다

아비 것이어도 아비를 모르는
번데기처럼 쪼그라든 그것이 또 혈뇨를 쏟아냈고

그가 깨어나기를 무섭도록 오래 기다렸다

— 「오래된 슬픔」 전문

여기서 화자는 사춘기 시절, "혈뇨를 쏟아"내던 아버지를 돌보다가 경험하게 된 정신적 외상을 담담하게 들춰낸다. 평소 "단단하던 그가 / 누가 우는 걸 그토록 싫어하던 그가" "밤새 울부짖다가" 잠이 든다. 그 사이 "그의 기저귀를 갈다가 마주하게 된 물건"은 어린 화자에게 엄청난 충격으로 다가왔다. "거무튀튀한 사타구니 사이에서 / 힘없이 세상 밖을 내다보던 그것"은 화자에게 "너무 커다란 감정이거나 쓸데없이 달린 혹"처럼 여겨지고, "어린 내가 감당할 수 없는" 심적 타격을 남긴다. 사춘기 소녀가 아버지를 통해 "한 남자의 물건"을 처음 목도한 "오래된 슬픔" 속에는 아버지라는 상징 질서의 무너짐과 특권적 기표인 남근(팔루스)의 상징적 결여가 자리하고 있다. 그렇기에 화자는 아버지가 다시 깨어나기를 "무섭도록 오래" 기다릴 수밖에 없었던 것이다. 이렇게 아버지라는 상징적 기표를 잃어버린 상실감은 시인에게 짙고 넓은 그늘을 오랫동안 거느리고 살게 하였고 그것을 숙주로 그녀만의 시가 발아했을 터이다.

동생을 그렇게 가까이서 보기는 정말 오랜만이었다

그녀가 사는 소읍을 지나치다가 육교 옆 느티나무 밑에서 잠깐 만났다 이제 동생은 앳된 소녀도 막내도 아니었다

밥이나 먹고 가라고 내 팔목 끌어당기는 손은 차갑고 까칠했으며 줄곧 웃는 얼굴은 잔주름과 기미를 다 가리지 못했다

십여 년 차이의 우릴 보며 친구가 저래 좋구나, 지나가는 할머니 말에 아무렇지 않은 척 동생은 또 활짝 웃었다

그간의 사정은 말 안 하고 웃기만 해도 웃음 사이사이 조금씩 내려앉았다가 사라지는 그늘,

놓아주지 않을 듯 잡은 동생 손에서 슬며시 내 손을 빼내어 바쁘게 소읍을 떠나왔지만

말할 수 없는 손끝의 감촉과 나무그늘보다 깊어지던 막내의 그림자는 한동안 나를 떠나가지 않았다

—「막내」 전문

화자는 더 이상 "앳된 소녀도 막내"도 아닌 동생을 "정말 오랜만에" 만난다. 동생의 손은 "차갑고 까칠했으며" "잔주름과 기미"가 끼어 있다. 이때 지나가는 할머니가 "십여 년 차이의 우릴 보며 친구가 저래 좋구나"라고 말했을 때, 동생은 활짝 웃었지만, 화자는 그녀의 웃음 사이사이에 내려앉았다 사라지는 "그늘"을 본다. 그 후로 오랫동안 화자에게는 막내의 차고 거친 손과 깊은 그림자가 잊히지 않는다. 이 작품은 동생의 조로함이나 그 사연에 초점을 맞춘 것이 아니다. 오히려 신산한 생의 자취를 감추지 못하는 동생을 바라보는 화자의 반응과 그 내면 풍경이 핵심이라고 할 수 있다. 웃음 사이사이 그늘이 내려앉은 동생을 바라보

는 언니의 마음과 "놓아주지 않을 듯 잡은 동생의 손에서" "손을 빼내어" 서둘러 떠나야 했던 말할 수 없는 아픔과 오랫동안 "막내의 그림자"를 기억하는 언니의 먹먹한 마음이 시리게 빛나는 작품이다. 이렇게 박미란 시인에게 가족사에서 침윤된 오래된 그늘은, 뿌리를 잃고 떠도는 존재들의 근원을 향한 "목 쉰 울음"으로 확대된다.

고향을 그리는 생목들의 짙은 향내
마당 가득 흩어지면
가슴속 겹겹이 쌓인 그리움의 나이테
사방으로 나동그라진다

새떼들의 향그런 속살거림도
가지 끝 팔랑대던 잎새도 먼 곳을 향해 날아갔다
잠 덜 깬 나무들의 이마마다 대못이 박히고
날카로운 톱날 심장을 물어뜯을 때
하얗게 일어서는 생목의 목 쉰 울음

꿈속 깊이 더듬어보아도
정말 우린 너무 멀리 왔어

눈물처럼
말갛게 목숨 비워 몇 밤을 지새면

누군가 내 몸을 기억하라고 달아놓은 꼬리표
날마다 가벼워져도

먼 하늘 그대,
발돋움하는 소리 들릴 때
둥근 목숨 천천히 밀어 올리며
잘려지는 노을
어둠에도 눈이 부시다

— 「목재소에서」 전문

　　시인의 등단작이기도 한 이 작품은 목재소에 쌓여 있는 나무들을 통해 모든 생명의 근원적 의미를 건져 올리고 있다. 짙은 생목의 향내와 그리움의 나이테들은 노스텔지아의 지표이다. 이제 "향그런 속살거림"으로 재잘거리던 새떼들도 없고, "잠 덜 깬" "이마마다 대못이 박히고" "날카로운 톱날"이 "심장을 물어 뜯"을 뿐이다. 그러다 "정말 우린 너무 멀리 왔어"라고 아프게 중얼거린다. 이렇게 우리 생도, 존재의 시원으로부터 멀리 떨어져 나와 깨어지고 부서지는 것이 아닌가. 이때 "고향을 그리는 생목들"의 운명과 허망한 세계에 내던져진 인간의 실존적 상황 사이의 알레고리는 이 작품의 뛰어난 발견의 지점을 가리킨다. 이렇게 나무들은 몇 밤을 지새우며 가벼워지고, 마침내 누군가에 의해 이름표가 달린다. 그러나 이때 이 이름표는 오히려 존재의 본질을 영영 지워버리는 사형수의 수형번호 같은 것이다. 그것은 어디까지나 목재의 종류와 크기와 용도에 의해서 피동적으로 붙여진 이름이기 때문이다. 저 "먼 하늘 그대, / 발돋움하는 소리"가 들려올 때, 고향을 그리는 생목의 마음은 "어둠에도 눈이 부시다". 목재소의 생목을 통해 발견한 생의 의미와 근원을 향한 존재의 열망을 형상화한 이 작품은 오랫동안 그늘과 사귀어 왔던 시인의 깊은 시심이 세계관의 차원에서 확대되고 심화되어 이룬 하나의 시적 성취다.

밤은 그냥 가지 않고
기억을 품고 가려 한다

무엇 때문에 어둠에서 새벽이 태어나고
무엇이 이 흰 공간으로 밀려오는가

매일 밤이면서 새벽이고
낮이면서 저녁인 시간들
무엇 때문에 하루는 또 하루를 물고 가는가
죽은 별이 살아나 눈썹 위에 비틀리는가 무엇 때문에
죽은 별이 다시 죽어
입술은 루즈를 덧칠하고 핏기 없는 얼굴은 화장을 떡칠하는가

모든 밤이 서럽지 않으면서 서러운
화려하고 쓸쓸한 잔칫날인데

흰 천에 형형색색(形形色色) 실을 놓아 끝없는 밤으로 이어놓는가

새벽을 푸르게, 뼈마디 쑤시도록 푸르게 하는가

무엇 때문에
밤과 새벽이 멀리 떨어진 듯 이어져
또 하루가 무단결근 없이 이리도 밝아오는가

*파블로 네루다의 시 「어디냐고 묻는다면」에서 변용.

― 「비단길」 전문

마지막으로 한 가지만은 확신할 수 있겠다. 박미란 시인의 "밤"이 곧 "비단길"이었음을. "밤은 그냥 가지 않고 / 기억을 품고 가려"하는 것과 같이 그녀의 시는 잊히지 않은 기억의 산물이다. 앞으로도 시인은 "서럽지 않으면서 서러운 / 화려하고 쓸쓸한 잔칫날" 같은 "밤"의 기억을 시로 기록할 것이다. 하루도 "무단결근 없이" 찾아오는 숙명의 나날들 속에 감춰진 생의 비의를 건져 올릴 것이다. 그리하여 무엇이 "새벽을 푸르게, 뼈마디 쑤시도록 푸르게 하는"지 말하려 할 것이다.

메마른 비단길, 모래바람 속을 걷고 있는 한 시인의 모습이 떠오른다. "매일 밤이면서 새벽이고 / 낮이면서 저녁인 시간들"을 계속 걷고 또 걸으면, 새벽은 언제나 뼈마디가 쑤시게 푸를 것이다. 넓고 깊은 그늘이 만든 웅숭깊은 그녀의 노래가 이번 첫 시집을 통해 더욱 환하게 개화하기를 기대한다. 그런 의미에

서 나의 이 글은 "막 꽃피우려는 노란 민들레에게 / 내년 꽃을 기억해보라고, 기억해보라고 / 억지 쓰는 일"(「온기」)이다.

저주의 양식 혹은 피학의 윤리학

— 박순호 시집 『승부사』

시는 선택받은 자들의 빵이자 저주받은
양식이다. 옥타비오 파스의 말이다. 이는
문학에 대한 범상한 개념으로 받아들일 수
있겠지만, 특수하게는 근대 이후 문학의 존
재방식에 대한 적확한 갈파라고 할 수 있다.
어떻게 써야 하며, 왜 써야만 하는가라는
미적 준거와 사회적 의식이 도입된 것도 바

로 1789년 이후 도래한 근대의 산물이다. 그러한 측면에서 적어
도 미학으로서의 개성과 윤리로서의 성찰이라는 개념은 아직도
문학이라는 이름의 유적을 지탱하는 두 기둥이다.

시민사회의 형성과 함께 성장해 왔던 문학의 정치적·윤리적·지적 책임은 이제 끝난 것처럼 보인다. 그런 의미에서 우리 시대 시는 오로지 저주받은 양식이다. 극소수의 사람들에겐 영혼의 빵이 될지는 몰라도, 근대문학의 부서진 잔해들 사이에서 희뜩희뜩 영화로웠던 과거의 흔적들이 또 하나의 저주처럼 감득될 뿐이다. 활활 타오르던 열망의 검은 뼈대는 앞서 말한 개성과 성찰이다. 자신의 어두운 내면 속에서 개성을 드러내되, 총체적 교환세계를 상징적으로(언어를 통해서) 죽이는, 아도르노가 말하는 이상으로서의 어둠(black as an ideal)은 근대 이후 미학의 숙명이다.

우리 시대의 시인에게 세계고(世界苦)의 감지 방식으로 피학이라는 저주의 주문을 걸게 된 것도 문학이 감당해야 할 윤리의 지점과 연결된다. 박순호 시인, 그는 만화방창하는 이 세계의 휘황함에 속절없이 패배하고 있다. 그러나 그 패배와 쓰라린 내면 풍경 속에서 아직도 지난 세기 문학이라는 무너진 신전을 겨우, 간신히, 아프게 떠받들고 있는 모습을 발견한다.

한강 둑에 핀 흰제비꽃이 신기해서
한참을 보다가 집안에 들이기로 마음먹었다
여덟 뿌리를 캐어다가 스티로폼 박스에 옮겨
볕 잘 드는 발코니에 놓아두었지만 우리는
어색한 사이가 되어버렸다
강바람을 퍼 담아 올 수도 없고

물살을 데리고 오지 못하는 내게
곁을 내어주지 않는 흰제비꽃
그 무렵 참을 수 없는 시간들이
내 몸 여기저기를 파내고
머리털이 뭉턱뭉턱 빠지기 시작했다
다발성 원형탈모였다
아내가 머리를 헤쳐 여덟 군데를 찾아내면서
시 쓰지 말라고 화를 냈다
모자를 눌러쓰고
제자리에 돌려주고 온 날
내 머리에도 하얀 싹이 올라오기 시작했다

— 「제비꽃 파낸 자리」 전문

이 시를 놓고 세계를 아유화(我有化)해 왔던 인간 욕망을 언급하는 것도 이미 낡은 입각점이다. 한강 둑에서 흰제비꽃을 파왔지만 그것은 화자에게 곁을 내주지 않는다. 그 여덟 뿌리의 흰제비꽃이 왜 마음의 문을 열지 않았을까. 살았던 곳의 강바람이나 물살을 데려오지 못해서라고 화자는 말한다. 아무리 볕 잘 드는 발코니에 놓아두었다지만 그것만으로 그들의 살던 곳의 생태적 조건을 만족시킬 수 없다는 것. 이식(移植)에의 욕망이 만들어낸 오접(誤接)의 자리는 곧 화자의 다발성 원형탈모와 연결된다. 자신이 만들어낸 타자의 상흔을 자신의 그것으로 가져오는, 이 반성적 사유의 지점이 곧 그의 시심의 발화점이다. 머리 빠진 여덟 군데가 곧 화자가 흰제비꽃을 파낸 자리다. 화자의 아내는 시작 (詩作)의 괴로움이 탈모로 이어졌다고 생각하고 "시 쓰지 말라고" 화를 냈다지만, 화자는 탈모의 원인이 거기에 있다기보다는, 자신이 타자에게 끼친 상처에 있다는 것을 안다. 흰제비꽃을 제자리로 돌려주고 온 날, 화자의 머리에 다시 싹이 돋는 것은 그 반성의 결과다. 곧 그의 시의 인식론적 흐름은 가학 → 피학 → 성찰로 이어지는 윤리적 회로와 연결된다.

　　웃을 일이 없다고
　　딱 잘라 말하는 사람들은 하나같이
　　목젖을 보여 준지 오래되어서
　　마주앉아 있다 보면
　　나른해지고 캄캄한 동굴이 된다

　　이미 오래전에 이별을 말하던 사이
　　안쪽에 머물면서 바깥의 가죽을 바라보고
　　속사정을 들여다보는 관계 그러므로
　　잡히지 않는 꿈을 쫓거나
　　진창에서 허우적거리거나

　　좀처럼 웃음의 행간은 넓혀지지 않는다

　　고개 젖혀 크게 웃는 사람을 보면

행복은 아무렇지도 않게
길거리에 나뒹구는 전단지처럼
한 웅큼 잡힐 듯하다가도
외등 없는 골목에 처박힌다
노후설계를 하지 못하는 지구를 닮아간다

희망은 왜 가파른가
정성들여 애무를 해도 열리지 않는가

웃음의 행방을 뒤쫓다가도 얼마 못 가
헉헉거리며 주저앉는다
떠오르지 못하고
찌든 삶에 눌러 붙어 썩어간다
원치 않는 얼룩을 남긴다

— 「웃음은 누가 일으키는가」 전문

　　미디어에서 SNS에서 웃음은 폭죽처럼 터져 오르고 세계가 차
라리 하나의 축제의 현장 같지만, 이 장면들은 수많은 이들이
점과 점으로 흩어져 자신을 연출하는 행위일 뿐이다. 온몸으로,
진심으로 웃을 수 없다는 것은 우리 시대가 만든 불가능이다.
선행도 평점으로 매겨지고, 그런 의미에서 진정한 나눔이란 없
다는 재독 철학자 한병철의 단정적 결론은 우리가 진정으로 타
자와 교통할 수 없는 거대한 계량 사회 속에 살고 있음을 말해

주고 있다.

웃을 일이 없다고 말하는 이와 마주 앉아 있다 보면 "캄캄한 동굴"이 되고 "좀처럼 웃음의 행간은 넓혀지지" 않는다. 반대로 "고개를 젖혀 크게 웃는 사람"을 보면 행복은 "길거리에 나뒹구는 전단지처럼" 지천으로 널려 쉽게 잡을 수 있을 것 같지만, 그것도 결국 "외등 없는 골목"에 처박히고 만다. 그럼 시의 제목처럼 "웃음은 누가 일으키는가"라고 물을 수밖에 없다. 화자는 적어도 우리 시대의 웃음이란 자기조작적인 연출이고 위선이라고 말하고 있는 것처럼 보인다. 종내 그 웃음을 "노후설계를 하지 못하는 지구"에 비유한 것처럼, 웃음의 부재는 파국의 묵시록적 증례다.

그리하여 화자는 말한다. "희망은 왜 가파른가 / 정성들여 애무를 해도 열리지 않는가"라고 말이다. 진정한 웃음이라는 기표는 희망을 동력으로 할 텐데, 그것이 막혀버렸다는 것이다. 화자는 존재하지 않는 "웃음의 행방"을 뒤쫓다가 주저앉고, 결국 그 열망은 찌든 삶에 눌러 붙어 썩어가고, 마침내 "원치 않는 얼룩"을 만든다. 존재하지 않는 웃음 씨를 찾는 이 부조리함은 기실 오지 않는 고도를 기다리는 블라디미르와 에스트라공의 절규를 닮았다. 기다림의 끝에 죽을 수 있는 자유마저도 놓쳐버리고 지루한 시간을 지속하는 그 연극 무대는, 근원적으로 부재한 웃음의 행방을 찾는 우리 시대의 곤핍함과 닮아 있다.

미안하지만 다시 태어날 이유가 없지 싶다

그래도 꼭 태어나야 한다면 손과 발 달린 것은 사양한다
저잣거리에 놓여 있는 풍경도 싫다
꽃도 싫다 바위도 싫다
암초 깊은 곳에
가부좌를 틀고 앉아 있는 생불
뭉툭한 전복으로 태어나고 싶다

껍데기에 뚫린 몇 개의 솟은 구멍은
숨구멍이기도 하고
눈알이기도 하고
불순한 생각의 즙을 뱉어내는 입이면서
항문이기도 하다
규율과 법칙을 모르는 바닷가 보헤미안
몸 전체가 발바닥인 전복이고 싶다

속살을 감싸고 있는 저 신비한 빛깔
한 땀 한 땀 수를 놓은 듯 낮은 주름으로 잡혀지고
내면에 품은 영롱한 진주빛 물결은
나만의 것

고래가 지나는 길목과 수천수만의 은빛 화살촉이 내리꽂히는
정어리 떼를 바라보며 느리게 느리게
나를 은폐시키고 싶다

해초처럼 너울거리고 싶다

내가 나를 버리고 싶어지면 비로소
사람의 칼날이 내 속살을 도려낼 순간을 허락하리라
그리하여 남은 껍데기는 얇게 썰려
꽃이 되고 사슴이 되고
어느 고풍스런 한옥 한켠
자개장롱으로 놓여 있으리라

—「전복」 전문

　이렇게 빠져 나갈 수 없는 첨예한 조절사회의 수인이 되었다
는 각성은 화자에게 "미안하지만 다시 태어날 이유가 없지 싶다"
는 생각에 가 닿게 한다. 저잣거리에 놓이기도, 꽃도 바위도 다
싫지만, 그래도 꼭 다시 태어나야 한다면 그는 전복이 되고 싶다
고 말한다. 우리는 누구나 제도의 구속을 피할 수 없지만, 저
깊은 내면엔 근본적인 탈주의 욕망이 가라앉아 있다.
　발도 몸통도 구분 없이 "몸 전체가 발바닥인" 전복처럼, "내면
에 품은 영롱한 진주빛 물결"을 "나만의 것"으로 지닌 채, 정주(定
住)하지 않고 너울거리고 싶은 것. 그러다가 스스로를 버리고
싶을 때 인간의 칼날을 허락하고, 껍데기는 한옥 한켠 자개장롱
으로 수놓아 지고 싶다는 것. 정주가 탈주로, 소유가 무소유로
화하는 전복의 생은, 진정한 생의 자유가 어디에 있는지, 잃어버
린 웃음 씨의 행방을 어디서 찾을 수 있는지 묵언으로 전하고

있다.

도로 위에 말라붙은 짐승의 가죽처럼
전류가 팽팽하게 당겨진다
둥근 콘크리트 관은 벽과 창문으로 연결되고
수만 킬로미터를 달려가도 물이 있었던 흔적은 없다
죽은 뿌리들만 이정표가 되어 박혀있다

어디선가 모래바람이 불어온다
선인장이 늘어나고
당신의 건조한 입술에서
삐져나오는 가시

문득 항아리를 묻기 위해 땅을 파던 날
삽날에 걸린 전선을 생각한다
오래전에 죽었지만
썩지 못하는 둥그런 살점들
건네주지 못한 공간과
넘지 못하는 울타리
통로가 차단된 폐가로 남아 있다

주황색 고깔이 차량을 유도하는 도로 중앙
통신맨홀 뚜껑이 열리고

인부의 어깨에 걸린 전선이 맨홀 아래로 한없이
빨려 들어가는 오후

—「통신맨홀」 전문

이 메마름을 어찌할 것인가. 생명수가 아닌 "죽은 뿌리들"로만
연결된 우리 생의 자리를. 그럴수록 "노후설계를 하지 못하는
지구"(「웃음은 누가 일으키는가」) 어딘가에서 모래바람이 불어오
고, 우리들의 건조한 입술에선 가시가 삐져나온다. 점점 확장되
고 있는 사막처럼, 우리 생은 점점 황무지가 되어 가고 있다.
"말라붙은 짐승의 가죽처럼" 팽팽하게 전류가 흐르는 통신 케이
블은, 용도가 폐기되어도 "썩지 못하는 둥그런 살점들"로 남아
"통로가 차단된 폐가"로 지층에 남아 있다.

"인부들의 어깨에 걸린 전선들이 맨홀 아래로 한없이" 빨려
들어간다. 애초부터 생명의 뿌리가 될 수 없는 것들이, 부식조차
도 허하지 않는, 환원될 수 없는 시간 속으로 묻혀간다. 생명이
아닌 비생명을, 물이 아닌 전류를 실어 나르는 죽은 뿌리들에서
우리 문명의 오후를 목도한다. 내면 진술보다는 상황성 그 자체
에 주목한 이 작품에서 종말을 향해 치닫는 우리 문명의 야수성
과 물질성이 오롯이 드러난다. 그리하여 문명이라는 이름의 폐
가(廢家)를 다시금 선명하게 건져 올린다.

"겁내지 않는" "타고난 기질의 승부사"(「승부사」)인 박순호 시
인에게 거는 믿음이 이러한 강고한 응시에 있음은 주지의 사실
이다. 시라는 저주의 양식을 빵으로 여기고, 세계고를 껴안는

피학의 자리마다 균사처럼 시가 피어날 것이다. "삶이 쳐 논 올무에 걸려 발버둥 칠 때에도"(「시인의 말」) 시업(詩業)을 일구는 일을 포기하지 않는 그의 생이 애틋하면서도 미쁘다. 그것이 곧 시인의 운명이니!

유럽풍 샹들리에를 거부한 자의 빈 소주병

— 박승출 시집 『거짓사제』

예술에 대한 부르주아적 미학관념은 대체로 숭고미와 순수미를 바탕으로 한 추상주의의 엄호를 받는다. 삶을 박제화하여 거룩한 예술의 성전에 보관해 왔던 부르주아 미학에 반기를 든 아방가르드 예술의 반(反)미학은, 전통과 합리라는 예술을 둘러싼 환영을 걷어냄으로써 예술을 정치화하려 했  다. 박승출 시인의 시정신은 적어도 이러한 맥락과 동궤에 놓여 있다. 부르주아적 가치와 삶의 태도를 둘러싼 일체의 상부구조들, 가령 교육·문화·예술 등에 내재한 허위의식을 까발리는 그의 시적 태도는 끈질기도록 고집스럽다. 그러한 의미에서 『거짓 사제』라는 이 시집의 표제는 중세적 이데올로기로부터 면면히 이어져 내려오고 있는 예술적 아우라에 대한 부정을 내포한다. "비밀의 정원에서는 꽃들이 성장을 계속"하고 "거만한 사제들은 수명을 늘여나갔"으며, "유럽풍 샹들리에가 있는 저택"에 있는 "모든 책들이 책장에서 낡아"가는 것은 바로 이를 은유한다.

1

한 번은 그의 저택을 방문한 적이 있다. 크고 넓은 복도를 지나가는 동안 옷을 잘 차려입은 사람들에게 목례를 받았는데 그건 누구라도 집사라고 생각할 수는 없었다. 나는 저택의 주인에게 어울리는 품위 있는 유럽풍 인사를 그들에게 보여주어야만 했다.

처음 보는 어둠 속을 더듬듯 천천히 나는 저택이 내뿜는 어떤 이상한 기류에 빠져들고 있었다. 대낮에도 방문은 모두 잠겨 있었고 커튼 드리워진 창문마다 희미한 빛이 흘러나왔다. 그때 나는 깜짝 놀랐다. 벽에 늘어선 어떤 그림 하나가 몰래 자신을 숨기고 있는 것을 발견했다. 그 순간 사람들의 무지에 대해 나는 놀랐어야 했는데 나는 그만 그 어마어마한 가격에 놀라고 말았다. 그림을 사랑하지 않는 집사들과 유모들에 대해, 그 무심한 가격표와 그 저택의 무식함에 대해 터져 나와야 할 웃음을 누른 채 죄 지은 것처럼 얼굴이 뜨거웠던 것이다.

물론 그건 내가 받은 모욕 중에서 최고는 아니다. 살아오면서 많은 모욕을 받아왔고 앞으로도 받을 모욕은 많이 남아 있을 거라 짐작하기 때문에 거대한 저택을, 집사들과 유모를, 죽어가는 꽃들을, 꽃의 향기를, 우울한 그 가짜 그림을 나는 용서해야 했다.

2

화려한 저택에선 꽃의 향기를 잘 그려야 한다. 화려한 저택에 어울리는 걸음걸이와 부드러운 표정, 지적인 말투, 그리고 서재에 꽂힌 오래된 서적들에 대해서는 침묵해야 된다. 모차르트의 피아노 선율을 들려주어선 안 된다. 가짜 그림의 화가와, 읽히지 않는 서적의 저자와, 겸손한 작곡가와, 그 밖의 저택에서 죽어가는 모든 아름다운 이들에게는 경의를 표해야 한다. 화려한 저택에서는 집사에게 어울리는 유럽풍 인사와 저택의 주인에게 어울리는 유럽풍 인사를 구별할 줄 알아야 한다. 돌아 나오는 길을 잊어서는 안 된다.

—「유럽풍 저택」 전문

이 유럽풍의 저택은 안으로 들어가는 "크고 넓은 복도"에서 "누구라도 집사라고 생각할 수 없"이 "잘 차려입은 사람들"이 목례를 함으로써 화자를 주눅들게 한다. 이 "저택이 내뿜는 어떤 이상한 기류"에 빠져든 화자는 "벽에 늘어선 어떤 그림 하나가 몰래 자신을 숨기고 있는 것"을 발견한다. 저택의 사람들은 예술로서의 그림에는 전혀 관심이 없다. 그저 "어마어마한 가격"이라는 환금성 자체에 눈이 멀어 있기 때문에, 그림을 그림으로 알아보지 못한다. 이에 화자는 그들의 무식함에 놀람을 금치 못하지만, "터져 나와야 할 웃음" 대신 스스로 죄를 지은 것처럼 "얼굴이 뜨거웠던" 것이다. 이때 화자는 이를 "모욕"이라고 부른다. 유럽풍 저택의 우아함과 위선의 포즈에 대해 비웃지 못하고 이것이 오히려 낯 뜨거움으로 다가오는 화자의 반응은, 그의 생에 유구한 전통으로 놓여 있는 모욕 때문이다. 그러므로 저 "거대한 저택을, 집사와 유모를, 죽어가는 꽃들을, 꽃의 향기를, 우울한 그 가짜 그림"을 용인하고 마는 것이다.

더불어 이 유럽풍 저택에서는 꽃의 향기로 상징되는 귀족적 풍모를 잘 드러내야 한다. 이 코스튬이야말로 부르주아적 생의 겉이면서 속인 셈이다. 그들의 귀족적 아비투스는 "화려한 저택에 어울리는 걸음걸이와 부드러운 표정, 지적인 말투, 그리고 서재에 꽂힌 오래된 서적"이라는 허울로 완성된다. 따라서 이 중세적 권위로 장식된 부르주아적 미학은 계급적 허위의식이며, 미시적으로는 집사와 주인을 구분하는 인사법에 이르기까지 철저한 격식으로 구획된다.

이 유럽풍 저택으로 상징되는 부르주아적 예술 풍모는 화자에게 분명 거부와 질식의 대상이었지만, 표면적으로는 이를 용인하고 침묵한다. 하지만 중요한 것은 이를 대하는 화자의 기저심리라고 할 수 있다. 일상생활에서도 예의바르고, 풍요로운 예술 취향과 지적 풍요를 누리고 있는 듯한 그들의 삶의 포즈가 하나의 지독한 위선이자 허식임으로 분명하게 인식하고 있다는 사실이다. 이들이야말로, 윤리의, 지식의, 예술의, "가짜사제"인 셈이다.

노인이 하루 동안 적어놓은 방문 목록에는 달빛도 있다. 노인이 책상 위에 앉아 끄덕끄덕 조는 동안 지붕 아래 유리창을 타고 슬며시 내려와서는 하루에도 수많은 사연들 들락거렸을 빽빽한 공책 위에 달빛은 아무도 몰래 자신의 흔적 슬쩍 끼워 넣고 가는 것이다. 간혹 벽면을 빠르게 훑고 가는 자동차 불빛에 놀라 한순간 꼼짝 않고 있기도 하지만, 도둑처럼 어느새 창문 벌어진 틈새마다 재빠르게 팔을 디밀곤 하는 것이다. 1톤 짐칸 다 채우지 못하고 떠난 사람들 틈새에, 급하게 달려온 소포나, 전해주지 못한 편지, 부음, 알뜰시장과 방문판매 사이사이에…… 달빛은 자신의 이름 심어주고 가는 것인데 사람들은 그 은밀한 방문을 알아채지 못하는 것이다. 기쁨과 슬픔의 행간과 행간 사이 그 작은 여백을 세밀히 들여다보지 않으면 달빛이 꼭꼭 숨어 있다는 것을 눈치채지 못하는 것이다. 그리고 경비실 노인이 쓰는 방문 목록에는 담벼락 위로 길게 늘어진 나뭇가지 위에서 울어대는 새들의 지저귐이나 맑은 바람소리, 선명한 새벽의 여명도 새겨져 있지만 공책 위에 그 빽빽한 희망의 울음소리 찾아 읽을 줄 아는 사람은 거의 없다.

— 「경비실 방문 목록에는」 전문

거대한 전통과 거룩한 권위를 거부하고 일상의 거리에 나 앉은 화자의 눈에는 무엇이 보이겠는가. 그의 눈에 발견되는 생의 세목(細目)들은, 낮고 고요하며 평화롭다. "하루에도 수많은 사연들 들락거렸을 빽빽한" 경비실 방문 목록에 "아무도 몰래 자신의 흔적 슬쩍 끼워 넣고 가는" 이 누구인가. "급하게 달려온 소포나 전해주지 못한 편지, 부음, 알뜰시장과 방문판매 사이사이에"
"자신의 이름 심어주고 가는" 이는 누구인가. 그 "은밀한 방문"의
주체는 바로 "달빛"이다. "슬픔과 기쁨의 행간과 행간 사이" 그
여백에 달빛이 숨어 있다. 그것뿐이 아니다. "새들의 지저귐",
"맑은 바람소리", "선명한 새벽의 여명"도 새겨져 있지만, "그
빽빽한 희망의 울음소리"는 아무도 알아보지 못한다. 시인은 숨
막힐 듯한 거대한 위선의 세계를 거부함으로써 스스로 견성(見
性)의 묘를 터득하고, 희망의 이력(耳力)을 얻는다.

　　　뉴욕 맨해튼의 어느 거리에서 백남준이
　　　바이올린을 끈에 달아 질질 끌고 간다.
　　　그가 세상을 뜨자 그의 일생이
　　　연일 특집으로 방송된다.

　　　나는 서울 어느 찬바람 부는 골목길에서
　　　초췌한 팔순의 할머니가 매일같이
　　　박스를 끈에 달아 질질 끌고 가는 걸 본 적 있다.
　　　할머니가 세상을 뜬 후
　　　할머니는 한 달 가까이 방 안에 방치되어 있었다.

　　　백남준은 그의 행위로 이제 거장이 되었지만
　　　생소하고 낯선 그의 세계를 이해하기 위한 나의 노력이
　　　생계를 목숨처럼 지고 갔던 할머니의 행위와

끝내 구별 짓지 못한다.

서울 어느 거리에서나 볼 수 있는
흔하디흔한
저 퍼포먼스,
전국 방방곡곡 외진 골목길마다 탑처럼 쌓여가는 온갖 박스더
미들,
저 다다익선을.

—「퍼포먼스」 전문

시인이 부르주아적 예술 관념을 거부함으로써 일상으로 내려
왔다면, 그는 이제 예술과 일상의 경계를 해체하려 한다. 백남준
이 뉴욕의 거리에서 바이올린을 끈에 묶어 개처럼 질질 끌고
간 퍼포먼스는, 바이올린이 상징하는 서구 클래식의 권위를 희
화화시킨 하나의 사건이며 서구의 예술 전통에 가한 테러라고
할 수 있다. 이러한 관점에서 예술은 이러한 상징계의 공간분할
을 재분배하기 때문에 하나의 정치적 사건이 될 수밖에 없다(자
크 랑시에르, 『미학 안의 불편함』). 그러나 이러한 아방가르드 예술
이 경계 해체와 일탈이라는 탈영토화를 시도한다고 해도, 이것
이 단지 엘리트주의 내부에서 작동하는 미적 '울혈 상태'를 의미
한다면, 그 난리법석은 찻잔 속의 태풍일 수밖에 없다.
　시인은 이제 한 걸음 더 나아가 '예술의 삶-되기'와 '일상적
삶의 예술-되기'라는 경계의 지점으로 나아간다. 화자는 찬바람

부는 서울의 어느 거리에서 초췌한 팔순의 할머니가 매일같이 박스에 끈을 달아 끌고 가는 것을 본 적이 있다고 말한다. 그는 할머니의 노동을 바이올린을 끈에 매달아 끌고 가는 백남준의 퍼포먼스와 맞세운다. 백남준이 세상을 뜨자 그의 일생이 연일 특집으로 방송되는 것과 달리, 할머니는 세상을 뜬 후 한 달 가까이 방 안에 방치되어 있었다. 하나는 위대한 예술이고 다른 하나는 철저하게 버려진 생 그 자체이다. 화자는 백남준이 전위적인 퍼포먼스로 거장이 되었다고는 하지만, "생계를 목숨처럼 지고 갔던 할머니의 행위"와 구별 짓지 못한다고 말한다. 시인은 이렇게 예술과 삶의 경계를 해체함으로써, 동일한 행위를 비동일시하는 위계적 가치나 범주에 본질적인 의문을 제기하고 있는 것이다.

옥상 좁은 창틈에 내려 싹을 틔웠다. 거기라도 좋았다.
꽃향기를 상상하며 다리를 펴고 잠들었다.
사방에서 별빛이 내려와 이마를 덮을 때
꿈에도 따뜻한 피가 흘렀다.
봄은 상징을 가질 수 있는 떨림 같은 것이었다.
갑자기 폭우가 쏟아지지 않았다면
머리 내민 어린 싹을 빗자루로 쓸어내지 않았다면
삶은 좀 더 오랜 깊이를 가졌을 것이다.
젖은 몸으로 무겁게 쏟아져 내리는
추락은 언제나 아찔한 현기증 같은 것.

상처 위에 또 하나의 상흔을 남겼다.

바닥을 노숙자처럼 굴러다녔다.

신발 밑창과 바닥 사이에서 높낮이로 흔들리며

멀미의 날들을 허우적거렸다.

말이 되지도 못하는 말들을 속으로 삼키며

몸부림쳐도 쉬이 바뀌지 않는 세월을 앓았다.

다시금 꿈이 부풀어 오르기를 기다리며

마침내 젖은 몸을 말렸다.

햇살 한 줄기 희망처럼 혈관 속을 흘렀다.

다시 허공으로 날아올랐다.

몸에 닿는 것이 없는 허공은 늘 무한이다.

삶은 시련으로 단단해질 수 있는 은유라 믿었다.

닥쳐온 계절이 겨울이 아니었다면.

모진 고문 같은

혹한의 눈발들이 허공을 수놓지 않았다면.

길고 긴 외면이 맨살을 스치고 지나가지 않았다면.

아, 떠도는 먼지

— 「떠도는 먼지」 전문

부르주아 미학의 권위를 거부하고 일상으로 내려와 예술과 삶의 경계까지 무너뜨린 시인은 이제 작고 미미한 세계 속에서 우주를 바라본다. 그가 발견한 미니멀한 신비의 세계는 떠도는 작디작은 먼지들 속에도 깃들어 있다. "옥상 좁은 창틈에 내려

싹을 틔운" 먼지는 "봄의 상징을 가질 수 있는 떨림"을 생각했지만, 갑자기 내린 폭우에 "젖은 몸으로 무겁게 쏟아져" 내리고 만다. 그리하여 "바닥을 노숙자처럼" 떠돌아다녔고, "멀미의 날들을 허우적"거린다. "다시금 꿈이 부풀어 오르기를 기다리며" "젖은 몸"을 말리자, "다시 허공으로 날아"오를 수 있었다. 그러나 다시 "모진 고문 같은 / 혹한의 눈발들이" 내려 그 희망은 좌절되고 만다. "삶은 시련으로 단단해질 수 있는 은유"라는 믿음은 이제 산산이 부서져버렸다. 먼지의 일생은 젖고, 쓸려나가고, 굴러다니다, 어디에도 안착하지 못하고 허공 속에서 허우적거린, "길고 긴 외면"의 시간일 뿐이었다. 시인은 아마도 이처럼 떠돌 수밖에 없는 먼지의 숙명 속에서 비극적인 생의 본질을 건져 올린 것인지도 모른다.

겨울이 오기 전에 나뭇가지들은 잎을 마저 다 떨어뜨리리라.
그러나 아직 저렇게 힘겹게 붙들고 있는 가느다란 잎사귀의 힘.
지상으로 돌아가기 전에 다시 한 번만 붉게 물들고 싶었을까.
바람이 한번 다녀갈 때마다 우수수 쏟아져 내리는 기억 속에서
가을이 깊을수록 더 붉어지는 낯빛 낯빛들.

어머니가 별안간 간난아이처럼 벽을 짚고 일어섰을 때 우리는 왜 모두 경악했을까.
그것이 기울수록 더 필사적으로 붉어지는 노을빛이란 것을 왜 몰랐을까.

이 세상 모든 생은 마지막에 가서 더 아름다워진다는 것을
왜 어머니가 한자리에 꼼짝없이 누워 연일 독한 향내를 지릴 때
알았을까.

일생 나뭇가지 끝에 매달려 작은 바람에도 흔들리는 허공.
생의 마지막을 곤두박질치고 싶지 않아
낙엽은 이제 허공을 춤추듯 내려오는 것이다.

겨울이 가고 봄이 오면 저 나뭇가지 끝에는 순리처럼 몽우리가
또 맺힐 수 있을까.

— 「붉은 물 지다」 전문

그렇다면, "모진 고문" 같은 시간을 필사적으로 견딘 생의 시
간은 어떻게 기록되는가. "가느다란 잎사귀"도 "지상으로 돌아
가기 전에"는 붉게 물들며 최후의 시간을 불태운다. 와병으로
생의 마지막 시간을 보내고 있던 어머니가 "별안간 간난아이처
럼 벽을 짚고" 일어섰던 것처럼, 우리의 생은 "노을빛"과 같이
"기울수록 더 필사적으로 붉어"진다. 낙엽도 지상으로 "곤두박
질치고 싶지 않아 / 춤추듯 내려"온다. 하루라는 삶의 형식이
붉은 노을로 장엄하게 끝나듯이, 나뭇잎이 붉게 물들어 최후의
시간을 버티듯이, 우리의 생도 깊어갈수록 붉게 타오르고, 다시
새봄이 오면 "순리처럼 몽우리가" 맺힐 것이다.

유럽풍 저택에 갇혀 죽어가는 예술을, 삶의 영역으로 견인해

온 시인은, 감각의 층위와 미적 가치의 위계를 재분배하여, 삶과 예술의 경계를 지우며, 낮고 고요하고 섬세한 시선으로 우리 생의 진여를 캐낸다. "빈 소주병"처럼 분노를 쏟아낼 수밖에 없는 생일지라도, "희망과 절망을 바꿔 불러도 달라지는 건 아무것도 없"을지라도, "끝내 딱 한 소절의 희망에 대해서만 말하고 싶"(「소주병」)은 시인의 열망이 『거짓사제』라는 이 시집 속에 오롯이 담겨 있다. 우리는 "각자 자신의 지붕을 이고"(「오늘의 생」) 살아간다. 박승출 시인이 "안간힘으로 견뎌서 무너지지 않는"(「아프리가 2」) 모든 존재들을 따뜻하게 응시하며 거룩한 빈자(貧者)의 시학을 일구어나갈 것을 믿는다.

회향廻向의 시학

— 안상학 시인의 시 세계

불교에서 말하는 회향(廻向)이란 자신이 쌓은 선근공덕(善根功德)을 중생과 다른 불과(佛果)에 돌아가도록 하는 일을 뜻한다. 이는 다시 보리회향·중생회향·실제회향이라는 삼종(三種) 회향으로 나누어진다.* 이 개념에 비추어 볼 때, 안상학 시인이 1988년 등단 이래 일구어온 27년간의 시력(詩歷)을, 나는 상구보리(上求菩提)와 하화중생(下化衆生)이라는 회향의 가치로 설명하고 싶

---

* 여기서 삼종회향은 각각 다음과 같은 실천적 행위를 뜻한다. (1) 보리회향(菩提廻向)은 자기가 지은 온갖 선근을 회향하여 보리의 과덕(果德)을 얻고자 하는 것이다. (2) 중생회향(衆生廻向)은 자기가 지은 선근 공덕을 다른 중생에게 회향하여 공덕 이익을 주려는 것이다. (3) 실제회향(實際廻向)은 자기가 닦은 선근 공덕으로 무위적정(無爲寂靜)한 열반을 취구하는 것이다. (운허, 『불교사전』, 동국역경원, 1995년판 참고.)

다. 위로는 진리를 구하고, 아래로는 중생과 지혜를 나눈다는 이 이념은 진리 추구의 가치를 지탱하는 두 축으로 받아들일 수 있는데, 이를 조화하여 균형을 이루는 것은 쉬운 일이 아니다. 예술행위의 진리 추구 방식도 이와 동궤에 있다고 할 수 있다. 미학 안에 매몰되어 스스로를 소통 부재의 무중력의 공간 속에 가두는가 하면, 예술적 계기성을 경험적 현실로부터 직접적으로 연역하려는 오류가, 지금도 분명하게 나타나고 있기 때문이다.

시인의 등단작인 「1987年 11月의 新川」을 떠올린다.

검은 물만 흐르는 신천 가득
철새는 날아올 수 있을까 날아와
저렇게 시린 발목을 담그고 있어낼까
신천을 가로지른 철교 아래
신천동 산동네 사람들이 모여 나와
영세민 취로 사업을 벌이고 있다. 철새무리
장화를 신고 오물을 건지는 아저씨, 철새
수건 미리 쓰고 돌 나르는 아줌마, 철새
허접 쓰레기 소각하는 할머니 철새, 할아버지
철새, 매캐한 연기는 바람 부는 방향으로 누워 흐르고
하천 둑에 붙박인 녹색 깃발은 제자리 펄럭임을
하고 있다 정오 한때
낮은 하늘에 걸린 전투기 한 대 여전히
철새는 날아오지 않고 사람들이

식어버린 밥을 먹고 모닥불 가에 모여든다
천변 봉제공장 여공들은 잠시 은행잎처럼
몇몇은 담장 밑에 옹송그리며 앉아 있고
더러는 노점 떡볶이를 먹으며 재잘대고 있다
늦가을 바람에 날리는 햇살 속에서
낙엽들만 철새처럼 와그르르 몰려다니는
저 썩어 흐르는 신천은 무사해도 되는가
무사해도 되는가

— 「1987年 11月의 新川」 부분

이 작품은 신천교 부근의 황량한 가을 풍경을 배경으로, 검은
물만 가득 흐르는 신천에서 취로사업을 벌이고 있는 산동네 주
민들을 철새무리에 비유하면서, "썩어 흐르는" 한 시대의 공간이
무사하게 용인되는 현실을 예리하게 건져 올리고 있다. 파편적
으로 제시되고 있는 무심한 인간 군상들의 모습들은 소외된 한
시대의 공간을 부조하는 미적 장치인데, 이 속에서 시인은 "모두
병들었는데 아무도 아프지 않은"(이성복, 「그날」) 현실에 외마디
비명을 지르고 있다. 미학적 형상화와 사회적 의미가 절묘한 균
형을 이루고 있는 이 작품은, 위에서 언급한 회향의 개념으로
설명하자면, 보리의 과덕(果德)이 중생회향의 가치와 이상적으로
결합되어 있다고 말할 수 있다.

나는 이미, "「기느리댁 사랑채」에서 사랑어른의 인품이 일곱
살 난 딸아이에게로 전해졌듯이, '아배'의 푸근한 인품"(졸고, 「애

툿함과 불편함 사이」, 『시작』, 2008. 가을)이 그대로 시인에게 전해
져, 그의 윤리의식의 기틀을 이룬다고 말한 바 있다. 그의 시집
『아배 생각』(애지, 2008)에 수록되어 있는 「도라지꽃 신발」, 「아배
생각」, 「아버지의 감나무 이야기」, 「수평선은 없다」, 「아버지의
검지」 등의 작품이 그 좋은 예가 된다.

지문이 반들반들 닳은
아버지의 검지는 유식했을 것이다
아버지의 신체에서 눈 다음으로
책을 많이 읽었을 것이기 때문이다

(중략)

언제나 첫줄은 안중에 없고
둘째 줄부터 읽었을 것이다, 검지는
모든 책 모든 쪽 첫줄을 읽은 적 없지만
마지막 여백은 반드시 음미하고 넘어갔을 것이다

(중략)

나는 이렇게 아버지의 여백을 읽고 있는 중이다

—「아버지의 검지」 부분

화자는 아버지의 검지가 유식했을 것이라고 말한다. "밑줄을 긋듯 길잡이"가 되어 준 검지가 언제나 "점자를 읽듯 다음 줄을 읽고 있었"기 때문이다. "첫줄은 안중에 없고 / 둘째 줄부터 읽었을" 아버지의 검지는 "마지막 여백은 반드시 음미하고 넘어갔을 것"이다. 시가 여기까지라면 검지를 대고 책을 읽는 독서 행위 자체를 현상적으로 풀어낸 것에 머물겠지만, 시는 그 다음의 비약을 준비한다. 어디선가 아버지가 "이 시를 읽고 혀를 끌끌 찰지도 모를 일"이라고 생각하는 화자의 마음속에서 아버지는 여전히 보이지 않는 판단의 주관자로 개입하고 있을 뿐만 아니라, 모든 자식은 "아버지의 여백"을 읽는 검지라는 인식에까지 나아가면, 세대의 순환에 개입되는 존재론적 가치에 이르기까지 시적 의미가 확산되고 있음을 감득할 수 있다.

시 속에 내재해 있는 이러한 도약의 순간은, 하나의 의미가 새로운 의미와 만나고 더 큰 의미망으로 확산되어, 땅 위에 존재하는 모든 물상들을 새로운 눈으로 바라볼 수 있는 계기를 제시한다는 데 의미가 있다.

갈대가 한사코 동으로 누워 있다
겨우내 서풍이 불었다는 증거다

아니다 저건
동으로 가는 바람더러
같이 가자고 같이 가자고

갈대가 머리 풀고 매달린 상처다

아니다 저건
바람이 한사코 같이 가자고 손목을 끌어도
갈대가 제 뿌리 놓지 못한 채
뿌리치고 뿌리친 몸부림이다

모질게도
입춘 바람 다시 불어
누운 갈대를 더 누이고 있다
아니다 저건
갈대의 등을 다독이며 떠나가는 바람이다
아니다 저건
어여 가라고 어여 가라고
갈대가 바람의 등을 떠미는 거다

— 「선어대 갈대밭」 전문

　이 작품은 바람과 갈대밭 사이의 관계를 "아니다"라는 부정어를 개입시킴으로써 새롭게 의미를 부여하고 있다. 그러나 이 시에서 부정어는 전술한 의미를 삭제하기 위해서가 아니라 새로운 의미를 중첩하기 위한 부가적 기능을 담당하고 있다. 현상적으로 갈대가 동쪽으로 누워있는 것은 "겨우내 서풍이 불었다는 증거"일 뿐이다. 그러나 화자는 이러한 사실의 배후에 존재하는 의미를 갈대와 바람의 관계를 통해서 인격화시키고 있다.

갈대가 동으로 누워 있는 상황성은 다음의 네 가지로 의미가 부여된다. (1) 바람에게 갈대가 "머리 풀고 매달린" 상처, (2) 같이 가자는 바람의 손목을 "뿌리치고 뿌리친 몸부림", (3) "갈대의 등을 다독이며 떠나가는 바람", (4) "어여 가라고" 갈대가 바람의 등을 떠미는 것. 여기서 (1)과 (2)가 사랑의 상처와 몸부림으로 가득 찬 "겨우내"의 상황이라면, (3)과 (4)는 고단한 시련의 시간이 지나가고 별리의 상황을 담담하게 수용하는 "입춘" 무렵의 상황이라고 볼 수 있다. 이 작품에 형상화된 바람과 갈대의 인격적 관계는, 인간사에 존재하는 무수한 봉별(逢別)의 상황성에 대한 하나의 전범적(典範的) 사실로 받아들일 수 있다. 상처를 두려워하지 않는 사랑, 서로를 다독이는 담담한 이별 말이다.

이처럼 자연사를 이해하는 시인의 시관 속에서 인간은 부정적 계기로 작동하며 우리에게 끊임없는 성찰과 반성을 요구한다. 다음 시에서 "내 손이 슬퍼" 보이는 이유가 무엇인지를 생각해 본다면 시인이 바라보는 세계의 부정성이 오롯이 드러난다. 이것은 형이상학적 가치를 추구하는 상구보리(上求菩提)의 시 정신이 사회적 의미망으로 확산되는 하화중생(下化衆生)의 지점이라고 할 수 있다.

　　두 손으로 사는 동안
　　잘 난 사람들의 손은 악마적이다
　　앞발이 손이 되는 것은 대체로 소유를 위해서며

앞발이 손이 되는 것은 대체로 폭력을 위해서며
앞발이 손이 되는 것은 대체로 군림을 위해서다

두 손으로 사는 동안
못 난 사람들의 손은 더 악마적이다
대체로 자본 앞에서 빌어먹기 위해서며
대체로 폭력 앞에서 싹싹 빌기 위해서며
대체로 권력 앞에서 두 손 들기 위해서다

—「내 손이 슬퍼 보인다」 부분

이 작품에서 화자는 직립을 통해 얻어진 두 손의 자유를 부정한다. 짐승의 네 발과는 달리 인간의 두 손은 "악마적"이라고 말한다. "잘난 사람들"의 두 손은 소유·폭력·군림을 위해서, "못난 사람들"은 두 손은 대체로 자본 앞에서 "빌어먹기", 폭력 앞에서 "싹싹 빌기", 권력 앞에서 "두 손 들기" 위해서 존재한다. 이 두 손의 극한은 결국 끊임없는 싸움이며, 인류의 시간은 바로 이러한 "싸움을 재생산하는 역사"라고 정의한다.

화자는 과자를 주려고 손을 내밀면 뒷발로 서서 허우적거리는 개의 앞발이 "무언가 얻으려고 안달하는 내 손인 듯하여" 서글프다 말한다. 하지만 배가 부르면 바로 발로 돌아가는 "도무지 잉여를 모르는 저 개의 손"을 보며 스스로를 반성한다. "과자를 주면 / 이내 네 발로 돌아가는 저 단순한 동물"과 아욕(我慾)의 늪에서 끝없이 허우적거리는 인간의 삶을 대비하고 있는 것이다.

그렇다면 이러한 욕계(欲界)에서 살아가는 모든 존재의 근본은 어떻게 정의되는가. 그것은 바로 우리가 딛고 사는 "발밑이라는 곳"을 통해 그 해답을 얻을 수 있다.

발밑을 가진 적 없는 젖먹이와
발밑을 상실한 노인의 꼼지락거리는 발가락이 닮았다
발밑을 잠시 버리고서야 사랑을 나누는 연인들의 몸짓
발밑 없이 와서 발밑과 동행하다 발밑을 잃고서야 돌아가는 인생
때가 되면 발밑에 연연하지 않아야 될 때가 한번은 오는 법이다
— 「발밑이라는 곳」 부분

발밑을 가진 모든 존재는 "단독자"다. 생은 "발밑 없이 와서 발밑과 동행하다 발밑을 잃고 돌아가는" 것이다. 그러므로 모두의 발밑은 "신성불가침 지역"이다. 인간의 역사에서 무수한 전쟁은 많은 이들의 발밑을 **빼앗았고**, 그들을 죽인 전범들의 발밑도 모두 "발바닥에서 이탈"했다. 세상 모든 존재의 발밑은 누구도 건드릴 수 없다는 존재의 고유성과 신성성을 시인은 "나무들에게서 배우고 익힐 필요"가 있다고 말한다. 제가 디딘 땅 안에서만 자유를 구가하는 나무와 같이 우리는 모두 홀로선 단독자라는 사실을 다시금 되새길 필요가 있다. 집단 이데올로기의 한 형태인 국가주의나 지역주의, 패권주의 등등의 광기가 '온전한 단독자'로서의 인간 실존을 끊임없이 침해해 왔던 것을 생각할 때, 시인이 말하는 발밑의 존재성은 오롯이 빛을 발한다.

그러므로 "먹지도 않는 인간을 인간이 죽이는 것"(「팔레스타인 1,300인: 그들은 전사하지 않고 학살당했다」)은 자연스러운 것이 아니다. 수성(獸性)을 상실한 인간의 "무딘 어금니"와 "귀여운 발톱"이 결국 총칼의 역사를 쓴 것이다. 바로 이것이 학살을 낳은 것이다. 그러므로 "날카로운 어금니를 기르고 / 매서운 발톱을 세우는 것이" 오히려 평화가 가깝고, 그것이 자연스러운 것이라는 결론에 이른다. 많은 사람들은 인간사의 쟁투를 자연계의 약육강식에 비유하곤 한다. 그러나 시인에게 이는 어불성설이다. "사자가 얼룩말을, 매가 들쥐를 잡아먹"는 자연계의 먹이사슬이, 인간에 의한 인간의 살상과 동일시될 수 없기 때문이다. 인간이 총칼로 저지른 피의 역사는 "학살"이라는 철저한 인위(人爲)의 결과이다.

이러한 맥락에서 시인이 「두더지꽃」이라 명명한, 길냥이들에게 죽임을 당한 두더지의 선혈 낭자한 죽음의 현장은 어떻게 받아들여야 할 것인가.

> 아무런 인연이 없다할 수도 없는 이 꽃의 순환은
> 내 몸속 내 피의 순환과 썩 다르다 할 수는 없겠지요만
> 대체 내가 먹는 이 쌀꽃은 또 누가 피운 걸까요만
> 점심을 먹는 내내 내 머리는 자꾸만 두더지꽃을 곱씹고만 있네요만
> 없는 인연 서로를 아낄 때 꽃이 피기는 피는 거겠지요만
>
> ― 「두더지꽃」 부분

어느 날, 아침 현관 앞에 피범벅이 된 두더지의 주검이 놓여 있다. 이를 시인은 "두더지꽃"이라는 감각적인 시어로 치환하면서 이 인연의 사슬에 자신이 어떻게 간여(干與)한 것인가를 진지하게 숙고한다. 우선 사료를 먹은 길냥이들의 보은이나 자랑으로 생각할 수도 있겠지만, 그 순환은 살풍경하기만 하다. 화자는 길냥이들에게 사료를 주었으나, 두더지를 잡아다 바치라고 하지 않았다. 그러나 이 "꽃의 순환" 속에 화자가 아무런 인연이 없다고 할 수는 없다. 여기서 우리는 "인연 없는 서로를 아낄 때 꽃이 피는 법"이라는 경구와 마주치게 된다. 가까운 인연에 대한 사랑은 때에 따라서 소유와 집착으로 변질된다. 네 이웃을 사랑하라, 는 윤리는 쉽게 가족이나 국가, 더 나아가 인류라는 집단 속에 우리를 밀어 넣기 때문이다. "그대들에게 가장 먼 것에 대한 사랑을 권한다"(프리드리히 니체, 『짜라투스트라는 이렇게 말했다』)는 말과 같이, 멀리 있는 인연을 사랑할 때 오히려 그것은 꽃이 된다. "내가 먹는 쌀꽃"이 특정인을 위해 예비된 것이 아니듯 말이다. "두더지꽃"으로 명명한 "피꽃" 앞에서 시인은 몰아(沒我)를 벗어난, 연기(緣起)의 사슬을 떠올리고 있었던 것이다.

이러한 인연은 무수한 엇갈림을 전제로 한다. 여기, 선명한 이미지로 그 아이러니를 가슴 서늘하게 그려낸 한 편의 시가 있다.

그 사람이 아침처럼 왔을 때 나는 거기 없었네
그 사람이 봄처럼 돌아왔을 때 나는 거기 없었네

아무리 급해도 내일로 갈 수 없고

아무리 미련이 남아도 어제로 돌아갈 수 없네

시간이 가고 오는 것은 내가 할 수 있는 게 아니었네

계절이 오고 가는 것은 내가 할 수 있는 게 아니었네

그때 나는 거기 서서 그 사람을 기다렸어야 했네

그 사람은 돌아오고 나는 거기 없었네

—「그 사람은 돌아오고 나는 거기 없었네」 부분

"노루가 고개를 넘어갈 때 잠시 돌아보듯" "연어를 기다리는 곰처럼" "낙엽이 다 지길 기다려 둥지를 트는 까치처럼" 그 사람이 돌아오길 기다려야 했다고, 화자는 깊은 후회의 말을 토로한다. 사람의 눈에는 인연의 끝이 어디인지 보이지 않기에 조급하기 마련! "해가 진다고 서쪽 벌판 너머로 달려"가고, "새벽이 멀다고 동쪽 강으로 건너"가고 마는 것이다. 그리하여 화자는 그대로 그 자리에서 연꽃처럼, 민들레처럼 "뿌리 내린 듯" 기다려야 했던 것이다. 비로소 그 사람이 아침처럼, 봄처럼 돌아왔을 때, 화자는 거기 없었다는 아이러니!

거대하게 순환하는 우주적 시간이 절대적이라면, 실존의 시간 속에 존재하는 개별자들은 계산될 수 없는 지점들로 흩어져 있다. 문학은 어디에 주목하는가. 절대적이고 객관적인 시간(圓)을 넘어, 무수한 점들 안에서 공통적인 것을 추출한 인과론적인 시간(線)을 가로질러, 무수한 개별자들의 엇갈림과 그 실존의 무게

(點)에 방점을 두고 있는 것이 아닌가. "그때 나는 거기 서서 그 사람을 기다렸어야 했네"라는 뼈아픈 오회(悟悔)가 모든 문학적 글쓰기의 씨앗이자 출발점이 아니겠는가.

"마하반야바라밀다"는 큰(마하) 지혜(반야)로 피안(바라)에 이른다(밀다)는 뜻을 지니고 있다. 여기서 피안에 이른다는 것은 곧 초월이자 도약을 가리킨다. 앞서 거론한 상구보리(上求菩提)와 하화중생(下化衆生)의 시 정신도, 시에 내재한 도약의 순간에 얻어진다. 가령, 새벽에 피우는 담뱃불에서 반딧불을 떠올리고 결국 자신을 "무정의 알"(「새벽 담배」)로 여기는 이 시적 계시의 순간! 이처럼 문학은 항시 "바라밀다"하고자 한다. 안상학 시인의 시가 치명적인 도약의 순간을 내재한 화약의 언어가 되어, 깊고 너른 회향(廻向)의 시학을 일구어나기길 빈다. "이상하리만치 사랑하는 것들과 가까이 살 수 없는"(「소풍」) 그의 고단(孤單)한 이번 생은 어쩌면 이를 위해 예비된 업(karma)인지도 모른다.

거짓 우상과 마멸의 날들

— 이재훈 시인의 근작시 혹은 묵시의 애가(哀歌)

시인은 세계로부터 스스로 추방당한 자다. 이 예외적 개인의 자리는 근대문학 이후 시인이 감당해야 할 운명이었고, 시적 계기는 바로 이러한 방외의 반발력에 의해 추동되는 것이다. 항시 중심의 논리와 길항하고 세속의 가치와 대립하는 시 운동의 방향성으로 인해, 시는 존재론적 자리를 결정한다. 하지만 총체적 교환사회로서의 현실은 예술을 도용하여 억압의 이데올로기를 재생산한다. '정치의 예술화'를 추구하는 파시즘의 체제에 맞서 '예술의 정치화'를 통해 대항해야 한다(발터 벤야민, 「기술복제시대의 예술작품」)는 벤야민의 예술론은 시 운동의 방향성을 간명하게 요약한다. 이러한 맥락에서 이재훈 시인은, 태양계에서 행성의 지위를 상실한 명왕성의 상황을 은유하는 'plutoed'의 운명을 스스로 받아들이고 "명왕성의 부족장"이자 "도시의 첩자"(「명왕성 되다」)임을 자인한다. 그 대가로 얻어진 시적 발화는, 외로운 탄식처럼, 변방에 울리는 북소리처럼, 초가(楚歌)처럼, 세계의 병증에 대해 묵시의 화살을 쏜다. 서로가 왕 노릇하려고 아귀다툼하고 서로를 물어뜯기 위해 이전투구하는 세속의 논리와 호전의 언어에 대하여!

하늘에 다리를 놓고 싶었지
구름이 다리에 걸터앉아 쉬는 풍경을 꿈꾼 거지
속도가 폐부를 훑고 지나가는 아침
햇살은 더 이상 찬란하지 않고
지루한 시간을 못 견뎌 핸드폰을 만지작대지
언제부터인가 그리워하는 시간이 내겐 없지
플래카드엔 권유와 명령만 있을 뿐
전투력 가진 말들이 길거리 여기저기서 뽐을 내지
문명의 한구석에 제 이름을 새기려는 영혼들
왕 노릇하려고, 서로 왕 노릇하려고
생명을 능가하고, 죽음을 능가하는 이웃들
나는 왕의 언어가 없고
법의 언어가 없고
왕을 심판하는 언어가 없지
부끄러움이 없는 언어의 세계를 꿈꿀 뿐이지

이 세계에 없던 언어를 찾아 나설 뿐이지
아름다운 운율은 규칙이 아니라
당신의 입술 때문에 만들어지지

중얼거리는 입술로 거리의 왕이 되지
죄와 의를 구분하지 못하는 머리들이
거리에 둥둥 떠다니고 광장엔 사람들이 자꾸 모이지
새벽녘 농부가 곡괭이를 들고 집을 나서지
새벽녘 회사원이 가방을 들고 집을 나서지
느릿하다 때론 떠들썩한 발소리가 거리에 가득하지
문득 신들이 사는 세계를 구경하고 싶었지

— 「거리의 왕 노릇」 전문(『문학사상』, 2013년 5월)

시인이 시적 상상력을 통해 가 닿으려는 예술적 지평과 거리
에 창궐하는 "권유와 명령"뿐인 세속의 욕망 사이의 간극을 형상
화하고 있는 이 작품은, 시와 사회 사이의 고정된 상수값이 바로
언어의 용법에 있다는 사실을 갈파하고 있다. 시인의 욕망은 "하
늘에 다리를 놓고" "구름이 다리에 걸터앉아 쉬는 풍경을 꿈"꾸
는 데 있다. 그러나 현실의 속도가 마음의 자리를 훑고 지나가자,
화자에게 햇살은 찬란하지 않고 그리움의 시간도 사라지고 만
다. 우리 삶에 파시스트적인 가속도를 부여하는 세속의 언어는
모두 "왕 노릇하려고, 서로 왕 노릇하려고" 우열을 겨루는 "전투
력을 가진 말들"이며 이는 "문명의 한구석에 제 이름을 새기려

는” 욕망에 다름 아니다.

기실, “거리의 왕 노릇”하려는 이들의 언어는 정치를 예술화하는 파시즘과 동궤에 있다. 이때, 언어는 탐욕과 광기를 교묘하게 숨긴 위선과 기만의 언어일 뿐이다. 화자에게는 “왕의 언어가 없고 / 법의 언어가 없고 / 왕을 심판하는 언어가 없”다. 군림하고 지배하고 심판하는 언어는 세속의 언어다. 시인이 꿈꾸는 언어는 단지 “부끄러움이 없는 언어의 세계”이고, 그는 “이 세계에 없던 언어를 찾아 나설 뿐”이다. 이것이 시인이 꿈꾸는 창조의 언어다. 언어의 리듬이 “규칙”이 아니라 “당신의 입술”에서 나오듯, 아름다움이란 전체가 아닌 개인, 규율이 아닌 자유에 그 본질이 있다.

“죄와 의를 구분하지 못하는” 착종의 현실 속에서 농부는 곡괭이를 들고, 회사원은 가방을 들고 집을 나서는 것처럼 우리들의 일상은 계속된다. 권력과 금력의 위계 안에서 서로가 왕 노릇하려고 뒤엉켜 싸우는 아비규환의 전쟁터! 이에 화자는 “신들이 사는 세계를 구경하고 싶었”다고 말한다. 신비한 발화를 꿈꾸는 시적 언어의 이상은 플래카드와 같은 세속의 언어 속에서 시들고 마멸해 간다. 이를 통해 시인은 이 세계의 파국이 결국 언어의 타락에서 기원함을 극명하게 환기하고 있다.

신성한 언어들이 타락하기에 한 달이면 족하지. 떠날 채비는 한 시간이면 족하지. 저속하고 미천한 기차를 탔지. 오징어다리를 씹으며 깡통맥주를 홀짝거리며 옆자리 아가씨를 흘깃거리는 감성의 오후.

인간들의 감격은 얼마나 단순할까. 차창 밖으로 펼쳐진 햇살과 나무만으로도 짐작할 수 있지. 자연의 품이 안락한가. 너와의 언약으로 고통이 하나씩 늘고, 빚이 늘고, 미래의 노동이 늘었지. 어느새 해거름, 차창에서 졸고 있는 저 빈곤한 육체.

예술가들이 그토록 애증하는 구름의 우상. 꽃들의 우상. 존재의 우상. 기차가 지나가는 순간에 모두 깨달을 우상들. 그것을 고귀하게 껴안고 천박한 언어들을 이리저리 날리지. 밥그릇이 반짝거릴 때까지 손으로 비비고, 눈으로 맞춤하여 빚어내는 이 세계의 공방.

기차를 타지. 오래도록 타면 어둠이 내리고 달이 내리지. 늘 기억나는 순간들은 눈물을 훔칠 때가 아니지. 억울할 때나 비참할 때지. 세상의 비감을 온몸으로 받을 때지. 달을 보면 온 세계가 멈춰 있어.

거머리가 종아리를 빨아먹어도 참을 수 있지. 그런 낮, 그런 밤들도 모두 견딜 수 있지. 달이 지고 비가 내려도 이 땅의 우상들은 불을 반짝거리지. 밤하늘 가득한 네온 십자가. 모두 고개를 숙이고 흠뻑 젖지. 비가 내려도 영원히 꺼지지 않는 저 우상. 밤새 반짝, 반짝거리지. 별보다 더욱 더.

*맘몬(Mammon): 물질적인 부요와 탐욕의 천사.
—「맘몬과 달과 비」 전문(『문학동네』, 2015년 여름)

화자의 말대로, 신성한 언어가 타락하기에는 그리 오랜 시간이 필요치 않다. "저속하고 미천한 기차"에 탑승한 우리들에게 허락된 것은 "오징어다리를 씹으며 깡통맥주를 홀짝거리며 옆자리 아가씨를 흘깃거리는" 일뿐이다. 이러한 몰각의 상태에서 신성한 언어는 빛을 읽고 맘몬(Mammon)의 언어로 변질된다. 물질의 부요와 탐욕을 상징하는 맘몬에 대한 숭배는 세속적 이상의 공통된 지점이다. "고통이 하나씩 늘고, 빚이 늘고, 미래의 노동이 늘"어도, 그럴수록 사람들은 물신이 허락하는 찰나적 향락 속에서 마취된다. 그런 의미에서 "인간들의 감격은 얼마나 단순"한 것인가. 그것은 기실 "빈곤한 육체"마저 잊어버리고 마침내 스스로를 기망(欺罔)케 하는 "안락"이다.

더욱이 현실은 "예술가들이 그토록 애증하는 구름의 우상, 꽃들의 우상, 존재의 우상"마저도 한 순간에 도용하여 "천박한 언어들을" 유포한다. 이와 같이, 현실 논리는 예술적 이상을 허위의 이데올로기로 재영토화한다. 이때 시인의 운명은 "거머리가 종아리를 빨아먹어도" 참을 수밖에 없는 상황과 같은 맥락에 있다. 현실의 논리에 투항할 수도, 현실의 맘몬을 죽일 수도 없는, 예술의 본질적 자리를 떠올린다면 예술가는 오직 "견디는 능력에서만" 예술의 "음울한 계기성"(테오도르 아도르노, 『미학이론』)을 건져 올릴 수 있다. 세상엔 "비가 내려도 영원히 꺼지지 않는" "네온 십자가"가 가득하다. 진정한 이상을 상실한 채, 맘모니즘으로 무장한 세속의 우상들. 이 붉은 십자가들이야말로 밤새도록 타오르는 죄업의 공동묘지가 아니고 무엇이겠는가.

묵시의 날들은 자주 온다.

존재하지 않는 몸들의 방랑.

여기 있고, 여기 없다.

있거나 없거나한 몸의 일부.

찬미의 노래를 불러도

깊은 바다의 침묵을 길어 올려도

변하지 않는 뼈.

수난이 없는 몸은 역사가 없다.

내 머리칼을 쥐고 흔드는 소리들.

본인이 중심이라 믿는 비겁자들.

열등의 망막이 세계로 나 있는 유일한 창.

거리 한가운데서 벌거벗은 사내를 보았고

손가락들은 늘 굽은 채로 있었다.

오직 죽기 위해 춤추는 날들.

창밖으로 머리를 내민 채 바람 소리를 듣는 귀.

죽기 전에 모두 잘라내야 하는 몸의 일부.

욕망은 운명까지도 모두 거스르지.

기근보다 더한 맨살의 고통.

사람들의 무릎 밑에 엎드려

내 가장 존귀한 뼈를 내맡기는 시간.

지옥이라 부를까.

창이 내 옆구리를 찌르고, 꼬리는 빠져 시큰하고

벌건 불속에서 뼈를 드러낸 채

날뛰는 날들을 일상이라 부를까.

고통은 모두 참을 수 있지만, 뿔은 아니지.

뿔, 하고 혼잣말을 되뇌면 한동안 행복했는데.

잠깐이라도 내 머릿속을 텅 비울 수 있었는데.

너덜너덜해진 빈 육체가 되어 울고 있네.

뱀이 몸을 휘감아 숨을 쉴 수가 없네.

일상이 일상을 읽는 밤.

내 몸이 불어 터져 고통을 읽는 밤.

뿔을 잃고 읊조리는 밤.

—「뿔」 전문(『세계의문학』, 2014년 봄)

그러하니 시인이여, 뿔을 잃지 말아야 한다. 그 자존의 뼈대를
잃어버린다면 우리는 이 참혹한 묵시의 나날들을 어떻게 견딜
것인가. 타락한 현실에서 자신을 중심이라 착각하는 비겁자들
사이에서 화자에게 허락된 "유일한 창"은 "열등의 망막"뿐이다.
이러한 상황 속에서 화자는 "기근보다 더한 맨살의 고통"만을
감득하며 마침내 "사람들의 무릎 밑에 엎드려 / 내 가장 존귀한
뼈를 내맡기"고 만다. 무수한 갑과 을로 위계화되어 있는 현실은
서로가 서로를 짓밟고 올라선 물신의 탑이다. 스스로 이 치욕을
감내하지 못한다면 그 결과는 사회적 일탈과 죽음뿐이다. 화자
는 이러한 현실을 지옥이라는 말로 요약하며, 이 안에서 감내하
고 있는 일상을 "창이 내 옆구리를 찌르고, 꼬리는 빠져 시큰하고

/ 벌건 불속에서 뼈를 드러낸 채 / 날뛰는 날들"로 묘사하고 있다.

일각수(一角獸) 유니콘의 뿔이 정결과 힘을 상징한다고 했을 때, 화자가 뿔을 잃고 "너덜너덜해진 빈 육체가 되어 울고 있"다는 것은, 복종을 요구하는 거짓 우상들의 세계 속에서 마멸되어 가는 존재의 상황성을 적시한다. 일상의 숙명이 이상의 계기성으로 나아가지 못하고 오로지 "일상이 일상을 읽는" 비초월적 상황은 화자를 절망케 한다. 이렇게 "뿔을 잃고 읊조리는 밤"의 현실 속에서 화자는 "고통을 읽는"다. 여기에 바로 시의 운명이 자리한다. 일반적으로 "합리적 인식은 고통(suffering)과 거리가 멀다"(테오도르 아도르노, 『미학이론』). 다시 말하면 고통을 잊고 현실에 복무하는 것이 합리적이라는 말이다. 하지만 예술은 고통을 체험함으로써 세계의 재앙을 나타내기에, "극단적으로 어두워진 예술의 비합리성은 오히려 합리적인 의미를 지닌다"(테오도르 아도르노, 『미학이론』). 따라서 이재훈 시인이 감득하는 고통의 현실은 뿔을 잃고 살아가는 치욕의 날들을 기록하게 하고, 더 나아가 그것의 소멸을 꿈꾸게 한다.

이렇게 이재훈 시인의 「거리의 왕 노릇」, 「맘몬과 달과 비」, 「뿔」은 거짓 우상들의 세계 속에 갇혀 마멸의 날들을 버티며 살아가는 세계고를 오롯이 증언하고 있다. "거리의 왕 노릇"하려는 명령과 지배의 언어 속에서, "별보다 더욱 더" 반짝이는 거짓 우상의 세계 속에서, 뿔이라는 "가장 존귀한 뼈를 내맡"겨야 하는 세계 속에서, 시인은 고통을 읽고 신음하듯 읊조린다. 명왕성의 부족장인 그가 고통으로 자화(磁化)한 붉은 손톱자국처럼 새겨진 시행들을 한 줄 한 줄 읽어가는 일은, 그의 고통에 동참하는 일이며 우리 세계의 병증(病症)을 읽고 내성(內省)하는 시간에 다름 아니다. 이러한 시편들을 통해 이재훈 시인이 구현하고 있는 '문학의 정치'가 더욱 미쁘게 다가오는 것은, 그의 시가 합리라는 이름의 지배와 예속의 조건을 예각적으로 읽어내는 고통의 언어이기 때문이다.

문학의 삶-되기, 삶의 문학-되기

— 강세환 시집 『앞마당에 그가 머물다 갔다』

1990년대 해체시의 언어실험과 세련된 감성으로 치장한 도회적 서정을 넘어, 2000년대 탈서정에 이르기까지, 우리 시의 모습도 많은 변화를 겪어 왔다. 폭죽처럼 터져 올랐던 이러한 유행들의 사이를 그의 시는 어떻게 지나온 것일까. 단적으로 말하자면, 그의 시는 시류의 스포트라이트가 비추지  않는 자리에서 외로운 자기구도의 길을 걸어왔다고 할 수 있다. 그것은 첫 시집 『월동추』(창작과비평사, 1990)의 발문에서 한 시인이 직관한 "의지의 순정성"(신경림 시인의 발문 중에서)의 발현이었다.

　시인은 문학이 미학의 영역 안에서만 탐닉될 수 없음을 몸으로 이해하고 있다. 이론적인 말을 굳이 붙이자면, "미학 안의 불편함"(자크 랑시에르)을 생득적으로 거부하고, "예술의 삶-되기"와 "일상적 삶의 예술-되기"를 위해, 지금껏 애써 왔다는 얘기다. 이것이 그가 시작(詩作) 행위를 통해서 가 닿으려 했던 미학적 지향점이고, 그가 자신의 문학 세계 속에 끊임없이 소환하는 김수영의 시가 거느리고 있는 사회적 의미망이기도 하다. 이것은 "쭉 빠지는" 멋진 시를 쓰는, 세상에 널린 레디메이드 시인들이 거느릴 수 있는 감성의 영역이 아니다. 몰라서 안 하는 게 아니라, 그런 속류 탐미를 거부하는 시인의 시심이, 그의 문학적 항심을 지탱해 왔다고 해야 옳다. 먹물들이 헛되게 꾸며대는 관념의 언어들과는 달리, 그는 구체적인 지점에서 시와 삶의 회통을 모색해 왔다. 가령, 시집 『앞마당에 그가 머물다 갔다』에서 주목하는 삶의 장면은 이런 것이다.

　　다 큰 장정 같은 청년이
　　식탁 모서리에 긁히며
　　식당 식탁 사이를 왔다 갔다 되돌아서곤 했었다
　　어딘가 탈이 났지만
　　시퍼렇게 빛나는 청년이다

　　그의 동선을 따라

청년을 나직이 부르던 어머니의 목소리가 또 흩어진다
이 세상의 모서리란 모서리가 다 뭉툭해질 때까지

'저녁은 먹었나?'

저 어머니의 목소리가 내 가슴 언저리에 자꾸 부딪친다
자꾸 부딪치다 보면
내 가슴 언저리도 좀 뭉툭해질까

— 「면벽 18—어느 모자(母子)」 전문

　　다 큰 장정이지만 어딘가 좀 모자란 청년이 식당 안을 서성거린다. 살짝 탈이 난 그도 기실 "시퍼렇게 빛나는 청년"이다. 어디선가 그를 부르는 어머니의 목소리가 들린다. 식탁 모서리에 몸이 긁히는 아들을 부르는 그 소리는 "이 세상의 모서리란 모서리가 다 뭉툭해질 때까지" 나직이 흩어진다. 이어 화자는 말한다. "저 어머니의 목소리가 내 가슴 언저리에 자꾸 부딪친다"고. 그러다보면 내 가슴의 모난 데도 뭉툭해지지 않을까 한다고. 그 사이 화자는 '저녁은 먹었나?'라는 그에 대한 안부까지 잊지 않는다.

　　시가 도달해야 하는 지점은 어디까지인가. 시적 발견이 언어미학 내부의 미적 가치로 머무르는 데 족할 것인가. 나는 미적 자율성을 무시하는 리얼리즘적 강박을 늘어놓으려는 것이 아니다. 적어도 문학적 동력이 나와 세계로 확대되고 그 역학 관계가 세상의 감각적 위계를 흔들어놓을 수 있어야 한다는 것이다. 그것이 문학의 윤리이자, 더 크게 말하면 예술의 정치성이다.

이 시에서 시인은 세상이 만든 정상과 비정상의 경계를 해체한다. 살짝 정신이 나간 것 같은 그 역시 번듯한 청년이라는 사실 앞에 아무 것도 아니다. 더욱이 그가 한 어머니의 자식이라는 사실을 놓고 생각한다면 이러한 구분은 무색해진다. 그의 어머니는 세상 모서리를 모두 둥글게 만드는 나직한 목소리로 자식을 부른다. 여기서 시인은 마음속으로 그의 안부를 묻고, 더 나아가 자식을 부르는 어머니의 목소리처럼 자신의 모난 마음을 둥글게 연마하고자 하는 윤리적 지점까지 나아간다.

이름도 성도 얼굴도 다른 쓸쓸한 것들이
이 늦가을 저녁
이 도시의 낙엽들과 함께 퇴근한다
쓸쓸한 것들은 다 느지막하게 온다
느지막이 느지막이 오는 것들

커다랗고 쓸쓸하게 생긴 낙엽이 또 집에 있었다
두 손으로 앙가슴께 움켜쥐고 있던
집사람은 쓸쓸한 낙엽 한 장 간신히 가리키듯
가슴께를 좀 밟으라고 하였다
가로수 아래 낙엽을 밟는 것도 아니고
어떻게 사람의 가슴을 밟느냐고!

지난해 하얼빈에서 일행들과 함께
한 잎 한 잎 낙엽처럼 누워
중국 소수민족 여인들에게 발 마사지 받던 게 생각나서
가슴을 밟는 대신
집사람의 발바닥을 여기저기 주물렀다

오늘도 종종걸음으로 뛰어다녔을 집사람의 발바닥도
그 가슴께 못지않게 아플 것이다
발바닥은 본디 몸의 축소판이라 하였으니
발로 꾹꾹 밟으라는 가슴께도
여기 어디쯤일 것 같아
여긴가, 여긴가, 더듬더듬 발바닥을 주물렀다

집사람은 꼭 가슴께만 아픈 것도 아닐 것이다
발바닥을 주무르다 보니
낙엽 한 장이 내 가슴께 붙어 있는 것이다
쓸쓸하고 또 슬픈 것들은 다 가슴께 붙어있다
느지막이 왔다가 가지도 않는 것들

— 「느지막이 오는 것들」 전문

그리하여 그는 슬프고 아프고 고되고 괴로운 "공복의 장삼(張三) 이사(李四)"(「면벽17—천 원 식당」)들을 응시한다. 그 지점이 바로 그의 시의 윤리적 기율 혹은 정치적 최종 심급에 해당한다.

시인은 이들의 삶속에서 성찰의 준거를 찾고 이에 비추어 시의 존재 근거를 찾는다. "쓸쓸한 것들은 다 느지막하게 온다"는 진술을 보자. 바야흐로 이 휘황한 시대는 속도의 미학으로 결정된다. 멈출 수도 없는 문명의 폭주기관차에서 우리는 모두 워커홀릭이 되어 맹목적으로 일해야 한다. 노동이 근로의 개념으로 끊임없이 장려되고 권장될 때, 우리는 알지 못하는 사이 스스로를 착취하게 되며, 자본은 이들의 자발적 경쟁을 통해 비육되기 마련이다. "이름도 성도 얼굴도 다른 쓸쓸한 것들"이 늦가을 저녁 "도시의 낙엽들과 함께 퇴근"하는 모습을 상상해 보라. 어디가 아픈지도 모르면서 이 자본의 정글 안에서 스스로를 지키고 또 누군가를 먹이기 위해 아득바득 살아가는 우리들 말이다.

그 "커다랗고 쓸쓸하게 생긴 낙엽"이 집에도 있다. "두 손으로 앙가슴께 움켜쥐고" "쓸쓸한 낙엽 한 장 간신히 가리키듯" 가슴을 밟아달라고 말하는 화자의 아내다. 그는 길거리의 낙엽도 아니고 어떻게 가슴을 밟느냐며 대신 발바닥을 주무른다. 발바닥은 몸의 축소판이라고 했으니, 가슴에 해당하는 부분이 어디쯤일지 가늠하며 아내의 발바닥을 주무르는 것이다. 그러다보니, 그는 자신의 가슴께에도 낙엽 한 장이 붙어 있는 것을 느낀다. 그리하여 화자는 말한다. "쓸쓸하고 또 슬픈 것들은 다 가슴께 붙어 있다"고. 느지막이 왔다가 가지도 않는 아프고 고단하고 슬픈 마음들 말이다.

여기, 저 "흑백시대"의 멋진 조연이 있다. 영화배우로서도 조연이었고, 세상을 떠날 때에도 조연이었던 그, "트위스트 김"이다.

흑백시대 당신의 흑백영화처럼

세상 뜰 때

당신은 또 조연이었더군요

이 세상 그 많던 주연은 어디에 있는지

삼베 수의(壽衣)도 관두고

즐겨 입던 청바지 입히라고 했더군요

삼일 장 하고 발인 날

운구할 이도 부족하여

동행 취재하던 기자도 깜짝 출연했군요

어느 길에서도 돌아보지 말아요

돌아보아도 청춘도 인생도 맨발뿐이죠

주연도 조연도 맨발의 청춘

고(故) 트위스트 김(1936~2010)

　　　*트위스트 김; 본명: 김한섭, 부산 생, 출연작: 〈맨발의 청춘〉 등

　　　　　　　　　　　　　　　　　　　　　　　—「맨발의 청춘」 전문

　세상을 떠나는 날, 장례식장에는 운구할 이가 부족하여 동행 취재하던 기자까지도 관을 들어야 했다던 그다. 온 인생을 조연으로 산 그는, 세상을 하직하는 마지막 날까지도 주연으로 살지 못했다. 세상의 주연들은 어디에서 군림하고 있는지 그는 그렇게 세상을 떠났다. 하지만 그는 "내가 죽으면 나를 청바지 입혀서 화장을 시켜 달라."고 했다니, 그렇게 전성기 시절 자신의 상징인 청바지를 고집한 것은, 자신의 생이 그저 빛나는 조연이 아니라

당당한 주연이었음을 웅변한 것이 아닐까. 돌아보면 그의 출세작인 영화 〈맨발의 청춘〉(1964)과 같이 "청춘도 인생도 맨발", "주연도 조연도" 맨발일 뿐이다.

세상의 주인을 자처하며 자기들처럼 성공해보라고 희롱하듯 우리에게 '긍정-병'을 심어주는, 저 자본의 주역들이 여기저기에 널려 있다. 누구에게나 성공이 보장되어 있는 것처럼 보이는 자본주의적 선택지는 기실 허상의 사다리일 뿐이다. 그럼에도 불구하고 이러한 미끼와 꼼수가 젖과 꿀이 흐르는 자본의 대지에서 소비의 자유로 군림하고, 더 나아가 선택의 자유로, 정치적 자유로 전용되는 것을 우리는 무수하게 보아왔다. 주연으로서의 삶은 자본주의적 성공 신화가 아니다. 모두가 맨발임을 인정하는 것. 스스로 이 세계에서 속물과 잉여가 되지 않으려고 애쓰는 것. 스스로의 생을 책임지며 오연함을 잃지 않는 것. 수의 대신 청바지를 입혀달라고 한 그의 유언을 우리는 기억할 필요가 있다.

우리 시대의 지옥도 속에도 이렇게 곡진한 이야기가 희망의 씨앗불처럼 숨어 있다는 것이 가슴 뭉클하다. 시인은 이 사연을 이렇게 담담하게 들려준다.

경기도 가평 현리 동네 담벼락마다
누군가 어떤 여자 이름을 또박또박 써 놓았다
최미영 최미영 최미영
지우고 나면 또 쓰고 지우면 또 쓰고

바람이라도 불면 이름이 날아갔을까
비라도 내리면 이름이 흐려졌을까
누군가 이름을 몰래 지울지도 몰라
바람 부는 창밖을 자꾸만 내다보았을까

이름을 지우고 또 낙서를 지워도
다음날 또 담벼락을 가득 메우던
너무 고약하고 아주 얄밉던 낙서

드디어 주민들이 담벼락 뒤에서 소년의 목덜미를 잡았다
"……."
"많은 사람들이 엄마 이름 불러주면…"
"엄마 병이 나을 것 같아서…"
동네 어디든지 맘껏 어미 이름을 쓰라고
주민들은 소년의 손에 분필 한 움큼을 쥐어줬다

간신히 담벼락에 붙어있던 어미의 이름은
사람들의 가슴에서 또 입에서
한 마리 새가 되어 날아올랐다
가슴 높이의 담벼락이
소년의 하늘 전부였던 것처럼

　　*『서울신문』(2010. 12. 28) 9면 '담마다 아픈 엄마 이름…'에서 참고함.

　　　　　　　　　　　　　　　　　　— 「너무 아픈 낙서」 전문

온 마을의 담벼락이 누군가의 이름이 적힌 낙서로 도배가 된
다면 어떻겠는가. 최미영, 최미영, 최미영……. 지우고 나면 또
쓰고 지우고 나면 또 쓰고. 마을 사람들은 이 "얄미운 낙서"의
범인을 잡아야 한다고 입을 모았다. 실제로 경찰이 잠복근무까
지 서 가며 겨우 낙서범을 잡고 보니, 범인은 8~9세가량의 소년
이었던 것. 그 이유를 물으니 소년은 이렇게 대답했다고 한다.
"많은 사람들이 엄마 이름 불러주면… / 엄마 병이 나을 것 같아
서…"라고. 그러자 마을 사람들은 "소년의 손에 분필 한 움큼"을
쥐어주며, "동네 어디든지 맘껏 어미 이름을 쓰라고" 했다는 동
화 같은 실화다.

　화자는 담벼락에 엄마의 이름을 쓴 소년의 심정이 되어 이렇
게 말한다. "바람이라도 불면 이름이 날아갔을까 / 비라도 내리
면 이름이 흐려졌을까 / 누군가 이름을 몰래 지울지도 몰라 /
바람 부는 창밖을 자꾸만 내다보았을까"라고. 시인은 이야기를
객관적으로 들려주는 것처럼 하다가도 이처럼 소년을 초점화자
로 등장시켜 소년의 안타까운 마음을 진술한다. 더 나아가 이야
기 뒤에 다음과 같은 에필로그를 덧붙인다. 소년에게 담벼락이
어머니의 이름을 적는 하늘이었던 것처럼, "간신히 담벼락에 붙
어 있던 어미의 이름은 / 사람들의 가슴에서 또 입에서 / 한 마리
새가 되어 날아올랐"을 것이라고. 누군가의 삶을 위해 빌어주는
작은 이타의 발원(發願) 하나하나가 수천의 파랑새가 되어 비상
하는 모습을 꿈꾸는 시인의 마음은, 지옥도 속에서 허우적거리
는 우리 삶에 하나의 축복의 메시지처럼 울려 퍼진다.

이처럼 낮고 외진 삶의 언저리에서 건져 올린 생의 세목들은 그가 시를 통해 가 닿고자 하는 삶의 지평과 맞닿아 있다. 그 지점은 사실 그가 "지울 수 없는 내 영혼의 직장"이라고 불렀던 대기새마을중학교 야학시절부터 시작된 순정한 시심에 그 연원을 두고 있다. 시인은 거기서 1978년 여름, 중학교 국어와 음악을 가르쳤다. 아이들 곁을 떠날 때, 마을 사람들도 울고 서른 네 명의 아이들도 울었다. 그렇게 "아이들 눈가에 눈물을 바라보며 내려오던 날" 교사(校舍) 뒤편 "함석집할머니"가 퍼주던 "우물물 한 바가지"! 시인은 물은 마시지도 못하고 목부터 메고 만다(졸고, 「생의 이면」, 『시로여는세상』, 시로여는세상, 2011년 봄). 시인은 현재 자신의 처지를 이렇게 말한다. "나는 그 높고 또 깊은 곳에서 훌쩍 내려와서 / 이 낮고 얕은 곳에서 미적미적 사는 것 아닌지"(「물 한 컵」)라고. 그의 시의 윤리적 지평은, 바로 저 높고 깊은 곳에 있는 대기새마을중학교의 우물물 한 바가지 속에 담겨 있었던 것이다. 그것이 보통 물인가. 아이들의 눈물로 빚은 영혼의 샘물이다. 시인은 결코 그 시절을 잊지 못한다. 그렇기에 그가 아직도 청년처럼 울부짖고 아파하고 있는 것이다. 다들, 제 멋에 취해 멋지고 날렵한 시를 쓰기에 골몰하고 있는 터에!

그가 아무리 겨울비처럼 "서로 시절이 어긋났을 뿐"(「겨울비 내렸을 뿐인데」)이라고, 자조하는 듯해도, 나는 그의 뚝심을 안다. 그것은 약빠른 서울내기 학출(學出)들이 알 수 없는, 저 강원도, 영(嶺) 너머, 바닷가에서, 온몸으로, 치명적으로, 시마(詩魔)를 길들이며 만들어낸 바윗덩어리 같은 근기(根氣)다. 그는 자신의 시력을 이렇게 한 마디로 요약한다. "지도에도 없는 길을 따라 너무 깊이 들어왔다"(「한섬」)고. 그의 시가 앞으로 어떻게 변할지는 아무도 모른다. 나는 그가 문청 시절부터 가슴 속에 품은 영혼의 물 한 바가지를 잊지 않으리라 믿는다. "등짐 다 내려놓고 / 등뼈만 남은 / 무수골 물오리나무도 제 발밑에 말뚝을 박고 사"(「무수골 물오리나무」)는 것처럼, 영원히 자신의 발밑에 시의 말뚝을 박고 "무수골 물오리나무"처럼 서 있을 것이다. 그러면서도 "식탁 두 개"에 "백반 하나"가 유일한 천 원짜리 메뉴인 "충남 논산 장터에 있는 욕심 없는 식당"(「천 원 식당」)처럼, 연륜을 더해 갈 것이다.

이제야 왜 그가 「앞마당에 그가 머물다 갔다」를 이 시집의 표제로 올렸는지를 알겠다.

> 그는 피붙이는커녕 무너진 초가 한 칸도 없었다
> 말년엔 탁발도 끊고
> 남의 집 헛간에 서당을 차려놓고
> 끼니를 때웠다는 풍문도 돌았다
> 그는 헛간 속에도 풍문 속에도
> 어느 길 위에서도 머물지 않았다
>
> 그는 옆에 여자를 둔 적이 한 번 있었다
> 불치병을 앓는 여자구실도 할 수 없는 여자였다
> 그는 옆에 둔 여자를 잊고
> 여자도 그를 잊고 살았다

여자를 만나면 여자를 잊고
또 납자(衲子)를 만나면 납자를 잊고

그는 세월이 또 많이 흘러 뜬구름이 되었다
거울 속에 비친 구름도 상(相)인데
그의 상은 그냥 무상(無相)이었다
구름은 구름이 아니고
거울도 거울이 아니다
그는 어느 곳에도 머물지 않은 바람이 되었다

허공에 뜬구름도 멀리 멀리 흩어지니
뭇 바람이 지나간 것을 알겠더라
헛간도 풍문도 여자도
탁발도 납자도 뜬구름도
그가 머물던 앞마당도
마침내 허공도 뻥뻥 뚫릴 것 같은

— 「앞마당에 그가 머물다 갔다」 전문

이 작품은 "제2의 원효", "길 위의 큰 스님"이라고 칭송되는
경허 선사(1846~1912)의 일대기를 배경으로 하고 있다. 세속적인
눈에서 보면, 음주와 육식과 여자에 대한 금기에서 벗어나 여러
가지 파계와 기행을 보였다고도 할 수 있는 경허의 일생이 시인
에게 어떠한 의미로 다가온 것인가. 그는 산중에 은거하여 도를

깨우치는 이른바 독각선(獨覺禪)을 행하지 않고, 길 위에서, 대중들 앞에서 자신의 종교적 이념을 설파하고 실천하였다. 이러한 점에서 그는 구한말 꺼져가는 불교 정신을 다시 일으켜 세우며 선(禪)을 대중화한 한국근대불교의 중흥자로 평가 받고 있다. 여인을 곁에 두면 여인을 잊고, 납자를 만나면 납자를 잊고, 그저 무상(無相)으로, "어느 곳에도 머물지 않은 바람"으로 생을 마감한 경허. 시인은 경허와 같은 삶을 좇아, 사람들 속에서 우리 생의 아픔을 노래하고 그것을 다시 안으로 끌어들여 스스로를 치유하고 더 나아가 세상의 안부를 물을 것이다.

이미 박세현 시인은 『월동추』의 발문을 통해 그와 문청 시절에 나눈 각별한 인연과 그의 기행(奇行)에 가까운 문학적 일화들을 하나의 완벽한 서사구조로 그려낸 바 있다. 그 발문의 제목이 바로 「음울했던 청년」이다. 그는 그 시절로부터 한 살도 더 먹지 않았다고 스스로 말하고 있다. "나의 정신적 나이는 아직도 칠팔십 년대쯤 헤매고 있는 걸까 / 나의 음악적 나이도 / 열여덟 살 이후 한 살도 더 먹지 않은 걸까 / 슬프고 또 아픈 시절이다"(「무겁고 또 복잡한 하루」) 그를 나이 들지 않게 한 이유는 무엇인가. 우리가 사는 시절이, 그 시대와 별반 다르지 않게 슬프고 아프기 때문이다. 어두운 자의식의 터널 속을 헤매거나 자폐적 미의식에 숨어 있는 한국 시단의 한 구석에 그의 시가 매운 죽비가 되길 바란다. 질박하고 웅숭깊은 언어, 순정하면서도 매서운 그의 언어가, 그의 고향 주문진 앞바다의 싱싱한 생선들처럼 퍼덕퍼덕 튀어 오르기를 간절하게 빈다.

오래 삭힌 슬픔으로 빚은 금빛 노래

— 이상호 시집 『마른장마』

한국 시사의 면면한 흐름 속에서, 이상호 시인은 오래된 서정의 문법을 내면화하고 이를 변용시킨 우리 시대 뛰어난 서정 시인의 한 사람이다. 어느 지면에서 그가 한 말을 기억해 낸다. "시업(詩業)은 일차적으로는 진정한 자기를 찾아가는 일이며, 이차적으로는 이를 통해 바람직한 세계를 만드는  한 방편이 된다." 이는 한 시인의 시세계를 일별하는 데 바쳐지는 말이 아니라 시의 본질을 겨냥하고 있다는 데 주목을 요한다. 나를 찾아가는 일이라는 것에는 미적 체험을 통해 자아와 세계가 또 다른 층위로 도약하는 승화의 원리가, 바람직한 세계를 만드는 한 방편이라는 점에는 문학의 사회적 길항력이라고 할 수 있는 시의 윤리성이 함께 녹아 있다.

오늘 나에게 쏟아지는 별빛은 오늘의 것이 아니라
수백 광년을 달려온 머언 옛날의 별빛인 것처럼
오늘의 내 마음은 오늘 내가 만든 것이 아니라
수백 년 전부터 조금씩 형성된 먼 옛날의 화석

나는 이제 나를 아껴 써야 한다
나를 공손하게 아껴 써야 한다고 생각하자
나는 내가 너무 무거워
나는 내가 너무 무섭다

무서운 밤길을 혼자 걸어가는 내가
혼자가 아니라는 생각을 하니 더 무섭다
오늘의 저 별빛이 수백 광년을 달려온
먼 옛날의 별빛이라는 무서운 사실처럼

오늘의 나는 어제의 너이고
내일의 너는 오늘의 나이다
모든 길들이 끈끈하게 이어져
서로가 서로를 섬기는 것처럼

—「길」 전문

세상의 모든 것이 단독자가 아니라는 사실, 과거와 현재가 그리고 자아와 세계가 필연의 고리로 연결되어 있다는 의식은, "시인의 의식상에 있어서 현재의 순간은 많은 과거들, 체험들이 동시적으로 공존해 있는 순간"(김준오, 『詩論』)이라는 동일성의 시론을 환기시킨다. 오늘의 별빛이 "수백 광년을 달려온 먼언 옛날의 별빛인 것처럼", 오늘의 내 마음이 "먼 옛날의 화석"이라는 생각이 든 화자는 스스로를 무겁고, 무섭게 느낀다. 여기서 무겁다는 것은 모든 존재가 시간의 퇴적물이라는 생각 때문이고, 무섭다는 것은 수백 년 동안 응축된 타자의 집적물이 곧 자신이라는 데서 나온다. 그리하여 모든 존재는 끈끈한 '길'로 이어져 있고, 마침내 서로가 서로를 섬긴다는 데까지 나아가게 된다. 따라서 시인은 자아와 세계의 전일적 합일을 꿈꾸는 자아의식으로 무겁고 무서운 존재들의 비동시적 현존을 탐색해 나간다.

높은 나뭇가지에
세 들어 사는 새

세도 안 내고 집짓고 새끼 기르며 살기가 영 민망한지
나갔다 들어올 때마다 까치발로 조심조심 걸어드는 새

그 마음을 아는지 나뭇가지도
내색하지 않으려고 애를 쓴다

그걸 쭉 지켜보는 하느님도 말없이
따뜻한 어둠을 펴서 함께 덮어준다

—「나무와 까치」 전문

나뭇가지에 세 들어 사는 새는 까치발로 조심조심 걸어 들어
가고, 그 마음을 아는 나뭇가지는 내색하지 않으려 애쓰며, 그걸
바라보는 하느님도 따뜻한 어둠으로 그들을 덮어주는 모습은
서정적 자아가 자연물을 자신의 의식으로 견인하여 그것을 내적
으로 인격화한 장면이다. 의인관적 세계관이 문학적으로 유효하
다면, 이 작품에 나타나는 '나뭇가지'와 '새'와 '하느님' 사이의
조화와 공존이 인간사에서는 발견되기 어렵다는 희박성의 원리
에 의해서 가능하다.

자연친화적 시작의 원리가 사회의 당면 문제를 외면하거나
그로부터 이격되어 있다는 클리세는 늘 따라다녔지만, 그것은
문학을 당위적 명목론으로 환원시키는 단순성에 다름 아니다.
서정이 지향하는 공존과 평화에의 모색은 본질적인 것이며, 이
는 문학은 단지 거기 있음으로 해서 사회비판적이라는 아도르노
의 오래된 탁론을 상기시킨다. 그런 의미에서 시가 사회적 사실
에 대한 확성기가 되거나 스키조의 난해한 위악적 포즈로 둔갑
하는 일은 모두 가짜다.

그래도 아직은 잴 수 있는 키가 있기는 하지만
해마다 줄고 줄어들어 더는 줄지 않는 키

땅바닥에 찰싹 달라붙어 안도하는 키

하루 종일 서성이지 않아도 되는

키 아닌 키가 될 날이 오겠지

키를 재지 않아도 언제나

끄떡없는 저 풀같이

서운함도

쓸쓸함도

없는 저 구름같이

뭉게뭉게 풀어져 흘러가겠지

풍선 불던 마음은 앓는 이처럼 쏙 빼버리고

— 「거꾸로 크는 키」 부분

한편, 시인은 무욕의 경지를 이렇게 유려하게 풀어놓는다. 화자에게 해마다 줄어드는 키는 "안도하는 키"가 되고, 더 나아가 "키를 재지 않아도 언제나 / 끄떡없는 저 풀"로, "서운함도 / 쓸쓸함도 / 없는 저 구름"으로 인식된다. 키가 줄어든다는 것은 모든 것을 버리는 일. 키가 한없이 작아져 "땅바닥에 찰싹 달라붙"는다는 것은, 욕망으로 가득 찬 삶을 은유하는 "풍선 불던 마음"을 "앓는 이처럼 쏙 빼버리"는 일인 것이다. 이렇게 "거꾸로 크는 키"는 양화(量化)를 지향하는 타율적인 교환사회와 대립되는 역설적 세계로서, 길이와 수치로 환산되는 경험적 세계에 대한 대립적 의미를 환기하고 있다.

시집의 2부를 차지하고 있는 16편에 걸친 '장단' 연작은 역설적인 관계를 이루는 두 개의 사태에 장단을 맞춤으로서 얻어지는 배리와 조응의 관계를 모색하고 있는 작품들이다. 가령, 「봄날― 장단·3」의 경우, "엄동설한에도 / 용케 살아남은 / 여린 새싹"이 바람과 햇볕의 도움으로 "탐스런 꽃"을 피워 올렸지만, "늦바람난 사내가" "탐스런 한 여인의 마음을 꺾으려" "싹둑 잘라가"는 시적 상황을 가리킨다. 꽃과 여인이라는 탐스런 대상 사이에 걸쳐 있는 두 행위는 꽃을 꺾음(죽음)이 여인의 마음을 꺾음(재생)이라는 모 순된 논리와 조응하며 역설적 상황성을 부조한다.

오랜만에 다시 찾은 경주
사람들 발길 따라 이곳저곳 구경 다니는데
웬 낯선 이름, 동궁과 월지―옛 안압지의 새 이름이란다.
사라진 건물을 두어 채 되살려놓았지만 대부분 주춧돌만 남아
그마저 덮어 버리려 스크럼을 짜고 돌진하는 잔디를 막아내며
화려했던 그 옛날의 궁궐 터였음을 가까스로 일러주고 있었다.
마음에 허물어진 궁궐 몇 채 들어앉히며 천천히 월지를 도는데
웅얼웅얼 비단 잉어들이 모여들기 시작한다 내 발자국 소리에
삼삼오오 몰려와서 어서 무엇이든 던져 달라는 듯 연신 입을
뻐끔뻐끔
한때는 제 힘으로 먹이를 찾아먹고
한때는 날렵한 몸으로 비약도 했을
저 놈들, 이제는 뚱뚱한 몸으로 구경꾼들의 눈요깃감 신세가 되어
뜻하지 않은 생의 한때를 때우고 있구나.

이름을 바꾸고

생태계를 바꾼

시간과 사람들을 따라

나도 어느덧 저도 모르게 자꾸 뒷짐이나 지며

이름만 되찾은 아름다운 폐허와

이름만 간직한 아름다운 허울과

어울려 또 한 풍경 아슬아슬 만들어내고 있구나!

— 「세월—장단·9」 전문

여기, 경주 '안압지'의 새 이름 '동궁과 월지'가 있다. 화자에겐 이 이름이 낯설게 다가오고, 그곳엔 복원한 두어 채의 건물을 제외하곤 대부분 주춧돌만이 남아, 사라진 옛 왕궁의 영화를 간신히 대신하고 있다. 여기서 화자는 월지를 돌다 자신의 발자국 소리에 몰려든 비단잉어들을 목격한다. 한때는 자신의 힘으로 먹이를 찾고 날렵한 몸으로 비약도 했을 테지만, 지금은 비만해진 몸으로 먹이를 빌며 "뜻하지 않은 생의 한때를 때우고" 있다.

화자는 "이름만 되찾은 아름다운 폐허"와 "이름만 간직한 아름다운 허울" 속에서 "저도 모르게 자꾸 뒷짐이나 지며" "또 한 풍경 아슬아슬하게 만들어내고" 있음을 발견한다. 이러한 대응 구조는 장단의 연작이 기법적으로 추구하고 있는 것인데, 이 성찰의 자리에 이상호 시인의 시가 지향하는 윤리적 지평이 자리한다. 명목뿐인 허울 속에서 살아가며 날로 후안무치해지고 있는 세상 속에서, "뚱뚱한 몸으로 구경꾼들의 눈요깃감 신세"된

비단잉어를 자신과 동일시하는 장면은 "바람직한 세계를 만드는 한 방편"으로서 문학이 꿈꾸는 성찰적 상상력의 진면목이라 할 수 있다.

제3부에 자리한 자연친화적 서정은 시인의 은사인 목월 선생이 그러했듯 기려하고 때로는 곡진하게 유려한 서정의 기품을 보여주고 있다. 주로 자연사와 인간사의 병치 관계를 통한 사유를 시적 동력으로 삼고 있는 작품들로서, 그가 호명하는 싸락눈, 사마귀, 꿀벌, 물고기, 더덕 들은 결국 '나'라는 시적 화자의 상황성 속에 재호명되어 새로운 인식의 국면을 획득한다.

선뜻 바람이 지나가고
나무들이 잠시 수런거렸다
무슨 일인가
콩새 두어 마리 날아오르고
나무들은 이내 입을 다물었다
콩새가 날아가는 쪽으로
바람이 따라갔는지
바람이 불어가는 쪽으로
콩새가 따라갔는지
아무도 모르는 숲은
이슥토록 잠잠하였다

우리 지나간 자리도

저리 고요해질까 모르지

바람이 지나간 숲 속처럼

마음에 열꽃 피어나지 않고

고요만 넘실거릴 수 있을까

마르지 않는 소금 바다처럼

날마다 출렁거릴 수 있을까

마른버짐처럼 번지는 이 생각

저 생각, 폭풍의 숲을 이룬다.

─「숲 속에서」 전문

이 작품은 정밀감(靜謐感)이라는 지배적 분위기(mood)와 담담한 서술의 톤(tone)으로 숲의 숨이 막힐 듯한 거대한 침묵을 형상화하는 데 성공하고 있다. 바람이 불어 수런거리는 나무들 사이로 콩새 두어 마리 날아올라도, 숲은 아무 일도 없었다는 듯이 이내 입을 다물고, 숲은 "이슥토록 잠잠"할 뿐이다. 그럼 콩새는 어디로 갔는가. 바람이 불어가는 쪽으로 날아갔는가. 숲은 이에 아무 것도 개의치 않고 정묵한다. 이어 화자는 다시 고요한 숲의 정황을 내적으로 소환한다. "바람이 지나간 숲 속처럼 / 마음에 열꽃 피어나지 않고 / 고요만 넘실거릴 수 있을까 / 마르지 않는 소금 바다처럼 날마다 출렁거릴 수 있을까" 하고. 그러나 이런 생각들이 다시 "폭풍의 숲"을 이룬 화자는 결국 숲처럼 거룩한 침묵을 얻지 못한다. 하지만 충만한 적요로 무아(無我)에 도달한 숲의 경지를 꿈꾸는 화자의 소망만은 충만하게 일렁인다.

　　슬픔도 오래 삭이면
　　금빛 노래가 되는 것을
　　예전엔 미처 몰랐다네

　　밤마다 쏟아지는 은은한 달빛
　　심심산천 어느 작은 골인들
　　초롱초롱 비춰주지 않으리

　　세상모르고 사는 그날까지
　　우리들 마른 마음 모래밭에
　　돋아나는 잔디 잔디 금잔디

　　아무리 세월 흐르고 흘러도
　　영영 시들지 않을
　　우리 님의 고운 노래여

　　　　　　　　　―「우리 님의 고운 노래―소월(素月) 시」 전문

　소월에 대한 헌사의 성격을 띠고 있는 이 작품은 4부의 말미에
서 시집의 대미를 장식한다. 더불어 소월의 「예전엔 미처 몰랐어
요」, 「금잔디」, 「님의 노래」에 대한 오마주의 성격까지 갖고 있는
이 시는, 북에는 '소월' 남에는 '목월'이라고 말해져 온 서정의

원류를 그가 계승하고 있음을 보여주고 있다. 곰삭힌 슬픔이 금빛 노래로 화하고 은은한 달빛이 심심산천 작은 골마다 맑게 비추는 듯, "우리 님" 소월의 "고운 노래"는 우리들 마음에 돋아나는 "잔디 잔디 금잔디"처럼 영영 시들지 않을 것이라는 화자의 기망이 소월의 운(韻)을 따라 곡진하게 표현되고 있다.

"사랑은 흔해도 진짜 / 사랑은 없다"(「마른장마·2」)고 했던가. 이 말을 우리 시의 상황으로 옮기면 서정은 흔해도 진짜 서정은 없다고도 말할 수 있겠다. 사실 작금 우리 시단은 마른장마가 계속되고 있다. 시인도 많고 시도 많고 시집도 쏟아지는데, 정작 독자는 없는 기현상이야말로 마른장마다. 게다가 정작 시인들조차 남의 시를 읽지 않는 자폐적 상황은 마른장마의 전형적 상황이라고 할 수 있다. 스스로 시단의 전위임을 자부하며 세련되게 겉멋을 부렸지만 도무지 무슨 소린지 알 수 없는 시들은 말해서 뭐하겠는가. 시의 외연을 확장한다는 것은 지적 허영과 난해함으로 보장되지 못한다. 반대로 범박한 인생론과 상투적 자연예찬에 머물러 있는 서정의 구태 역시 마른장마다.

이상호 시인의 이번 시집에 수록된 시편들이야말로 마른장마를 뚫고 나온 시원한 서정의 빗줄기다. 전통과 현재를 잇고 현재와 미래를 관통하는 서정의 미학이, 오래 삭힌 슬픔으로 녹아 있는 금빛 노래를 읽어야 마땅하리라. 벌써부터 "또 나는 자꾸 먹고 싶다"(「허겁지겁」). 허겁지겁 읽어버려 멀리 달아난 그의 시를 또다시 붙잡고 읽고 싶다. 그러면 가슴 속에 시큼한 슬픔이 다시금 배어나올 것이다.

소리의 집

— 장시우 시집 『벙어리 여가수』

우주의 모든 존재에는 소리가 깃들어 있다. 그것은 태초에 말씀(로고스)이 있었을 때로부터 모든 존재에게 부여된 고유성이다. 그런 의미에서 말은 단순한 소리가 아니고 존재에 부여한 힘이나 원리를 의미한다. 따라서 존재의 소리를 발견한다는 것은 존재의 근원을 탐색하는 일에 다름 아니다.

전부는 아니겠지만 시인에겐 그런 귀가 있을 것이다. 가령, 이런 것이다. 저물녘 저수지의 고요한 수면 위로 사람들이 물수제비를 뜬다. 돌은 경쾌하게 뛰어가다가 가라앉고 물 위엔 긴 파문이

남는다. 여기까지는 누구나 가시적으로 확인할 수 있는 현상이다. 문제는 그 다음이다. 시인은 물속에 잠긴 돌멩이를 향해 비밀스러운 시선을 던진다. 오래전에 잠겨 깊은 잠에 빠져 있는 돌을 깨우기라도 하듯이 그 곁에 제 몸을 누이고 묵은 이야기를 풀어낼 것이라고. 그렇다면 밤새도록 물 위에 이는 파문이란 그들의 속 깊은 이야기 소리가 만들어낸 울림일 것이다. 사람들은 무시로 찾아와 그 수면 위에 다시 물수제비를 뜰 것이고, 이런 의미에서 권두시에 놓인 「파문」은 이 시집을 '소리의 집'으로 만드는 주춧돌인 셈이다.

저물도록 문을 두드리는 저 소리,
바람에 자작나무가 우는 소린 줄 알았다
눈을 가지에 얹고 그렁그렁 우는 걸 봐버렸으니,
그 눈물을 닦아주는 밤
눈(雪)물 떨어지는 소리도 밤에 묻혔다
모두 가만히 고여 있는 시간
고요가 둥지를 튼다
이 고요는 소리들의 비명
가끔 가만히 숨죽여 걸어 나오다 들켜
제풀에 흠칫 놀라 달아나기도 한다
이 적요가 좋으면서 싫은 나는
가끔 소리를 만들어낸다 문 여닫는 소리,
물 마시는 소리 컵 내려놓는 소리 글 쓰는 소리

가끔은 연필로 톡톡 책상을 두드리며
소리의 안부를 묻기도 한다
그럴 때면 내 몸속에서 고요가 흘러나오기도 한다
그렇게 흘러나온 고요는
추운 나라에서 온 이방인처럼 서성이다
뚝뚝 눈물을 흘리며 주저앉는다
그리하여 나는 자정이 될 때까지
그 눈물에 귀 기울이기로 했다

—「고요가 사는 방」 전문

　가청권 밖의 존재의 소리를 들을 수 있는 시인은 심지어 아무
런 소리도 없는 '고요의 비명'까지 듣는다. 화자에게 고요의 공포
는 소리의 욕망을 부여하고, 이때 소리는 존재의 안부를 묻는
행위가 된다. 그 다음엔 다시 내 몸속에서 고요가 흘러나오고,
화자는 이방인처럼 서성거리다 눈물을 흘리며 주저앉는다. 이때
눈물의 의미는 무엇인가. 고요의 틈 속에 배어나온 화자의 깊은
속울음이 아닌가. 고요가 사는 방에서 화자는 외적으로는 세상
의 모든 존재의 안부를 묻고, 내적으로는 자신으로부터 울려오
는 눈물의 소리를 듣는 것이다. 이처럼 시인의 시작(詩作) 행위는
소리에 대한 내밀한 탐구이자 존재성 고구의 한 방법론인 셈이
다. "소리들을 분류하고 분석하느라 불면의 밤이 이어져 / 신경
쇠약에 걸릴 뻔했지"(「소리들」)라는 진술은 소리를 통한 시작의
방법론을 구체적으로 증거한다. 소리 수집가이자 분석가인 시인

의 시편들을 따라 읽어가다 보면, 우리는 잊고 살았던 존재의 비의(祕義)를 불현듯 깨닫게 될 것이다.

비가 다녀갔다
무슨 긴한 이야기가 있었던지
밤새 창문이며 베란다 난간을 두드렸으나
까무룩 잠든 탓에 그 이야기에 귀 기울이지 못했다
밤새 그 이야기 흘러 물웅덩이를 만들었다
햇살이 호기심을 이기지 못하고 물웅덩이에 고였다
무슨 이야기인지 갸웃거리다 끄덕이다 까르르 웃기까지
멀리서도 감출 길 없어 반짝이는 저 뒤척임
호기심에 가까이 다가가면
햇살은 아무 일도 없다는 듯 기지개를 켜고
물웅덩이에는 맹숭맹숭 하늘만 녹아 있다
땅은 이야기를 꿀꺽 삼키고 시치미 뗄 것이고
오늘 햇살은 찌꺼기까지 야금야금 다 삼켜버릴 것이다
나는 아무런 이야기도 듣지 못한 채
우주의 비밀 하나를 그냥 흘려버린 아쉬움에
허공에 젖은 두 손을 펼치고
다시 이야기가 고이길 기다리고 있을 것이다

— 「젖은 두 손을 펼치고」 전문

시인에게 비는 한 편의 이야기다. 밤새도록 창문이며 베란다 난간을 두드리는 소리다. 시인에게 모든 존재의 기척은 소리로 다가온다. 화자는 까무룩 잠들었기에 하늘로부터 온 비의 전갈에 귀 기울이지 못했다. 다음 날, 햇살은 고인 물웅덩이에서 반짝이며 "까르르 웃기까지" 한다. 가까이 다가가 보면 물웅덩이에는 "맹숭맹숭 하늘만 녹아" 있고, 이제 땅은 하늘의 이야기를 꿀꺽 삼킬 것이고, 햇살은 다시 야금야금 물을 말려 버리리라. 화자는 아무런 이야기도 듣지 못한 채 "우주의 비밀" 하나를 흘려버린 아쉬움에 "젖은 두 손을 펼치고" 다시 이야기가 고이길 기다린다. 끊임없는 물의 순환(hydrologic cycle)이라는 과정을 시인은 저 아득한 우주로부터 온 비밀스러운 이야기로 바꾸어내고, 젖은 손을 펼치는 간절한 희원(希願)의 자세로 다시 올 우주의 전갈을 기다린다. 이를 통해 시인은 만물과 주객의 호응을 기려하게 펼쳐내며 한 편의 우주적 드라마를 완성한다.

머릿속을 맴돌던 가락이
휘파람으로 골목을 돌아나가고
문 앞에서 주춤거리던 달빛이 가만히 문을 연다
그 곁에 앉아 귀를 기울이면
싸르락 나뭇잎이 걸어 다니는 소리들
늦은 밤에도 잠들지 못한 마음은
신발도 신지 않고
골목을 걸어 나가
떠도는 소리를 따라 나선다

오늘밤엔 초승달이 아프게 어둠을 찌르고
한데 나간 마음은 돌아오지 않는다
깊은 밤의 허기는
찬물에 떠 있는 별빛으로도 채울 수 없으니
자꾸 어둠만 들이킨다
마음은 어디 먼 데로 간 걸까
갈라진 길 끝에 바람이 고인다

— 「바람이 노래하는 밤」 전문

깊은 밤의 고요가 찾아오면 시인은 비로소 귀를 얻는다. 한낮의 시간은 너무 많은 소음으로 가득 차 있어 낱낱의 소리를 분별할 수 없으나, 교교한 달빛이 비추는 한밤에는 존재들의 미세한 떨림까지도 또렷하게 전해지는 법이다. "문 앞에 주춤거리던 달빛이 가만히 문을 열"자, "싸르락 나뭇잎 걸어 다니는 소리"가 들어온다. 이때 화자의 스산한 마음은 "신발도 신지 않고 / 골목을 걸어 나가 / 떠도는 소리를 따라" 나간다. 하늘엔 초승달이 먹빛 어둠을 찌르고, 화자의 마음속에 가득 고인 "깊은 밤의 허기"는 그 어떤 것으로도 채울 길이 없다. 집 나간 마음은 돌아오지 않고, 저 길 끝에서 바람만이 노래하는 밤! 신발도 신지 않고 골목을 걸어 나간 마음이야말로, 우주의 소리를 찾아나서는 시인의 고적한 영혼이 아니겠는가.

버스를 기다린다

장양리에서 회촌을 오가는 34번 버스가

자장가처럼 느릿느릿 고개를 넘어온다

느린 진동이 먼저 길을 달려와

회촌마을 정류장에 멈춰 서 있다

슬그머니 문이 열리고

다른 세계로 들어서는 듯 신중하게

내려서는 한 노인

뒤를 따라 지팡이 소리가 땅 위에 내려설 때까지

모두 숨을 죽이고 기다린 듯,

승객들은 기척도 없이 버스에서 내린다

한참을 기다려도 못 내린 승객이 있는지

버스는 아예 시동을 끄고 주저앉는다

들녘에서 흥얼흥얼 따라온 농부의 노랫소리

새소리 벌레 소리 개울물 소리

한자리에 가만히 앉아 있질 못하고 어슬렁거리는 바람

그 바람이 데려온 반짝이는 햇살

햇살을 좇아온 흰 나비

좀 늦게 도착한 봄,

그리고

고요까지 모두 내렸다

……

버스가 시동을 걸자

다시

하나 둘……

버스에 오른다

— 「봄, 종점」 전문

그 시혼(詩魂), 버스 종점, "회촌마을 정류장"에 잠시 머문다. 여기서도 시인의 행위란 세상의 소리를 듣는 것, 그리고 그 소리를 소화시켜 한 올 한 올의 시어로 시의 무늬를 짜는 일이다. "장양리에서 회촌을 오가는 34번 버스"의 종점인 회촌마을 정류장에 "느린 진동이 먼저 길을 달려와" 멈추어 서자, 이윽고 슬그머니 문이 열린다. 한 노인이 천천히, 그리고 기다리던 모든 승객들이 버스에서 내린다. 버스가 "아예 시동을 끄고 주저앉"자, 이제 시인은 여러 소리들과 소소한 풍경의 세목들을 불러 모으기 시작한다. 농부들의 노랫소리, 새소리, 벌레 소리, 개울물 소리, 그리고 어슬렁거리는 바람, 바람이 데려온 반짝이는 햇살, 햇살을 쫓아온 흰 나비, 조금 늦게 도착한 봄, 그리고 고요까지. 이들은 모두 하나의 무리이자 다발이고 연쇄다. 한적한 장양리 회촌마을 정류소의 봄은 이렇게 어느 하나의 결여도 없이 모두 한자리에 모였다. 아니 이 모든 것이 모여 봄의 풍경을 이룩했다. 이 조화로운 세계의 한 풍경은 시인이 시작 행위를 통해 가 닿고자 하는 평화의 진경이리라. 버스가 다시 시동을 걸자, 이들 모두 다시 버스에 오르고 컷(cut)!

power on

구석에서 너무 오래 서 있는 그에게 말을 건다

오늘은 내리는 비로 인해 허공이 몹시 분주하여

주파수를 잘 잡지 못한다

그는 헛꿈 꾸는 아이처럼 마침표도 없이 잘 떠든다

목소리가 방 안을 종횡무진 떠다닌다

그러나 접근법이 몹시 서툴러

공중에서 출렁거리다 바닥으로 떨어진다

단 한 명뿐인 관객 딴청을 피운다 싶은지 목청을 높인다

방 안의 고요를 다 삼킬 기세다

예정 없던 음역에 솔깃하여 귀를 내어주다가

내용 없는 후렴구에 다시

채널을 돌려 이리저리 주파수를 맞춘다

잠깐 동안 잠잠하다가

혼선으로 요란하더니 불협화음이 난폭하게 허공을 친다

최고의 소리는 늘 고요에 있으므로

소리들 허공에 심어놓고

power off

— 「라디오」 전문

일상의 소소한 소리를 포착해 생활상의 단면을 하나의 완벽한 시퀀스로 완성하는 시인의 간취력이 정밀하다고 하겠다. "구석에서 너무 오래 서 있는" 라디오가 power on에서 power off가 될 때까지의 내밀한 소리의 속사정을 이렇게 세심하게 그려낼

수 있다니 말이다. 내리는 비에 라디오는 주파수를 잡지 못하고, "헛꿈 꾸는 아이처럼 마침표도 없이" 잘 떠들고, 그 소리는 방안을 떠돈다. 화자가 잠시 딴청을 피울라치면 라디오는 목청을 높이고 방안의 고요를 다 집어삼킬 듯 거세게 소리를 내뱉는다. 잠시 화자는 "예정 없던 음역에 솔깃하여 귀를 내어주다가" "내용 없는 후렴구에" 다시 채널을 돌리고, 라디오는 혼선으로 "불협화음을 난폭하게" 토해낸다. 화자는 "최고의 소리는 늘 고요에 있으므로" 라디오의 전원을 끈다. 그러면 소리들 허공에 둥둥 떠 있는 채로 일순 정지! 시인은 이 순간의 정적을 놓치지 않는다. 소리는 얼어붙어 허공에 놓이고, 화자는 다시 고요의 블랙홀로 빠져나온다. 이 순간의 이역감(異域感)을 포착하는 현상학적 자세가 소음이라는 일상의 췌물을 걷어낸 적막의 찰나를 담을 수 있게 한 것이다.

언제부터인가
그녀의 노래가 들리지 않았네
사랑이란 이름으로
따뜻했던 날들이 가고
아무도 울진 않지만 노래하지 않는 날이 왔네
가끔 날 위해 울어주던 새들마저 날아가고
텅 빈 객석만 남기고
쪽창에 걸린 햇살마저
그림자에 가렸으니

쏟아내는 눈물만 만져지는구나

꽃을 꺾으러 간 젊은 혁명가는 돌아오지 않고

어둠을 발밑에 묻고 꽃을 노래하다니

서늘한 눈으로 쓰러진 거인을 노래하다니

자정의 노래는 등줄기를 타고 내려와

오래 묵은 통증을 건드리네

버려진 것들의 비명만

가슴 언저리를 비벼대는구나

나는 들리지 않는 그녀의 노래에 귀 기울이며

눈물 기울이며

홀로 낡아가네

— 「벙어리 여가수」 전문

분명 가수였고 지금도 가수이지만 이젠 우리의 기억에서 사라져 노래조차 들을 수 없는 '그녀'가 있다. 시인은 그녀를 '벙어리 여가수'라 명명하고 있는데, 이 시의 핵심은 단순하게 속절없이 잊힌 시간의 기억에 있는 것이 아니라, 그 여가수의 운명에 시적 화자의 상황이 투사되고 있다는 데 있다. 이는 당연하게도 시점의 혼란으로 이어지는데, 이는 분명 의도된 것이다. 한 시절이 저물어 이제 자신을 아무도 몰라주는 "노래하지 않는 날"이 온 한 여가수의 운명. "가끔 날 위해 울어주던 새들마저 날아가고 / 텅 빈 객석만 남기고 / 쪽창에 걸린 햇살마저 / 그림자에 가렸으니 / 쏟아내는 눈물만 만져지는구나"에서 '나'는 누구인가? 여가

수인가, 화자인가. 이 발화의 주체는 여가수이고 그 진술 내용은 여가수의 현재적 처지다. 이어, "꽃을 꺾으러 간 젊은 혁명가는 돌아오지 않고 / 어둠을 발밑에 묻고 꽃을 노래하다니 / 서늘한 눈으로 쓰러진 거인을 노래하다니"라는 시행의 주체는 누구인 가? 이는 화자이고 그 내용은 그녀의 노래를 듣는 화자의 심리적 정황이다. 그리하여 그녀의 노래는 "버려진 것들의 비명"으로 가슴 언저리를 비벼대고, 화자는 그녀의 노래에 귀 기울이며 눈물을 기울이며 낡아간다고 말하는 것이다.

시인은 노래하는 자다. 오선지도 없는 백지 위에 언어의 음표를 수놓는 자다. 시인은 오랫동안 벙어리 가수의 처지 속에서 지내온 것이 분명하다. 아무도 자신을 위해 울어주지 않고, 텅 빈 객석을 바라보는 망연자실함 속에서 외로운 시간을 보낸 것이다. 벙어리 여가수의 처지에 자신의 운명을 투사하는 장면을 통해서 우리는 시인의 "묵은 통증"을 감득하게 된다. 모든 글쟁이는 관객 없는 자리에서 홀로 노래하는 자다. 스스로가 가수가 되고 관객이 되어 미지의 독자들을 향해 외로운 타전을 보내는 자다. 언젠가 자신도 이렇게 잊힌 가수처럼 천천히 낡아갈 것임을 알면서도 말이다.

장시우 시인은 이번 시집을 통해 '사운드 콜렉터'의 면모를 유감없이 보여주었다. 우주의 기적, 그 안에 있는 모든 존재의 미세한 떨림을 건져 올리는 그녀는, 우리 생에 깃들어 있는 고요와 평화, 아픔과 상처들을 신비한 청음력으로 예민하게 포착한다. 웅변하지 않고 소리 내어 울지 않는 그녀의 시는 나직하고 고적해서 아름답다. 온갖 소음으로 가득 찬 아비규환의 시대 속에서 이렇게 맑고 투명한 소리를 지어내다니, 이것이 곧 시와 시인의 위의(威儀)가 아니겠는가.

제**3**부 문학장場을 읽는 눈

잘 알지도 못하면서

— 쓰레기가 되는 삶과 우리 문학의 직무유기

라는, 목소리가 먼저 귓가를 때린다. 인식의 원근법이라고
할까. 당신들의 휘황한 중심에서는 보이지 않는 것이 나의
어둑한 궁벽의 자리에선 더 확연히 보다면 어쩔 것인가. 잘
알지도 못하면서.

인생은 살기 어렵다는데

시가 이렇게 쉽게 쓰여지는 것은 부끄러운 일이다. 이 금언
앞에 고개를 쳐들 자신이 있다면 그 충족감이야말로 이 시대의
적폐다. 하지만 모두들 기껍게 글을 쓰시고 발표하시고 모여서
같이 읽고 들으시며 유쾌하시다. 17세기 불란서 살롱문학의 현
현인 양 자리마다 헤쳐모여 하시며 얼굴 내밀고 돌아서는 그대
들의 허우룩한 뒷모습에, 아니 그대들이 위악을 떨며 내던진 담
배꽁초에서 안간힘을 쓰며 푸시시 피어오르는 연기 속에 우리
문학의 초라한 몰골이 놓여 있다면 어쩔 것인가.

지금은 바야흐로 인간 쓰레기(human waste)를 방출하고 보호라는 미명 아래 체제 내에 버리고 이용하고 있는 시대다. 태평양에 떠돈다는 한반도의 8배 크기의 쓰레기 섬은 이에 비하면 재앙도 아니다. 자본주의의 엔트로피가 증가함에 따라 사회 구조엔 여러 겹의 유동적인 매트릭스가 깔리고 거기에서 도태되거나 진입하지 못한 이들은 각 직종·직급 사이에 쓰레기로 자리하고 있다. 과거에는 쓰레기를 국외로 내다버리면 되었지만 지금 한국의 노동시장은 중동 붐이 일던 1970년대가 아니다. 이것은 통제와 예측이 가능한 견고한 근대(solid modernity)에서 물처럼 유동적이고 불안정한 시스템에 기반한 액체근대(liquid modernity)로 이동해 왔다는 사실의 뚜렷한 증거기이도 하다. 우리는 영구운동기관(perpetuum mobile)이라는 모델에 가까워지려고 악을 쓰며 서로 경쟁하고 거기서 만들어진 공포가 스스로를 재상산하는 한편 끊임없이 낙오시키는 메커니즘 속에 갇혀 있다(지그문트 바우만, 『모두스 비벤디』).

촛불을 통해 집권했다는 신보수 정권이 이를 알고 있는지, 아니면 외면하는지, 의지가 없는지는 모르겠지만, 언제나 그렇듯 그들은 책상 위에 놓인 거시지표만을 보고 계산기를 두드리고 있다. 그들이 올렸다는 2019년 최저시급 8350원이 소득주도성장의 상징이라면 이를 통해 소비자의 주머니가 두둑해져 소비가 활성화되고 이것이 생산 증대와 일자리 창출로 이어지는 선순환을 만들어낼 것인가. 거시지표 상의 고용률은 사실상 고용 현실을 반영하지 못한다. 우리의 현실이 10 : 90 사회로 치닫고 있다는 것은 그만큼 고용의 질이 악화되어 있다는 뜻이다. 인턴에서 부터 계약직, 촉탁직, 임시직, 일용직, 일당직, 하청 등의 다양한 고용 조건은 이에 반영되지 않는다.

내가 아는 한, 대학은 하나의 고용 백화점이다. 오늘의 비정규직이 내일의 비정규직을 길러내는 비정규직의 산실이라고 해도 과언이 아니다. 하청업체 여사님이 차려준 기숙사 밥을 먹고, 계약직 조교의 행정적 도움을 받아, 비정년트랙 교수의 강의를 듣고, 내일의 비정규직을 꿈꾸며, 아르바이트로 생계를 이어가는 대학생들은 우리의 '오래된 미래'다. 그럼에도 불구하고 교육부는 "2018년 교육 통계 결과 발표—전임교원확보율 일반대학 89.3%(1.4%p 상승), 전문대학 65.0%(0.3%p 상승)"라는 지표를 내놓는다. 이것이 바로 통계의 허수다. 총량지표만 보아서는 교육도, 경제도 그 속사정은 알 수 없다. 중요한 건 이 통계수치 내부에 인간 쓰레기가 포함되어 있다는 사실이다.

죽여서도 안 되고 신에게 바칠 수 있는 신성한 생명인 비오스(bíos), 마구 죽여도 되고 제물로 삼을 수도 없는 조에(zōé)라는 로마시대 생명의 구분법을 생각한다. 조르조 아감벤이 말한 바와 같이, 주권은 법의 중지라는 예외상태를 통해 그 영역을 확대해 간다(조르조 아감벤, 『호모 사케르』). 그렇게 권력에 포섭된 예외적 인간들은 사실상 '포함인 배제'의 상태에 놓이게 되고, 이러한 구분이 사회적으로 불명확한 '비식별 상태' 속에 이들을 방치한다. 그러한 의미에서 호모 사케르는 "질서정연한 주권 영역을 생산하는 과정에서 배출된 인간 쓰레기의 일차적 범주"(지그문트 바우만, 『쓰레기가 되는 삶들』)이다. 따라서 이들은 비오스적인 삶은 철저하게 박탈당한 채 종교적으로도 정치적으로도 보호를 받지 못하는 조에적인 삶속에 내던져지고 만다. 우리 시대의 비정규직들이 대부분 이러한 포함인 배제의 상태에 놓여 있는 벌거벗은 생명, 호모 사케르다. 조금 낫다는 무기직도 결국 무기한 벌거벗은 상태일 뿐 다를 것이 없다. 액체근대의 체제는 얼마나 현명한가. 국외로 버릴 수도 없는 인간 쓰레기들을 체제 내부에 잉여적으로 포섭하고 착취를 영속하고 있다는 것이!

대학에 기대고 있는 당신들과 (불행하게도) 나는, 문학적 불확실성을 회피(조영일, 『직업으로서의 문학』)해 대학으로 피신한 이들이고, 여기서 내일의 교수를 꿈꾸든 오늘의 교수를 즐기든, 문단 어른께 잘하고, 메이저 출판사에도 충성을 다하며, 동료들에게도 인정 많은, 문약서생이 되었다. 추모도 1등, 추모 특집도 1등, 추모 낭독회도 1등, 촛불집회도 1등인지는 모르겠지만, 어쨌든 절정 위에 서 있지 못하고 조금쯤 비겁하다는 사실은 인정할 필요가 있다. 자기애적 광증으로 소비되는 언어가 아니라 체제에 누락되어 질식 상태에 놓여 있는 우리 시대의 숨죽인 쓰레기들의 비명이 어디선가 들려와야 한다. 고통의 포즈로 위장된 공손한 말과 글로는 쓰레기를 양산하는 대학은 물론, 철저하게 조에적인 삶에 내던져져 있는 벌거벗은 생명의 고통을 건져올릴 수 없다. 용잡이 학원이라고 인문학을 비꼬는 비난의 화살에 맞서려면, 그럴싸한 고통의 느낌으로 연대한 감각의 공동체를 해체할 필요가 있다. 어쩌면 표절과 성추문으로 만신창이가 된 문단이 오히려 다행스럽다고나 할까. 이미 그렇게 되어서 학연과 지연과 지면으로 얽히고설킨 연고주의에 기초한 문단이라는 위선의 집단이 진즉에 해체되었어야 마땅했는데 말이다. 이런 우리 문학은 지금 쓰레기를 양산하는 체제의 비극에 어떻게 맞서고 있는가. 인생은 살기 어렵다는데, 잘 알지도 못하면서.

국가는 문학의 파트롱인가

근대적 문학인의 자각은 더 이상 자신의 뒤를 봐줄 이가 없다는 절박한 상황에서 시작된다. 중세적 파트롱이 사라지자 근대적 문학인은 자신의 글을 팔아먹고 살아야 하는, 이른바 사회적 노동을 시작하게 된다. 또한 문학이 관직 진출과 같은 입신양명의 수단이 되지 못하는 근대 제도 안에서 작가는 문학의 현실적 무용성을 깨닫게 된다. 이러한 맥락에서 작가의 시선은 꿈과 낭만으로 이루어진 귀족적 세계관이 아닌 필부필부의 삶을 다루게 되는 것이다. 문학개론 수준의 말을 떠벌여서 미안하지만, 그러했던 근대문학에 국가가 문예진흥이라는 명목 아래 후원자를 자임하고 나타났으니 이러한 상황은 국가의 예술지원과 예술의 독립성 사이의 아포리아를 형성한다.

한국 현대사에서 국가가 파드롱으로 등장하는 계기는 잘 알려진 대로, 1971년 박정희에 의해서 문예진흥 5개년 계획이 발표되고, 1972년 문화예술진흥법이 국회에서 통과됨에 따라 한국문화예술진흥원이 설립되면서 본격화된다. 이 기구를 통해 국가는 예술분야의 창작·연구·보급과 국제 교류 등의 사업을 지원하기 시작한다. 하지만 소위 문예중흥이라는 의도 아래 계획된 입법 활동과 지원기구의 설치가 무색하게, 1970~80년대 자행된 전방위적인 문화예술에 대한 검열 통제와 탄압은 여기서 일일이 거론하기도 버겁다. 이어 문예진흥원은 현장 문화예술인 중심의 지원 기구로 변화되어야 한다는 취지 아래, 2005년 한국문화예술위원회로 재출범하게 된다. 여기서 각종 예술 지원사업과 교류 사업 등을 수행하고 있고, 이 중 문학인들과 관계된 것은 잘 아는 바대로 문학창작기금 지원사업과 우수문예지 발간 지원사업이다. 이 조직의 설립취지를 보면 문예진흥원과 두 가지 차원에서 차별성을 두고 있다. 그 하나는 문화부라는 정부 기구로부터의 자율성을 확보하여 정치적 중립성 안에서 공정하게 문화예술 분야를 지원하겠다는 것이고, 다른 하나는 그동안 일방적인 수혜자였던 예술인들이 직접 정책을 입안하고 수행하여 구체적인 현장 중심의 대안을 생산하는 기능을 담당하게 하겠다는 점이다. 현재 한국문화예술위원회가 사단법인 체제의 민간기구라는 조직의 대외적 성격도 이에 부합한다.

하지만 잘 알려진 대로 지난 이명박근혜 정권 하에서 자행된 문화예술계 블랙리스트 사건은 이 조직이 과연 정부로부터 분리된 민간기구인지 의심스럽게 했다. 청와대, 국정원, 문체부의 조직적인 사찰과 검열은, 때에 따라 국가가 예술지원사업의 공공성과 예술의 자율성과 다양성을 억압하고 침해할 수 있다는 사실을 명확하게 보여주었기 때문이다. 예술활동의 진흥을 위해 국가가 이를 뒷받침하는 일은 여러 나라에서 시행되고 있는 일이다. 하지만 국가가 예술 활동 지원이라는 명분 아래 돈을 틀어쥐고 후원자를 자처하는 이상, 민간기구는 언제라도 권력의 손아귀에서 놀아날 수밖에 없다.

지난 9월 1일부터 7일까지 한국문화예술위원회가 주최하는 문학주간 행사의 일환으로 문예지 세미나 "지금 여기, 문예지 공동체를 꿈꾸다"가 열렸다. 이 자리에 참석한 시인·평론가들은 각자 문예지를 둘러싼 현실과 공공지원정책의 올바른 방향에 대해 토의를 했다고 한다. 그들은 문예지의 대중적 접근성을 높이기 위해 우수문예지들의 목차와 내용의 일부를 웹사이트에 공개하자는 의견에서부터, 영화제에 지원되는 예산에 비추어 볼 때 문예지 발간 사업에 보다 과감한 지원이 필요하다는 의견, 서울에서 발간되는 문예지에 지원이 집중된다는 지적 등 다양한 견해들을 쏟아냈다.

하지만 왜 국가가 빈사상태의 한국 문학을 지원해야 하고, 우리는 여기에 왜 목말라 해야 하는가에 대한 본질적인 질문은 나오지 않았다. 한국문학이 국가의 인큐베이터 안에서 이렇게 생명을 연장해 가는 것이 과연 옳은가? 사실상 문예지 발간은 출판사로서는 출혈 사업이다. 하지만 문예지가 작가들의 포섭망으로 기능하고 있고 문학장 내에서 브랜드라는 상징권력을 유지하기 위해서는 어쩔 수 없는 일이다. 그런 면에서, 2014년 세월호 특집을 다룬 『문학동네』 가을호가 3쇄를 찍어 모두 5,500부가 제작된 것은 매우 이례적이며, 역시 메이저 출판사의 기획력과 그 영향력은 추모에서도 1등이라는 사실을 감득케 했다.

이 자리에서 2018년 발간 지원을 받고 있는 51개의 문예지를 모두 일별할 수는 없지만, 단순하게 콘텐츠의 우수성, 사업 주체의 역량, 문학 발전에의 기여 등을 기준으로 문단 내의 권력 지형도에서나 사업적인 측면에서 이미 노른자위에 있는 출판사의 문예지 발간을 지원한다는 것은, 승자독식구조의 또 하나의 결정적 장면이라 하지 않을 수 없다. 도의적인 차원에서 보더라도 그들은 이러한 지원제도에 응모하지 말았어야 한다. 공돈이면 먹고 보자는 식의 태도는 그들의 권위에는 걸맞지 않은 데가 있다. 자본금과 매출액 등에서 이미 독점적 지위를 확보하고 있는 거대 출판 그룹에서 발간하는 문예지는 사실상 지원 대상에서 제외되어야 마땅하다. 어쨌든 지원을 하겠다면, 문학의 다양성을 위해서 반드시 발간되어야 하지만 그 경영이 영세하여 도움이 필요한 전문지, 우수한 콘텐츠를 가지고 있지만 1인 출판에 가까운 군소출판사에서 발간하는 문예지, 더 나아가 열악한 창작환경의 대안으로 제시되고 있는 독립 문예지에 보다 더 과감한 지원이 이루어지는 것이 마땅하다.

본질적인 측면에서는 후견인을 자처한 국가의 도움 속에서 인큐베이팅되는 것보다 문학생태계 자체 내에서 생존경쟁을 통해 자생력을 갖추는 것이 중요하다. 아쉽지만 망할 것은 망하기 마련이고, 돈을 대주지 않아도 새로 생길 것은 생긴다. 국가가 지정한 문예지에 발간비용을 대주며 문예지의 생태계를 유지하는 것은, 문학계 자체가 정부가 만든 거대한 유리 동물원에서 사료를 받아먹고 사육되는 것과 다르지 않다. 앞서 말했지만, 여기서 목불인견의 대목은 포식자인 사자나 호랑이도 자발적으로 이 소굴 속에 들어와 양의 탈을 쓰고 배고픈 듯 먹이를 받아먹고 있다는 것인데, 이것도 훗날 반드시 기억되어야 할 한국문학사의 '웃픈' 장면이다.

요컨대 국가가 작가들이 작품을 발표할 수 있는 통로인 문예지 발간도 지원하고 그것을 통해 만들어지는 시집, 소설책, 평론집 등까지도 그 우수성을 선별하여 보급해 주는 작금의 문예지원 정책은, 빈사 상태의 환자에게 밥 떠먹여 주고 뒤까지 닦아주는 꼴이어서, 이를 고맙다고 해야 할지 말아야 할지 쉽게 판단을 내리기 어렵다. 연명치료를 중단해 달라고 말해야 하는 게 아닌가 싶기도 하지만 이건 어디까지나 국가의 사생활이자 국가와 문학계 사이의 밀월관계가 아닐까 생각을 해 보기도 하는데, 국가가 문학의 최종심급의 배후에 있다는 것은 때에 따라서는 무서운 일이 될 수도, 하지 말아야 할 일일 수도 있다는 소견도 논의의 테이블에 올려놓을 필요가 있다. 내 그 깊은 속은, 잘 알지도 못하면서.

비겁한 범생이들은 왜소한 문학을 낳고

(물론 나를 포함해) 대학에서 만들어진 레디메이드 문인들이 한국 문학계의 8할이다. 물론 통계를 내보지는 않았다. 이들은 대체로 겉으로는 공손하고 착하고 예의바르고 핸섬하기까지 하다. 검은 기름 한 번 묻혀 본 적이 없는 곱상한 손과 고운 얼굴 뒤에 감추어진 우울을, 인텔리의 코스튬으로 걸치고 다니는 이들. 그러면서도 가끔은 이런 자신이 답답하기도 한 모양인데 이때마다 김수영을 자꾸 호출해 대는 이들. 이들은 오늘도 시간강사로, 넌테뉴어로, 테뉴어로 강의실에 들어가, 문학에 뭐 대단한 것이라도 들어있는 양, 세계고로 신음하는 문학을 둘러싼 담론을 최대한 확대해 펼쳐 보일 것이다. 하지만 당신들의 사유의 지도에 감동해 주었으면 하는 아이들의 꿈은 시인이나 작가가 아니라 구성작가, 드라마 작가, 광고 카피라이터이고, 이도 아니면 그저 방송국에 들어가고 싶어요, 라고 우물쭈물 말하는 것을.

이리저리 강의실에 들어가 아이들을 가르치지만 뭐 대단한 것을 주는 것 같지도 않고, 용잡이 학원이 아닌 듯 어려운 말로 교언영색할 뿐이라는 자학의 감정 또한 참을 수 없다. 당신들은 자랑스러운가? 문인으로서, 문학 선생으로서. 우리가 쓰는 글 어디에 피의 냄새가 섞여 있는가. 우리는 자신이 어떤 자리에 앉아 있든지 간에 세상의 재난을 피해 대학에 옹송그리고 앉아 있는 것이 아닌가. 쌍용자동차 해고 노동자들의 기나긴 싸움과 자결한 서른 명의 절망적인 심정을 정말 알고 있는가. 용산 참사의 희생자들의 참혹한 죽음을 온 맘으로 기억하고 있는가. 정규직 전환이라는 꿈을 꾸며 일하던 전동차 스크린도어 노동자인 19살 청년의 어이없는 죽음을 기억하고 있는가. 그 가방 속 컵라면. 아, 세월호 아이들……. 그만 두자. 그만.

앞서 말했지만, 우리 시대의 체제는 인간 쓰레기를 양산하는 구조다. 과거에 쓰레기는 나라 밖에 내다 버렸지만, 이제는 그 잉여들을 체제의 톱니바퀴에 끼워 고혈을 짜낸다. 이 시스템은 모든 존재를 '모두스 비벤디(modus vivendi)'의 상태 속에서 유동하게 만든다. 이 속에서 여러 주체들이 경험하는 실존적 불안은 체제에 에너지를 공급한다. 그리하여 피로사회, 성과사회로 지칭되는 사회 속의 주체는 "가해자이자 희생자이며 주인이자 노예"(한병철, 『피로사회』)인 자기 자신의 호모 사케르가 된다. 밖의 구조와 현실적으로 다를 바 없는 곳이지만 그럴수록 우리는 대학에 더욱 악착같이 달라붙어 있어야 한다. (학교 밖은 더 무서우니까. 그리고 조심조심 한 자 한 자 이리 저리 자의식을 꿰어 글을 쓰자. 개점휴업 상태가 될 수는 없으니까.)

아카데미에 들어앉은 문인들은 비겁한 범생이가 되었고 그들의 글은 왜소한 문학으로 전락했다. 하지만 대학에서 국문과나 문창과들이 문들 닫고, 문단 내에서 교수들의 입지가 좁아지면서, 그 자리를 시정의 형, 오빠, 누나 들이 대체하고 있는 모습은 불행 중 다행이라고 할까. 그리하여 교수들에게 기웃거리지 않아도 형 출판사에서 책 내고, 누나 책방에서 출판기념회하고, 형과 누나와 오빠들과 함께 낭독회도 하는가 본데, 이들 사이에

폼 잡고 앉은 교수들은 이제 쉬 찾기 힘드니, 문학의 아카데미화
는 서서히 약화되고 있는 것인가.

여러 가지 구체적인 생활 감각이 묻어나오는 글을 쓰기 위해
서 한국 문학은 대학과 과감하게 결별해야 한다. 경찰도, 군인도,
공무원도, 과일가게 주인도, 편의점 사장도, 자동차 회사 노동자
도, 라멘집 주방장도, 양계장 주인도 글을 쓸 수 있다면 얼마나
좋겠는가. 1980년대 노동문학이 기여한 것은, 그들의 계급적 당
파성과는 별개로, 문학 행위를 생활의 장 곳곳으로 확대한 데
있었다. 단지 그 시절을 반추하는 것은 아니다. 다만, 대학에서
문인이 생산되고, 대학에서 창작되며, 대학에서 소통되는 문학
은 이제 끝장내기를 바라는 마음이다. 곱상한 범생이, 책상물림
에게서 나올 수 있는 것은 자율성으로 왜곡된 언어의 작란, 엄살
과 고통의 포즈 이상도 이하도 아니기 때문이다, 나를 포함하여.
잘 알지도 못하면서.

닫힌 사회와 그 적들

— The remix 한국문단

처음엔 사랑이란 게

참 쉽게 영원할 거라 / 그렇게 믿었었는데 그렇게 믿었었는데……. 처음엔 뻔질나게 쫓아다녔던 문단 모임도, 한 핏줄인 양 반가웠던 글쟁이들의 얼굴도, 계절이 바뀔 때마다 집으로 배달되는 수많은 문예지들도 이젠 모두 시들해졌다. 나처럼 변방에 사는 사람이 서울에서 열리는 문단 모임에 한 번 참석한다는 것은 절대 쉬운 일이 아니다. 도회적 포즈와 선민의 코스튬으로 포장된 사교의 장에서 나누는 정담이나 가십들을 주워듣기 위해 돈과 시간과 정력을 소모해야 한다면 그것은 차라리 억울한 일에 속한다. 그 모임은 학맥과 출신 지면으로 얽히고설킨 노블레스 클럽 같은 느낌이다. 물론 이러한 주관적인 느낌을 일반화하고 싶은 생각은 없다. 어쨌든 그곳에서의 음주와 친교는 도리어 노동에 가깝다. 그렇게 서울이라는 아주 낯선 이름을 뒤로 하고 다시 하행선 심야우등에 몸을 실으면, 아득한 곳으로 떠밀려 가는 망명객의 심사가 되어 몸서리쳐야 한다. 그런 막막한 마음은 내 페이스북 타임라인에 이런 글을 남기게 했다.

심야우등을 자주 탄다. 「추야우중」도 아니고. 난 저 동쪽 끝으로 가는 아득함에 늘 몸서리친다. 그 막막함으로 「비정성시」라는 단편을 구상하기도 했더랬다.

가산디지털단지의 아파트형 공장들은 세기말적으로 살벌했다. 거기 어딘가에서 친구를 만나 문어튀김과 함께 미적지근한 사케를 마셨다. 그는 강남에 분양받은 상가는 커피전문점으로 내줬고 거기서 매달 월세가 들어온다고 했다. 그는 계속, 사는 게 재미가 없다고 얘기했다. 지하철역에서, 한때 오규원으로 석사논문을 쓴 그에게, 다시 시를 써보는 게 어떠냐고 했다. 그는 찢어진 습자지처럼 헐렁한 웃음을 지으며 지하철 안으로 들어갔다.

차창 밖에 점점이 박힌 등불들이, 황달 걸린 듯 누런빛으로 떨고 있다. 바닷가 소읍에 닿지 않고, '가도 가도 많기만 한' 어둠 속을 영영 달려갔으면 좋겠다. 이 지독한 심야우등.

이렇게 변방에 파묻혀 살아도 계절마다 한 두 건의 청탁이 오고 있으니 아직 덜 불행하다고 해야 할까. 아니면 아직 나를 잊지 않아줘서 고맙다고 해야 할까. 뭔가 끊임없이 해 온 것만은 분명한데, 아직 입장권만 들고 로비에서 서성거리고 있는 느낌은 무엇인가. 안에서는 뭔가 자기들끼리 낄낄거리며 재미있는 일을 하는 게 분명한데, 더 이상 들어갈 수 없는 벽이 있음을 감득한다.

작가 구효서는 「영혼에 생선가시가 박혀」에서 이러한 문단의 시스템을 다음과 같이 알레고리화한 바 있다.

문장관 회원들은 자신들을 스스로 폐쇄된 그룹에 가두어놓고, 그 안에서 글쓰는 비법을 배타적으로 보유하면서 대사회적으로 특권을 유지하려는 시도의 구체적 집단이라고 그는 이마를 탁탁 쳤다. 만세토록 그룹을 유지하기 위해 새로운 회원을 모집하는 엄격하기 이를 데 없는 자체 제도를 만들어놓고, 온갖 시련과 때로는 비굴한 절차를 마다않고 자격증을 따 가입한 회원에게는 자기들만의 비법과 비방을 단계적으로 개방하는 거라고 이마를 탁탁 쳤다. 회원끼리 은밀한 지식을 유통시키고, 나눈 지식이 자체 조직력을 철옹성처럼 강화하는 쪽으로 작용케 하고, 그것이 좋은 돈이 되게 하고 높은 권위가 되게 하기 위해서 문장관 같은 관리기관이 필수적인 거라고 이마를 탁탁 쳤다.

— 구효서, 「영혼에 생선가시가 박혀」(『그녀의 야윈 뺨』, 1996)

거대 출판자본을 중심으로 한 몇몇의 출판 권력과 그에 예속된 작가들과 달변의 혀를 내두르는 평론가가 치어리더로 포진하여 한 통속으로 묶여 '은밀한 지식을 유통'시키고 있는 것이 작금의 현실이라는 것은 어느 누구도 부정할 수 없을 것이다. 하지만 문단이라는 곳은 이러한 카르텔을 걷어낼 수도 개혁할 수도 없는 영역이 아닌가.

작가들도 메이저 출판사에 원고를 보내 놓고 짧게는 6개월에서 길게는 2년을 대기한다고 하니, 단지 문학시장의 협소함만을 탓할 수는 없는 노릇이다. 나 역시도 "문장관 중견회원들과 이와 긴밀한 연관을 갖고 있는 사람들"끼리 공유하는 "창작 비방의 오리지널 원액"을 한 방울도 맛보지 못하고 그 주변을 어슬렁거리고 있으니, 어설프게 박힌 내 영혼의 생선가시를 원망하고 있는 것이다. 분명한 것은 학맥과 출판 권력을 위시한 문단권력의 노른자 위에 있는 이들은 부르디외 식으로 말하면, 확실한 '구분의 이윤(profit of distinction)'을 얻고 있는 셈이다. 그들이 신참자들(nouveaux entrants)을 어떻게 받아들이는지, 누구를 어떻게 스타로 만드는지, 또 어떻게 다수의 가시 박힌 영혼들을 밀어내는지 나도 알고 너도 알고 우리 모두는 다 알고 있다. 서로에게 "배당된 식용 광물질을 포도주와 함께 우아하게 털어 넘기"며 비법을 공유하는 자들은 누구인가. 등단 이래, 그들의 담화법을 엿들었으나, 나는 그들의 비범한 출신은 어쩔 수 없다 해도, 그들의 달변의 혀를, 우아한 포즈를 배우지 못했다. 그러니 처음엔 사랑이란 게 참 쉽게 영원할 거라 생각하고, 내 영혼에 박힌 생선가시만을 믿고 여기까지 왔지만, 그런 문학에 대한 항심만으로는 버틸 수 없는 곳이 여기다.

이름이 뭐예요?

전화번호 뭐예요? 이름이 뭐예요? 시간 좀 내줘요. 문제는 알려주고 싶지도 않고 시간도 없다는 거다. "나, 투고했어. 이번에는 꼭 거기서 낼 거야." 그들은 일구월심 메이저 출판사의 브랜드를 얻길 원한다. 거기서 책 한 권 내지 못한 사람은 '문장관' 회원도 아니라는 듯이 말이다. 그리고 기다린다. 마땅히 그래야 한다는 듯이 얼마든지 기다린다. 그러다가 거기에 누가 누가 먼저 줄을 서 있는지 듣게 된다. 연락이 오지 않은 이유가 그것이었구나, 스스로를 위로하며 서둘러 마음을 정리한다. 출판 권력 내부로 진입하는 과정이 투명하지도 합리적이지도 않다는 것은 익히 알려진 사실이다. 그들의 브랜드를 원하는 사람이 많으면 많을수록 그들은 구분의 이윤을 얻고 더욱 배타적인 권력의 성채를 쌓아올린다.

출판 생태계의 건강성을 회복하기 위해서는 문학판 내부의 독과점이 무너져야 한다. 백만 부를 파는 출판사가 하나 있는 것보다, 십만 부를 파는 출판사가 열 개 있는 게 문학판 전체를 위해 더 이롭다. 경제에서만 우량 중견기업을 살려야 하는 게 아니라는 말이다. 문학판의 적폐는 정치권력의 부패보다 더 두텁고 쉽게 바뀔 수도 없다. 작가들 스스로 그들을 향한 짝사랑을 거둘 필요가 있다. 그들은 많은 이들과 '썸'을 타고 싶어하지도 않고 그럴 이유도 없다.

책을 내면 누군가로부터 반응을 얻고 싶은 것은 당연한 이치다. 요즘은 독서대중의 직접적인 평도 심심치 않게 접할 수 있지만, 작가들이 원하는 것은 메이저 출판사에 기생하고 있는 평론가 그룹이다. 그들은 서평의 형태로 작품을 언급하는데, 일단은 모(母)출판사에서 나온 책을 챙기고, 그 다음엔 그와 비슷한 급의 출판사에서 나온 책들을 거든다. 서평이라는 것도 이미 텍스트가 정해져서 평론가들에게 청탁이 되기 때문에, 아무리 밝고 넓은 눈을 가진 자라 할지라도 그들이 정해놓은 아우트라인을 벗어나기는 어렵다. 그러기에 제도상으로도 그들이 넓은 눈을 가지기는 어렵다. 평론가들은 대부분 대학에서 먹고 살기 때문에 이들은 자신의 철밥통을 지켜주는 논문이라는 것을 써야 한다. 따라서 평론이라는 것은 부업의 형태로 주어지는 일감인 셈이다. 그러니 비(非)메이저 출판사에서 나오는 책을 읽을 여유도 시간도 없다. 이런 맥락에서 평론가=문학 선생의 등식관계가 문학판을 소리 없이 좀 먹고 있다고 할 수 있다. 이들은 주체적으로 쓰는 행위를 거세당하고 대학에, 출판 권력에 어쩔 수 없이 복종하고 있다.

얼마 전에 술자리에서 누군가 이런 푸념을 해 왔다. "뭐, 거기에 가입하고 나니까 오는 거라곤 누가 죽었다는 부고 메시지가 전부야." 결국 문학하는 사람은 모두 '독고다이'다. 무슨 단체에 가입했다고 해서 문학 행위에 활력이 생기고 자신의 문학 인생에 훈풍이 부는 게 아니다. 쓰는 행위 자체가 내 생의 본업이라 여기고 파고드는 것, 그것만이 스스로를 증명할 것이다. 이승철의 「말리꽃」이라는 노래 가사 중에 이런 부분이 있다. 지쳐 쓰러지며 되돌아가는 내 삶이 초라해 보인대도……. 어쩔 것이냐, 지금처럼 써야지. 계속 써야지. 그리고 지금도 낮은 자리에서 서툴게 모국어의 자모를 조립하고 있는 그대들의 이름을 목청껏 불러주겠다. 이렇게! 문이 열리고 멋진 그대가 들어오네요. 이름이 뭐예요? 몇 살이에요? 사는 곳은 어디에요? 술 한 잔 하면서 얘기해 봐요.

아줌마 저희 술만 깨고 갈게요

창작을 하든 비평을 하든 글쟁이들은 모두 문명(文名)을 얻고 싶어 한다. 우리가 스스로 걸어 들어간 언어의 감옥은 30분만 셔따가기 위해서 들어온 여관이 아니란 말이다. 신출내기들이 종종 하는 "영원한 무명이고 싶어요."라는 말은 그런 의미에서 순전히 헛소리다. 모든 글쟁이는 무상의 명예를 먹고 산다. 글을 써서 돈을 벌겠다는 생각을 하는 사람이 얼마나 되겠는가.

문학시장은 갈수록 위축되는데, 창작을 하는 사람은 많아지고 문학의 향수폭은 좁아지는 기현상은 누구나 아는 작금의 현실이다. 종로에서 김 시인이라고 부르면 최소한 열 명은 뒤돌아본다는 자조 섞인 농담이 이를 잘 설명해 준다. 그럼 우리의 창작물은 어떻게 유통되고 소비되는가. 글쟁이들끼리 인사치례로 서로 주고받는 책들과 대학 강의실에서 불법복제에 의해 배포되는 것이 거의 전부라고 해도 과언이 아니다. 독서 대중 중에서 요즘 누가 자발적으로 문예지를, 시집을, 소설책을 사 보겠는가. '문학나눔'이라는 사업마저 없다면 창작집의 2쇄 상재는 기대할 수 없다. 단편집을 내면 최소 초판 3,000부는 다 나갔고, 장편을 내면 최소 1만 부는 팔렸다고 하는 어느 중견 작가의 말은 그저 '아, 옛날이여'일 뿐이다.

어쨌든 문학이 주로 문단과 대학에서 향유되는 상황도 문제지만, 그러한 작품들에 대한 평가 역시 온전하게 이루어지고 있는지 묻지 않을 수 없다. 문예지의 편집위원이나 출판사의 기획위원은 보다 합리적인 시각으로 작품을 심사하고, 이를 통해 공적인 필터링 기능을 제대로 수행해야 한다. 그들이 무엇을 위해 그 자리에서 개인적인 잣대로 판관의 노릇을 하고 있는지 몰라도, 문학판의 배타적 권력을 영속화하고, 과두정치적인 문단 권력의 홍위병 노릇을 계속한다면, 우리 문학의 넓이와 깊이는 점점 위축될 것이다. 문예지 편집위원＝출판사 기획위원＝평론가의 등식관계를 생각할 때, 이들은 분명 문단의 공기(公器)로서 공신력 있는 역할을 수행해야 한다. 이들은 문예지 편집권과 원고 청탁권, 출판 의뢰 원고에 대한 심사권, 심지어 문학상 심사권까지 모두 독점하고 있어, 결국 이들이 한국문학의 생태계에 막강한 영향력을 행사한다고 할 수 있다. 이에 따라 한국문단은 이들의 핸들링에 의해 기획되고 유통되고 소비되는 자폐적 사회가 되고 만 것이다.

내 거인 듯 내 거 아닌 내 거 같은 너

네 거인 듯 네 거 아닌 네 거 같은 나. 이게 무슨 사이인 건지 사실 헷갈려. 글을 쓰고 있지만 지금도 문단이라는 데에 내가 있는지 알 수가 없다. 지금도 지친 마음 일으켜 세워 글이라는 놈과 싸우고 있으니 글쟁이는 맞지만, 문단의 일원으로서 내가 어떤 사람인지 확인할 길이 없다.

한 평론가는 계간평이나 리뷰는 백 날 써봤자 소용없다는 말을 했다. 그게 창작자들에게는 고마울 수 있는 일이지만, 그런 평론은 '설거지'일 뿐이라고 말이다. 이는 그만큼 실제 비평을 소홀이 여기고 있다는 증거이기도 하다. 평단에서 스스로를 띄우기 위해서는 이른바 '논쟁'이라는 것을 거쳐야 한다. 이름깨나 얻은 많은 평론가들은 바로 이러한 싸움을 통해서 문명을 획득한 사람들이다. 그들이 누군지 일일이 언급하는 것은 하나마나 한 일이다. 그게 누구든, 누가 논쟁에서 이기든 상관없다. 그러한 과정이 그들에게는 하나의 인정투쟁의 장이 되어 준 것이니까.

순수-참여 논쟁 이후 문단에서 벌어진 논쟁은 그자체로 소모적이었고 비생산적이었다. 문학권력 논쟁, 근대문학 종언 논쟁, 미래파 논쟁, 문학의 정치성에 관한 논쟁 등 이러한 담론 투쟁이 문학판 내부에서 나온 건강한 논의였는지, 외부에서 주어진 피동적인 성격의 논쟁이었는지, 갑론을박을 위한 평자들의 시빗거리였는지에 대해서는 논란의 여지가 있을 수 있으나, 분명한 것은 그러한 논쟁이 반드시 스타 논객을 만들어 냈다는 사실이다.

그로 인해 평자들은 실제 작품에 대한 비평행위보다 메타레벨의 거시적 담론을 장악하길 원한다. 이를 통해 말싸움이 발생하게 된다면 그것이야말로 자신의 존재감을 드러낼 수 있는 절호의 기회다. 그는 자신이 가진 '언어자본(linguistic capital)'을 최대한 활용하여 다른 언어들 간의 위계로부터 이윤을 창출하려 할 것이다. 이것이 평론가들이 언어시장에서 골든 마이크가 될 수 있는 지름길이다. 싸움닭이 되어야 한다는 평단의 인정투쟁 논리는, 작품 해석이라는 평론의 실제적 기능을 사상시키며, 문학 생태계를 획일화시키는 주범임을 인식해야 할 필요가 있다.

한편, 출판사 브랜드에 목을 매는 작가들에게도 문제는 있다. 한 번 메이저에서 책을 내면 그것으로 평생 명함을 삼으려 하는 그들도 문학권력과 출판계의 독과점을 강화하는 데 일조하고 있는 것이다. 특정 출판사를 거론하고 싶지는 않지만, 작가들도 계속해서 메이저 권력에 줄을 대고, 줄을 서고, 줄기차게 기다리는 짓을 이제 그만 두길 강권한다. 그 출판사의 브랜드가 당신의 문력을 보장해 줄 것으로 생각하는가. 메이저 출판 권력의 거만한 태도가 기분 나빠도 어떻게 해서든 그들의 일원이 되고자 비루하게 애면글면하는 당신들이 불쌍하다. 이런 당신들의 모습이 나이키 운동화 샀다고 자랑하는 '초딩'때의 모습과 무엇이 다른가 말이다. 삼성은 싫지만 삼성에 들어가길 원하고, 삼성에 들어갈 수는 없지만 삼성맨은 좋은, 이런 이중적 태도를 버려야만 한다.

나 으르렁 으르렁 으르렁대

너 물러서지 않으면 다쳐도 몰라. 이건 쓸데없는 엄포에 불과하다는 것을 이미 잘 알고 있다. 사회적 이슈가 터지면 여러 작가들이 모여 성명도 내고 시위도 하며 동참하는 것을 잘 알고 있다. 강정마을도 가고, 밀양도 가고, 세월호 참사의 아픔을 나누는 데도 앞장서고 있어, 나 같은 인간은 그저 미안하고 부끄러울 따름이다.

그러나 그렇게 모두 연대하며 실천한다고 해서, 다 같은 시인, 다 같은 작가가 아니다. 2009년 용산참사 당시 작가 188명이 한 줄 선언의 방식으로 이름을 올리고, 서울 정동 프란치스코 교육회관에서 시국선언을 발표했다. 그때 나도 일금 5만 원을 내고 한 줄 선언에 참여했지만, 멀리서 열리는 시국선언 발표장에는 발걸음을 옮기지 못했다. 그러나 그 행사에 참여했던 사람들 사이에서 연기처럼 스멀스멀 피어오르는 이런저런 불만과 시큰한 냉소가 예까지 들려오기도 했는데, 나는 솔직히 이런 얘기에 더 구미가 당겼다. 그런 재미나는 뒷담화를 들려준 문단의 지인에게 나는, 그게 다 자신이 못나서 앞에서 설치는 사람들이 나쁘게 보이고, 괜한 열패감을 느낀 것뿐이라고 짐짓 비동조적 심기를 내비쳤지만, 그가 한 사람 한 사람 실명을 거명하며 그들의 행적을 묘사하자 나도 모르게 한참을 낄낄거릴 수밖에 없었다.

그러고 보니, 사실 글쟁이란 모여서 한 목소리를 낼 수 있는 영혼을 가진 인간들이 아니라는 생각이 들었다. 각자 다 별난 기억과 아픔을 지니고 있는 이들이, 어떻게 하나의 깃발 아래 모일 수 있겠는가. "풀들은 다 같이 피어야 한다고 선동하지 않았다. 저 혼자 황폐한 이 대지에 여린 주먹을 짚고 힘껏 제 무릎을 편다. 무더기 무더기,"(김소연, 「1995년, 개인적인 봄」) 작가란 바로 이런 풀 같은 존재인데, 이들이 모여서 뭔가 평등하게 무엇인가를 함께 도모한다는 게 쉬운 일인가. 글을 쓴다고 해서, 다 같은 작가도 아닌데 말이다.

제발 좀, 흩어지자. 온 나라의 글쟁이들이여, 흩어지자. 평등을 지향하고 민중적 가치에 공감하는 듯하지만, 그것을 자신의 삶의 가치로 여기고 있지 않은 당신들의 깊은 내면을 살펴보라. 문단 권력에 기생하고 그에 아첨하며 그러한 틀을 영속화시키는 당신들은 이미 모순덩어리다. 모두 독고다이가 되자. 그리고 각자 무더기 무더기로 자기의 여린 주먹을 짚고 일어서자. 중심을 살찌우고 있으면서 비만한 중심을 비판하는 자기모순을 응시하자. 출판 자본으로서의 권력, 학맥과 인맥으로 얽힌 문단 권력, 그 홍위병으로서의 평론가, 그리고 대학을 중심으로 하는 강단 권력, 이에 여기저기 줄을 대고 있는 작가들. 문학판이라는 닫힌 사회와 이를 숙주 삼아 살아가는 적들을 어떻게 해야 할까. 그저, 나 으르렁 으르렁 으르렁대. 으르렁 으르렁 으르렁대.

시문학 구락부 전락기

— 도마(Thomas)의 의심

주민들은 얼마 되지 않은데, 수십 배에 달하는 교사와 공무원이 있는 형국이지요. 이런 기묘한 현황은 모두가 문학적 불확실성을 회피하려고 하기 때문입니다.
— 조영일, 『직업으로서의 문학』(도서출판b, 2017)

당신들의 천국

우리나라에서 문학교육은 'nation=state'의 맥락에서 국어교육의 일부로 확고한 자리를 유지하고 있다. 식민지 시대에는 내선일체의 연장선상에서 일본문학이 교육되었고, 해방 후에는 국민교육의 차원에서 국문학이 교수되고 있다. 그만큼 문학은 정치, 특히 국가이념의 정체를 확립하고 언어공동체의 정치적 무의식을 형성하는 효과적인 기술적 장치로 활용되어 온 것이다. 이는 어디까지나 학교교육의 차원에서 필수라는 얘기지, 현실 속에서 문학은 여러 가지 문화적 선택지 중 하나일 뿐이고, 그

중에서도 그리 각광받는 장르가 아니다. 이는 굳이 말하자는 학교 안과 밖의 문화적 이중성 정도로 설명할 수 있겠다.

여하튼 문학은 초중고 12학년 동안 필수 교과목으로 지정되어 있고, 대학에서도 문학을 전공하는 학과는 물론, 교양교과목으로 개설되어 강의되고 있다. 이처럼 좋든 싫든 특정 교과목이 학제 전과정을 통해 오랜 시간 교수되고 있는 것은 분명 이례적인 일에 속한다. 그것은 언어예술이 무엇인가를 계몽하고 설득하는 데 효과적인 이데올로기적 장치이기 때문에 지배계급이든 피지배계급이든 이를 중요한 프로파간다의 수단으로 이용하기 때문이다. 그럼, 학교 밖에서 문학을 즐기는 일은? 예술은 교육의 대상이기 이전에 향유의 대상이지 않던가. 이 대목에서 문학 종사자들은 '대략난감'의 처지에 놓여 있다.

교육대학이나 사범대학에서는 매해 수많은 문학의 전도사를 양성해 활발하게(?) 교육계에 진출시키고 있고, 대학에 취직한 문학인들도 여러 강좌를 통해 문학을 설파하는 안수목사의 직분을 성실히(?) 맡고 있는데, 왜 대다수의 성도들의 믿음은 취약하고 더 나아가 대중들은 문학을 거들떠보지도 않는가? 글쟁이들도 서로의 작품에 대해선 관심이 없고, 다만 인사치례(?)로 발간된 책을 돌려보는 형국이라면! 문예지든 웹진이든 발표 지면은 늘어났고 이런저런 문학 행사는 요란한데 정작 거기에 얼굴을 내미는 이들은 모두 '그 나물의 그 밥'이라면! 이를 동종교배니 집단 자위니 말하며 자학할 필요까지는 없다. 여하튼 시의 향유자는 대중이 아니라 시인들 자신이 되어 버렸다는 데는 동의할 수밖에 없다. 이제 문학은 문학인에 의한 문학인을 위한 문학인의 천국이 되었음이 분명하다.

카타콤

일간지에서도 저마다 '시가 있는 아침', '시가 있는 월요일' 등 시와 간단한 해설을 곁들인 코너를 두고 있고, 대중이 가장 신뢰한다는 뉴스 프로인 JTBC 뉴스룸의 앵커 브리핑에서도 종종 시나 소설들이 인용되지만, 그것은 문학이 주류문화여서도 대중에게 사랑받은 장르여서도 아니다. 그것은 아마도 패망한 어느 왕조의 유물처럼 언뜻언뜻 등장해, 아직도 '고급진' 과거의 영화로움을 찰나처럼 보여주고 서둘러 사라지는 것인지도 모른다. 무시할 수 없는, 아니 귀찮지만 예의 바르게 대접해야 하는 '원로 연예인' 같은 것이라고나 할까. 기실 나다닐 수도 없이 기력이 쇠하고, 속으로는 종합병원 신세인지라, "아버지 내 약속 잘 지켰지예. 이만 하면 잘 살았지예."(영화 〈국제시장〉 중 '덕수'의 대사)라고 말할 수도 없는 형국이 아닐까. 근대문학의 영명(英名)은 끝이 난 것이다. 그러니 끼리끼리 모여서 서로를 위로하고 애무하는 소수종교인들이 된 것이 아닌가. 박해는 없었지만 스스로 카타콤에 모여든 형국이랄까!

문학은 더 이상 목 매달아 죽어도 좋은 나무도 아닐뿐더러, 저 꼭대기에선 구원의 메시지는커녕 빗방울 하나도 떨어지지 않을 것 같다. 그러니 문학의 숭고한 의미니 문학의 위의니 하는 판타지는 이제 그만 버리기 바란다. 이미 대학에서 문학교육(literature education)은 학문 목적의 교양 글쓰기(general writing education)로 바뀌었다. 실제로 대학 글쓰기의 교수자들은 대부분 한국문학이나 국어학 전공자들로 글쓰기라는 공통 필수 교양을 강의하고 있다. 그래도 그나마 글쓰기라도 강의할 수 있다는 것이, 국문학이 남긴 '위대한 유산'이라면 유산이랄까! 이것마저 없는 외국문학은 전공이 망하면 갈 데도 없고 오라는 데도 없는 것이 현실이니까.

여하튼 시나 소설은 대학에서도 왕따다. 교수자들은 그 안에 뭔가 심오한 것이 들어 있는 듯이 설교하지만 아이들은 스마트폰에 코를 박고 시간을 보내고 있을 뿐이다. 게다가 대학은 시나 소설이 교재라는 이름으로 무단복제 되고 있는 현장인데, 이를 아무리 보배로운 것인 양 나눠주고 읽고 가르쳐 봤자, 강의가 끝나면 책상 위에 그대로 놓고 나가거나 강의실 바닥에 내버릴 뿐이다. A4용지에 복제되어 전단지처럼 나뒹구는 문학이라니! 왜 그들은 문학의 비의를 거부하는가? 왜 보배로운 말씀을 듣지 않는가? 그들을 탓할 수는 없다. 그들은 애초에 문학에 '꽂히지' 않았기에 배교를 한 적도 없다. 다만, 그들을 가르치는 교수들은 붕괴된 멘탈을 간신히 부여잡고 카타콤 같은 연구실로 돌아와, 학회에 투고할 논문을 매만지며 "저들은 저들이 하는 짓을 모르나이다."를 웃프게(?) 읊조리고 있을 것이다.

도마(Thomas)의 의심

카라바조의 그림 「의심하는 도마」(1601~1602년 경)를 보면, 예수가 친히 옷섶을 열어 못이 박힌 상처를 보여주자, 도마가 호기심 가득한 표정으로 그의 못 자국에 손가락을 집어넣는 장면이 나온다. 그는 보지 않고 믿기보다는, 예수의 부활이라는 실체를 직접 보고 만져보고 나서 이를 인정하게 된다. 따라서 도마는 연약한 믿음의 상징이라기보다는 가능한 의심을 통해 그 실체를 확인하고 더욱 강한 믿음을 얻게 된 것이라는 해석이 가능하다. 그가 인도 남부에까지 가서 복음을 전하다 순교로 생을 마감할 수 있었던 것은, 맹목적 믿음을 택하지 않고 의심을 통해 그 믿음의 정당성을 몸소 깨달았기 때문이다.

우리 문단에 이런 '토마스와 친구'들이 많아지길 바라지만 그 일이 쉬울 리 없다. 잘 알려진 바와 같이, 한국 문학의 민낯을 보여주고 말았던 신경숙 표절 사태와 문단 내 성폭력 사건을 둘러싼 문단의 대처는, 후안무치 그 자체라고 할 수 있다. 편집위원들이 사퇴하거나 특정인이 편집권을 내놓았다는 것이 그에 대한 반성의 전부라면 누가 그 진정성을 믿을 것인가. 현재 우리의 문학장 내부의 편집권, 출판 시스템 등 문학 제도뿐만 아니라 문학 권력 자체에 대한 진정한 의심 없이는 우리의 문학 환경은 더욱 병들어 갈 것이고, 그 썩은 토양에서 한국문학은 창작지원제도나 문학나눔 등 정부의 수혈만을 기다리는 비루함에서 한치도 벗어나지 못할 것이다.

이런 상황에서 한국문학은 왕따를 면치 못하고 있다. 몇몇 인기 있는 시인과 작가들이 있어 다행이라고 해야 할지는 모르겠으나 외국문학의 시장 점유율은 갈수록 높아지고 있다. 인터넷에서 종종 목도하게 되는 한국문학에 대한 조롱은 이제 웃어넘길 수 없는 일이 되어 버렸다. 어쨌든 여기서 "우리 시 왜 읽고, 왜 안 읽는가."에 대한 잠정적인 대답을 해야 할 때가 되었다. 먼저 우리 시를 왜 읽는가? 초중고 12학년 동안 학교에서 의무적으로 가르치고 더 나아가 대학에서까지 강의되고 있기 때문이다. 나는 적어도 자발적인 시의 독자는 거의 없다고 본다. 지금은 제목만 보고 '빽'이 가서 시집을 선물하는 시대가 아니다. 그럼 우리 시는 왜 안 읽는가? 먼저 다매체 환경에서 문자라는 매체의 파급력이 과거와 같지 않다는 소박한 '매체 열세론'을 거론할 수 있겠지만, 이유는 그것만은 아닌 것 같다. 여전히 소수의 시인과 소설가들의 책은 적지 않은 부수가 팔려나가고 있고, 또 그들 중 몇몇은 거의 연예인(실제로 이들 중 몇몇은 연예기획사 소속이다.)이 되어 각종 토크 프로그램에 등장해 인기를 얻고 있으니, 문학인이 문화의 장 안에서 모두 퇴출당한 처지는 아닌 것처럼 보인다.

하지만 이러한 과정을 통해 그들의 문학을 접하게 된들, 그것은 거대 출판자본과 매스컴의 합작으로 만들어진 일종의 승자독식구도일 뿐, 우리 문학이 대중 속에서 무엇인가 성과를 얻어낸 것이라고 보기는 어렵다. 특히 그들이 만들어내는 담론이라는 것도 인문학의 양념을 살짝 발라 구워낸 '의사(擬似) 교양'인 경우가 허다하다. 대중은 이런 프로그램을 보면서 그것이 문학이고 예술이고 인문학이라고 생각한다. TV를 끄고 나면 모두 휘발되어 버릴 사이비 지식들이 퍼져나가고 있는 것이다. 책은 기억하기 위해서 보고, TV는 망각하기 위해서 본다는 명언도, 우리의 '오래된 미래'인 셈이다.

제**4**부 문화를 읽는 눈

나도 가수다, 라고 전해라

— 문화적 사건으로서의 '노래방'

> 깃발 대신 옷깃을 흔들며
> 조성모의 다짐을 부른다
> 손목에 감고 주먹을 뻗던 손수건은
> 이제 태진아의 노란 손수건이 되어
> 노래방에서 휘날린다
> — 오도엽 시, 「노래방」 부분

광장에서 밀실로

20세기의 끝물이자 1980년대의 잉여라 할 수 있는 1990년대를 그 이전 시대와 구분하는 이항대립 체계는 대체로 이런 것들이었다. 거대담론－미시담론, 이념－탈이념, 냉전－탈냉전, 계몽주의－자유주의, 민중문화－대중문화, 집단－개인……. 이런 대응쌍을 무장무장 만들어내는 먹물들의 관념은 이미 낡디낡은 클리셰일 따름이다. 여기서 이어지는 모든 논의들은 현실을 말하고 있는 것 같지만 기실 현학의 논리 그 이상도 이하도 아닌 경우가 다반사였다는 것도 부인할 수 없다.

내가 쓴 단편소설의 한 부분에는 1980년대 말에서 1990년대 초의 사회적 분위기를 이렇게 기술하고 있다.

시대는 그들이 자유롭게 절망하지 못하도록, 머리엔 무스를 처바르게 하고, 허리엔 삐삐를 채워, 재즈 바 같은 공간에 모두를 각각 유폐시켰다. 거리에 넘쳐나던 수백만의 아우성이 썰물처럼 사라지자, 시간은 우리라는 이름의 관념을 실체로 여길 수 있는 열정을 더 이상 허락하지 않았다. 단조풍의 우울과 전단지 같은 웃음이 뒤섞인 간밤의 술자리가 끝나고, 먹다 남은 안주와 쓰러진 술병들이 나뒹구는 술상을 바라보는 어느 아침처럼, 세상은 누군가의 설거지를 요구하고 있었지만, 친구들은 모두 떠났고 나 역시 그 자리를 치울 수 있는 시간 따위는 없었다. 선동렬의 방어율과 같았던 나의 학점은 퇴학으로 이어졌고, 곧 입영통지서가 날아왔다. 이제 남은 것은 그 동안 밀쳐놓았던 의무뿐이었다.

— 졸고, 「저수지」(『문예바다』, 2015년 겨울)

'자백'이지만, 여하튼 그랬다는 얘기다. 절차적 민주주의가 실질적인 민주주의로 옮아가기 위해서는 더 큰 노력과 희생이 뒤따라야 했겠지만, 당시 우리에게 그런 열정은 더 이상 남아 있지 않았다. 있었다고 하더라도 그것은 그 이전 시대의 맥 빠진 유산일 뿐이었다. 일본의 전공투 이후 세대가 겪었던 허무주의가 그러했듯, 우리의 1990년대도 상실의 시대를 견딜 수 있는 문화적 자위 기제가 필요했다. 노동자가 아니면서 노동자이고자 했고,

농민이 아니면서 농민이려고 했던 지난 시대의 과잉교정된 아비투스를 과감하게 벗어던지고, 멋을 부리는 것이, 자유분방하게 노는 것이, 세련된 문화를 향유하는 것이 더 이상 흉이 되지 않았던 시대가 바로 1990년대였다. 대중문화를 통해 유포된 X세대니 N세대니 하는 세대담론도 이 무렵 등장한 것이고, 강남 등지에 출몰했다는 오렌지족이나 야타족들이야말로 1990년대적 댄디즘의 표상이었다. 하지만 위악의 포즈로 거짓된 반항을 맘껏 즐긴 이들이야말로 시대를 제대로 청산하지 못한 자들의 사생아이거나 업둥이였다는 것 또한 인정해야만 한다는 게 내 생각이다.

어쨌든 시대는 캠퍼스 잔디밭에 둘러앉아 기타를 치며 노래를 부르거나 수건돌리기를 하던 때가 아니었다. 세계사적 변화를 망각한 채, 우리 사회의 모순 운운하며 사상투쟁으로 날밤을 새우던 학사주점은 폐업을 선언하고 그 자리에 은밀하게 재즈바들이 들어서기 시작할 무렵, 노래방은 그야말로 유흥산업의 블루오션으로 대학가에 등장하기 시작했다. 시대는 이제 바야흐로 광장이 아닌 밀실을 요구하고 있었던 것이다. 한정된 책임 안에서 우리라는 관념을 제거하고 심지어 자신마저 방기하며 살았던 그들은, 수천 명이 모이는 집회나 거리의 깃발 군중을 꿈꾸지 않았다.

우리나라 노래방은 1991년 4월 동아대학교 앞의 한 오락실에 전화부스 모양의 공간에 컴퓨터 노래 반주기(CMP)를 설치하고 300원에 노래 한 곡을 부를 수 있도록 한 것이 최초라고 한다. 이어 5월 해운대에 하와이비치 노래연습장이 문을 열었는데, 이것이 법적인 승인을 얻은 한국 최초의 노래방이었다(문지현, 「테크놀로지 발전에 따른 한국 노래방 성장의 사회문화적 의미」, 동아대학교 석사논문, 2010, 22~23쪽). 초기 노래방은 자막과 영상이 제공되지 않았지만 이후 영상과 결합된 비디오케가 등장해 현재 노래방의 모습을 갖추게 된다.*

물론 노래방과 같은 무인 반주기 시스템은 일본의 가라오케(カ ラオケ)에서 비롯된 것이다. 말 그대로, '비어 있는(空)'이라는 뜻의 'カラ'에 오케스트라(Orchestra, オーケストラ)의 'オーケ'를 합성한 것으로, 반주음에 맞춰서 노래를 부를 수 있게 하는 기계나 혹은 이것이 설치되어 있는 술집을 의미하는 말이다. 따라서 무인 영상 반주기의 도입 초기에는 왜색문화라는 비판이 늘 따라다녔던 것이 사실이다. 당시 대학 총학생회에서는 노래방 출입을 자제하자는 운동을 벌이는 등 노래방은 록카페와 함께 대학생의 과소비와 불건전한 문화의 온상인 것처럼 인식되기도 했

---

* 당시에는 일본의 LCD가라오케(음악과 자막, 영상이 모니터를 통해 나오는)가 수입되어 2천여 곳이 넘는 가라오케 술집이 성업하고 있었다. 그런데 영풍 전자가 가라오케보다 이용 요금이 저렴한(초창기 곡당 3백 원 정도) 국산 노래 반주기를 개발하면서 이것이 순식간에 전국으로 확산되었다. 초창기에는 자막 없이 반주음에 맞춰 가사책을 보면서 노래하는 형태였다. 1992년 이후로 노래 자막과 영상이 모니터에 표시되기 시작했고, 앰프, 스피커, 마이크 등 주변 기기가 보완되었으며, 가창 점수가 표시되는 형태로 변화하였다. 1992년 6월 전국에 7천 여 개의 노래연습장이 생겨나 범국민적인 문화로 정착되면서 다양한 부가 산업을 동반 상승시키는 시너지 효과를 가져 오기 시작했다.
전자제품 생산업체인 (주)대흥전자, (주)영풍전자, (주)금영, (주)태진음향, 광음전자 등 노래 반주기기 개발의 치열한 경쟁, A/V업체인 금성, 삼성, 대우 등의 반주기 시장 합류, 새로운 방식의 신제품 개발 촉진 및 기술 혁신 가속화 등에 힘입어 국산 CMP 반주기는 급속도로 확산되었다. 반면 LD에 의한 반주 및 배경 영상 방식은 고가의 LD구입 문제 및 노래 수의 제한, 운영상의 인건비 부담 등에 직면하였고, 이에 따라 LDP 방식의 노래반주기 비중은 급격히 줄어들었다. (한국콘텐츠진흥원, 『2011음악산업백서』, 2011, 114~115쪽.)

다. 정부에서도 노래방 심야 영업을 제한하고, 18세 미만의 청소년의 출입을 제한하며, 실내조명을 금지하고, 방마다 밖에서 안을 들여다 볼 수 있는 투명 유리창 설치를 의무화하는 등 규제에 나서기도 했다.

출입 자제 캠페인을 벌이든 법적으로 규제를 하든, 노래방이라는 '전자 밀실'(이재현, 「노래방, 혹은 전자 밀실의 가라오케 자판기」, 『문화과학』, 1992. 11)이 우리의 일상에 가한 변화는 돌이킬 수 없는 흐름으로 자리 잡았다. 노래방의 등장은 유흥문화뿐만 아니라 대중음악 산업 전반의 판도를 혁명적으로 바꾸어놓았다. 노래방 마이크 감전사고, 청소년 탈선, 성매매 변태 영업, 탈세 등의 비난을 뒤집어쓴 노래방이지만, 현재 전국에서 성업 중인 수만 개의 노래방(노래연습장 등록업소수: 34,660개, 2012년)은 전세계적으로 인기를 얻고 있는 K-POP을, 슈퍼스타 K와 같은 음악 오디션 프로그램을 가능케 한 중요한 인프라였다는 것도 부정할 수 없다.

어쨌든 허물어진 한 시대의 끝자락에서 사람들은 광장이 아닌 밀실에서 위안을 얻었다. 거기서 「솔아 솔아 푸르른 솔아」를, 「저 창살에 햇살이」를, 「광야에서」를 불러도, 패배한 전사의 노래는 밀실 밖으로 울려 퍼지지 않았다. 이러한 노래들은 분위기를 썰렁하게 만드는 시대착오자들의 헛짓이었다. 그곳에서는 피노키오의 「사랑과 우정 사이」(1992)를, 신성우의 「서시」(1994)를, 뱅크의 「가질 수 없는 너」(1995)를 불러야 했고, 시대는 바야흐로 디지털 미디어와 결합된 본격적인 대중음악 엔터테인먼트 산업

시대를 호출하고 있었다.

방(房)의 문화적 의미

'방'은 그 자체로 하나의 실존의 기표이자 문화적 상징이다. 구획된 닫힌 공간으로서의 방은 외계와의 교통부재를 의미하며 외부와 차단된 유토피아(이승훈, 『문학상징사전』, 고려원, 1995, 198~199쪽)를 뜻한다. 타인과 구별되는 개별성, 고유성을 의미하는 방이라는 공간은 외부세계의 시련과 고통과는 반대로 평온과 안식을 부여한다. 한편 방은 감옥과 교실처럼 억압과 규율의 이미지를 갖기도 하는데, 균질하게 구획된 공간으로서의 방은 근대의 제도에 빗대어져 여러 담론들을 만들어냈다.

여하튼 1990년대 이후 한국 사회에 방이라는 이름이 붙은 업소명들이 수없이 등장하기 시작한 것도 방이라는 기표가 주는 은일의 이미지 때문이다. 노래방, PC방, 비디오방(DVD방), 소주방, 고시방, 찜질방에서부터, 변태 성매매 업소인 안마방, 전화방, 키스방, 귀청소방에 이르기까지 방(房)자가 붙은 업소들이 우후죽순 생겨난 것이다. 물론 만화방이 시대를 아우르는 가장 유서 깊은 상호이긴 하지만, 1990년대 이후 등장한 방 문화의 효시는 아무래도 노래방이라고 할 수 있다.

노래방은 주류 판매 여부와 유흥종사자의 유무 등에 따라 노래연습장, 단란주점, 유흥주점을 포괄한다.* 유흥접객업소의 퇴폐행위와 소위 2차라고 불리는 성매매 알선 등의 문제가 공공연하게 일어나고 있고, 속칭 보도방(보조도우미방)을 통해 접대부를 조달하는 노래연습장으로 인해, 노래방은 성을 매개로 한 온갖 부정적인 이미지를 안고 있는 것이 사실이다. 더구나 초창기 노래방이 대체로 지하에 위치한 격방 구조로 인하여 닫힌 밀실의 이미지가 컸던 것 또한 지적하지 않을 수 없다.

하지만 최근 소위 '럭셔리 노래방'은 노래방의 이러한 부정적인 이미지를 불식시키고 있다. 지하라는 음습한 공간에서 벗어나 개방적인 공간에 소파와 쿠션 등으로 꾸며진 노래연습장은 아늑한 거실을 연상케 한다. 주류 판매나 도우미 고용 등 향응 서비스와 철저하게 분리하고, 인테리어와 부대시설 등의 고급화로 차별화 전략을 꾀한 것이 주효한 것이다. 이와 함께 노래를 부르는 자신의 모습을 동영상으로 촬영해 유튜브에 올려 노래방 스타로 떠오르는 등 노래방은 자기 표현 혹은 과시의 공간으로 탈바꿈하고 있다. 게다가 무료로 제공하는 노래방 반주 mp3에 맞추어 노래를 부르고 이를 촬영해 경품 이벤트, 기획사 오디션, 가요제에 참여할 수 있는 애플리케이션까지 출시되어 인기를 끌고 있는 추세다.

성(性)과 관련된 유흥의 공간이든, 고급화된 열린 공간이든,

---

* 노래연습장은 연주자를 두지 아니하고 반주에 맞추어 노래를 부를 수 있도록 하는 영상 또는 무영상 반주장치 등의 시설을 갖추고 공중의 이용에 제공하는 영업으로 주류를 판매하거나 접대부를 둘 수 없도록 되어 있다. 단란주점은 주로 주류를 팔고, 손님이 노래를 부르는 행위가 허용된다. 유흥주점은 주로 주류를 팔고, 유흥종사자를 두거나 유흥시설을 설치할 수 있고 손님이 노래를 부르거나 춤을 추는 행위가 허용된다. (위키백과 https://ko.wikipedia.org/wiki 참고.)

노래방의 대중적 인기의 근거는 방이라는 공간에 기인한다. 그것은 수백 명을 상대로 한 무대 위의 공연도 아니고, 광장에서의 노래도 아니다. 굳이 말을 붙이지만 대중(大衆)이 아닌 소중(小衆)을 상대로 한 작은 이벤트다. 소중이라고 말했지만, 노래방에 모인 사람들은 모두 끼리끼리, 즉 친구나 가족, 직장 동료 등으로 이루어진 소집단이다. 이들 사이의 연대와 공속감은 방이라는 한정된 공간에서 보다 배가된다.

노래방이라는 공간이 제공하는 경험은 내적 몰입을 통한 각성과 분위기라는 외적 몰입을 통해 공간을 공유하는 개체의 친밀도를 상승시키는 작용(프락시믹스의 감소)을 한다는 연구결과도 이미 나와 있다. 노래방이 설득력이 필요한 비즈니스 공간으로 활용되는 것도, 협소한 공간을 공유함으로써 유대를 형성하는 우리나라의 '방' 문화와의 개연성 속에서 이해할 수도 있다(이상원·배순용·이성업, 「문화 콘텐츠의 몰입에 공간이 미치는 영향—노래방의 사례를 중심으로」, 『한국HCI학회 학술대회 논문집』, 한국HCI학회, 2007. 2, 1482쪽). 요컨대 방은 상황적 몰입이나 내적 몰입을 위한 최적의 공간성을 부여하는 몰입 기제로 작동하고, 이는 공간 내의 구성원의 친밀감과 공속감을 증대시킨다고 할 수 있다.

방은 자유의 공간이면서 자기표현의 공간이다. 자신의 잠재된 끼나 재능을 선보이는 공간이라는 측면에서 자유의 공간이면서, 동시에 서로를 품평하는 일종의 '전시' 공간이 된다(박소진, 「대학생의 노래방 체험—자기표현과 전시」, 『문화와사회』 13집, 한국문화사회학회, 2012. 11). 이처럼 자신을 노출시킬 수 있는 문화적 해방공간으로 기능하는 것은, 방이 갖는 밀폐성과 몰입성에 기인한다고 할 수 있다. 가수 체험을 통한 엑스타시는 방이라는 폐쇄적 공간 안에서 쉽게 교환되고, 이는 개인 간의 친밀성과 동질감을 증대시킨다.

한국의 '사랑방' 문화에서 엿볼 수 있는 '룸 멘탈리티'의 현대적 현시라고 할 수 있는, 노래방 이후 등장한 '방'이라는 이름이 붙은 일련의 상호들도, 방의 밀폐성에 사적인 은밀성이 더해진 예라고 할 수 있다. 성매매나 유사 성행위의 온상으로 단속의 대상이 되면서도 여전히 성업 중인 수많은 안마방과 키스방들이 진정한 위로에 굶주린 수컷들의 허기를 잠시나마 채워주는 최적 낙원이 된 지도 이미 오래다.

콘텐츠 생비자(生費者)의 양가성

다 아는 얘기지만, 엘빈 토플러는 그의 저서 『제3의 물결』에서 단지 제품을 소비하는 소비자를 넘어 제품의 개발과 유통에 직접 참여하는 생비자(生費者, Prosumer)의 등장을 예견하였다. 우리들이 무심코 만들어 웹상에 올리는 모든 UCC들이 바로 이를 가리킨다. 콘텐츠를 단순하게 듣고 보는 수직적·일방향적 전달이 아니라 유저 스스로가 콘텐츠를 생산하고 변형하며 조회수로 그 반응이 피드백되는 수평적·양방향적 소통이 이루어지고 있는 것이다.

노래방에서도 이러한 현상은 동일하게 나타난다. 노래방에서 노래를 부른다는 것에는, 단순하게 가수의 노래와 춤을 듣고 보는 수동적인 소비자의 위치에서, 음악이라는 텍스트를 능동적으로 해석하고 체험함으로써 음악에 참여하는 생산자의 입장으로 변모하게 된다는 의미가 함축되어 있다. 물론 소위 싱크로율로 말해지는 것처럼 원조가수를 모방할 수도 있지만, 노래를 부를 때는 자기식의 감성과 개성이 녹아들어갈 수밖에 없다. 마이크를 쥐고 모니터와 조명을 배경으로 노래를 부른다는 것은 일종의 가상적 가수체험이라고 할 수 있다.

여기에는 두 가지 욕망이 개입된다. 하나는 자기를 표현함으로써 얻어지는 '나르시시즘적인 욕망'이고, 다른 하나는 타인의 평가와 결부되어 '타자의 인정을 욕망'하는 현상이다. 타인의 반응이나 품평에 개의치 않고 자신의 개성만을 드러낼 수는 없는 일이기 때문이다. '보이다/보여지다'의 막간은 쇼윈도의 투명한 유리벽처럼 자신을 드러냄과 동시에 타자의 시선 속에 자신을 가둔다.

그 사람 참 잘 논다, 라는 말은 이런 의미에서 의미심장하다. 논다는 것은 스스로 놀고 싶어서 노는 것인데, 잘 논다는 말 속에는 놀이에 대한 평가가 개입되기 때문이다. 노는 것을 이렇게 품평할 때, 놀이는 더 이상 유희가 아닌 일의 연장 혹은 사회생활의 연속선상 위에 놓이게 된다. 노는 것도 일처럼 해야 하는 인정 경쟁의 욕망은, 노래 가사를 바꿔 최 과장, 김 부장에 아부를 떠는 것을 넘어, 넥타이를 머리에 두르고 미친 듯이 춤을 추게 만든다. 실례가 되지 않는다면 테이블에 올라가는 것도 서슴지 않으리라.

그 사람 노래 참 잘 부른다, 는 말도 마찬가지다. 자기가 부르고 싶은 노래는 따로 있는데, 이미 자신에게는 닳고 닳은 애창곡을 한 곡 뽑아 사람들의 환호성을 얻는 경우, 여기에도 타자의 인정이라는 욕망이 선행적으로 개입되어 있다고 할 수 있다. 결국 노래 선곡이나 태도 심지어 사소한 제스처 하나에 이르기까지 모든 것에 타인에게 호의적인 평가를 받고 싶다는 인정 경쟁의 욕망이 끼어든다.

그래서일까. 최근에 각광을 받고 있는 1인용 코인 노래방[일본의 히토가라(히토리ひとり+가라오케カラオケ)]의 경우, 혼자 노래를 즐기고 싶은 사람들의 또 다른 해방구가 되었다. 다른 사람의 시선에 구애받지 않고, 주류나 음료의 부담 없이 곡당 300~500원 정도의 저렴한 가격에 노래를 부를 수 있기 때문이다. 이는 혼자 밥을 먹는 '혼밥'이나 혼자 술을 마시는 '혼술'과 같이 최근 부각되고 있는 1인 문화와 연관되어 있다. 하지만 타자를 전제하지 않는 일체의 모든 것은 사실, 포르노를 보는 행위에 다름 아니라는 사실을 떠올려 볼 필요가 있다. 오늘날 모든 삶의 영역에서 타자의 침식 과정이 진행되고 있고, 1인 문화는 결국 나르시시스트화 경향이 강화되고 있다는 것의 반증이다. 점점 더 동일자의 지옥을 닮아가는 오늘의 사회에서 에로스적 경험은 있을 수 없다. 에로스적 경험은 타자의 비대칭성과 외재성을 전제(한병철, 『에로스의 종말』)로 하기 때문이다.

낭만적 환상과 그 적들

노래 가사와 영상이 나오는 무인 영상 반주기를 통해 노래를 부르는 행위는 그 자체로 단순해 보이지만, 이러한 행위 속에 담긴 문화적 의미는 결코 작지 않다. 지금까지의 논의를 통해 1990년대 초 노래방의 등장은 하나의 문화적 사건이었음이 거의 밝혀졌다. 가수가 된 듯 사람을 앞에서 노래를 부른다는 것은 가수라는 의사현실(pseudo-event)을 체험하는 것과 같다. 이는 일상이라는 검증 현실로부터 벗어나는 감성적인 자기실현의 판타지를 경험하는 것이다.

우리의 노래방 문화는 자기표현의 욕망과 타자의 시선에 의해 매개되는 인정 욕망, 이로부터 배태되는 나르시시즘적 회귀현상이 복합적으로 얽혀 있는 문화적 중층공간이라 할 수 있다. 이것은 어디까지나 양상이지, 노래방 문화가 극복해야 할 문화적 테제는 아니다.

노래방은 여전히 청소년에서 노년층에 이르기까지 모든 한국인이 즐기는 여가 문화의 일부이자 음주 후에 의례적으로 들르는 성인들의 2차 문화로 자리 잡았다. 물론 노래방에서 미래의 가수의 꿈을 꾸는 사람이 없는 것은 아니겠지만, 대중적인 문화 공간으로서의 노래방은 자본주의가 우리에게 제공하는 오만가지 위락거리 중의 하나이다. 노래방에서 도우미를 부르고, 단란주점과 유흥주점에서 술을 마시고 아가씨들을 끼고 놀아야 일상의 스트레스도 풀리고, 지하경제도 돌아가고, 주류산업도 번창하며, 그만큼 세금도 많이 걷히게 된다. 노래방 사업에 딱지처럼 붙어 있는 퇴폐와 향락의 이미지야말로 젖과 꿀이 흐르는 자본주의의 표상이다. 휴일이라는 것이 노동에 대한 보상으로 주어지는 것이 아니라 다시 시작할 노동(혹은 착취)을 위한 예비적 휴식의 성격이 강하다면, 노래방을 비롯한 온갖 자본주의적 잉여 쾌락들은 자본에 의해서 점령되고 구획된 공간에서 덧거리로 주어지는 '어른들을 위한 고무젖꼭지'일지도 모른다.

그런데 우리가 노래방에서 부르는 노래는 누가 들을까. 그 열정은 누가 삼킬까. 그 위로는 누구의 것일까. 노래방에서 경험하는 낭만적 환상의 적들은 누구일까. 나일까, 직장 상사일까, 도우미일까, 노래방 주인일까, 국세청일까, 거창하게 신자유주의일까. 노래방에 대해 말하면서 너무 심각해진 것일까. 반주가 있고 노래가 있고 술이 있고 여자가 있을 뿐인데 말이다.

스트레이트 잔들이 일제히 맥주잔 속으로 빠져 들어간다. 일순 와, 하고 함성이 터져 오른다.

"자, 원샷이다."

Y가 잔을 치켜 올리며 말한다.

우리들은 모두 각자 잔을 잡고 한꺼번에 들이킨다. 몇몇은 시키지도 않았는데, 잔을 거꾸로 들어 머리 위로 올린다. 술자리의 이런 형식적 문법이 진부하기도 하련만, 사람들은 약속이나 한 것처럼 모두 이런 일들을 반복적으로 따라한다.

이제 분위기는 확 바뀌었고, 이를 눈치챈 실장이 다시 들어와,

여자아이들에게 노래를 부르라며 분위기를 띄운다. 내 파트너가 일어나 화면 앞으로 나간다.

　자기야 사랑인 걸 정말 몰랐니~ 자기야 행복인 걸 이제 알겠니~ 제법 간드러진 목소리다. 여자 아이들도 웨이브를 섞어 성적인 몸짓을 만들어낸다. Y가 튀어나가 아무나 잡히는 대로 여자들의 치마를 걷어 올린다. 여자들은 순간 가식적인 비명을 질러대지만, 더 이상 부끄러울 것이 없다는 듯이, 엉덩이를 내빼고 빙빙 원을 그린다.

— 졸고, 「안개주의보」, 『잘 가라, 미소』(삶창, 2012)

　위에서 제시된 소설의 한 장면처럼, 노래방을 전후한 우리의 술문화가 진부할 법도 하지만 사람들은 약속이나 한 것처럼 이런 일들을 충실하게 반복한다. 주기적으로 찾아오는 성욕처럼 음주가무와 유희로 일상의 고통을 배설할 수밖에 없기 때문이다. 물론 건전하게 운영하고 있는 노래연습장이 없는 것은 아니다. 지하 밀실의 이미지에서 벗어나 열린 공간으로 탈바꿈한 노래방이 대안적인 공간으로 등장했다는 것도 주지의 사실이다. 하지만 자본주의가 제공하는 위로는 반드시 성적인 것을 동반한다는 사실 또한 잊어서는 안 된다. 탈법이나 불법이라는 말은 규율로서 정한 것일 뿐, 우리가 잘 아는 대로 자본의 논리로 돌아가는 사회에서 건전함은 상업성의 밑천이 될 수 없기 때문이다.

　1990년대 우리의 일상 속을 파고든 노래방은 단순한 대중적 오락거리가 아니다. 노래방은 현재의 음악 오디션 프로그램을 가능케 한 문화적 기반으로 작동했을 뿐만 아니라 해외로 K-POP

을 알리는 등 한류열풍에 동력을 제공하는 미디어의 역할을 담당하고 있다. UCC나 온라인 오디션을 통해 뮤지션의 꿈을 꾸는 것도, 노래방 MR 반주의 도움 없이는 불가능하다. 최근에는 음악을 MR로 변환·재생하는 무료 노래방 애플리케이션이 등장해 언제 어디서나 나만의 노래방을 즐길 수 있는 환경이 마련되었다.

자본주의가 제공하는 상업적 위로에는 빛과 어둠이 함께 존재한다. 음지 없는 양지가 없듯이, 노래방이라는 밀실의 환영 속에는 스타 뮤지션의 열망도, 감성적 도취도, 인정의 욕망도, 은밀한 성적인 쾌락도 모두 숨어 있다. 그런 의미에서 노래방은 우리 시대의 축도다. 열심히 미친 듯이 노래를 불러라. 그대들의 음주가무는 찰나의 마취이다. 오늘도 전국 방방곡곡의 보도방 아가씨들은 열심히 노래방을 찾아간다. 노래 점수가 100점이 나오면 아가씨들에게 팁을 주는 것도 잊어서는 안 된다. 옛날에 권력 있는 사람들은 안가(安家)라는 공간에 모여 가수들을 불러 시바스 리갈을 마시며 놀았다는데, 요즘 권좌에 앉아 있는 사람들은 어떻게 노는지 모르겠고, 여하든 돈 없는 서민들은 도우미 아가씨 한두 명을 불러서(그래서 짝도 맞지 않지만) 물병에 담긴 맥주를 종이컵에 따라 마시며, 트로트 메들리를 죽어라 불러 젖힐 것이고, 그런 서민들의 아들딸들은 너도 나도 내일의 가수를 꿈꾸며 코인 노래방에 동전을 집어넣을 것이다.

먹방·쿡방, 욕망의 포르노화

먹방·쿡방의 전성시대

최근 우리 사회는 먹방(요리를 먹는 방송)과 쿡방(요리하는 방송)의 열풍에 흠뻑 취해 있다. TV를 틀었다 하면, 먹기 위해 태어난 사람들처럼 맛집을 찾아다니고, 요리를 먹고, 요리를 하고, 이를 품평하고, 끊임없이 새로운 맛에 탐닉하는 모습이 등장한다. 요리 전문가들이 레시피를 소개하는 콘셉트를 넘어, 전문 셰프들이 나와 요리 대결을 펼치기도 하고(JTBC '냉장고를 부탁해'), 연예인들이 산촌이나 어촌과 같은 자연 속에서 먹거리를 취하고 요리하는 야외 버라이어티를 펼치기도 하며(tvN '삼시세끼'), 직접 맛집을 찾는 VCR과 함께 맛집의 대가들이 스튜디오에서 요리 대결을 벌이는, 먹방과 쿡방이 결합된 새로운 형태의 프로그램 (SBS '백종원의 3대 천왕')을 선보이는 등 요리를 소재로 한 방송은 계속 변신을 꾀하고 있다.

그뿐인가. 맛집의 유래와 음식의 역사와 문화사적 에피소드까지 곁들여 음식을 둘러싼 온갖 말잔치를 늘어놓기도 하고(tvN '수요미식회'), 유명 푸드 칼럼리스트를 리포터로 내세워 전국의 맛집을 돌아다니며 요리법과 먹는 법을 소개하기도 한다(TV조선 '죽기 전에 꼭 먹어야 할 음식 101'). 더 나아가 어떤 음식이 안전한 가, 어떻게 먹어야 효과적으로 영양을 섭취할 수 있는가, 다양한 식재료와 요리에는 어떤 효능이 있는가 등 '잘 먹고 잘 사는 법'을 보고 듣고 배우기에 여념이 없다.

음식 관련 프로그램의 연원을 따질 때마다 우선적으로 언급되는 논리는 1인당 국민소득과 연관된 가설이다. 이는 1인당 국민 소득이 2만 달러를 넘어서면 이른바 식도락을 즐길 수 있는 여유가 생긴다는 일반론에서 출발한다. 가령 일본의 경우, 1980년대부터 새로운 음식을 찾고 요리를 맛보는 프로그램이 인기를 얻기 시작했고, 버블 경제가 붕괴하고 장기 불황의 늪에 빠져든 1990년대, 소비심리가 위축된 서민들이 음식 방송을 통해 대리 만족을 얻게 되었다는 것이다. 지금도 미식가를 뜻하는 '구르메(グルメ) 프로그램'이 인기리에 제작되고 있으며, 음식에 스토리텔링 기법을 도입시킨 유명한 TV시리즈 '심야식당(深夜食堂)'이나 '고독한 미식가(孤独のグルメ)'는 현해탄을 건너 우리에게도 깊은 인상을 남긴 바 있다.

　물론 1인당 국민소득이라는 통계의 맹점에도 불구하고 한 사회의 물적 토대의 수준이 먹고사는 단순한 생존의 차원을 넘어선 다음에야, 미식에 대한 사회적 욕구가 발생할 수 있다. 하지만 유사 이래 한국 사회에서 이처럼 먹을거리에 대한 관심이 전 사회적으로 고조되고 확산된 적이 있었던가를 생각해 보면 문제는 단순하지 않다. 먹을거리와 건강에 대한 과도한 집착은 이미 신드롬을 넘어선 하나의 사회적 증후다. 니체가 갈파했듯이, 낮에도 밤에도 즐겁지 않은 우리는 늘 건강을 염려한다. 그 최후의 인간은 건강을 추앙하며 "우리는 행복을 발명했다"고 눈을 끔뻑거린다. 안전하고 맛있고 몸에 좋은 음식을 먹겠다는 원초적 본능은, 고위험 신종 감염병이 창궐하는 불안사회가 낳은 공포와 결합되어 있기도 하고, 역사의 종언 이후에 다가온 '인간의 동물화' 경향의 골자인 욕망의 퇴행 현상과 연결지어 볼 수도 있다.

식욕과 성욕의 원초성

　식욕과 성욕은 수면욕과 함께 인간의 근본적인 욕구이다. 이 중에서 식욕과 성욕 사이의 상관관계는 식욕중추가 성욕중추와 거리가 가까워 어느 한쪽의 중추가 자극을 받으면 다른 중추에 영향을 주도록 설계되어 있다는 의학적 근거가 우선적으로 거론된다. 그 예로 욕구불만이 과식을 유발하는 것을 보아서도 잘 알 수 있다는 식의 설명이 따라 붙는다. 하지만 인간은 식욕과 성욕을 단순한 중추의 작용만으로 판단할 수 있는 실험실의 흰 쥐가 아니라 복잡하고 불가해한 문화적 동물이다.

우선 먹는다는 행위가 갖는 은유는 식욕과 성욕의 고리를 연결하는 문화적 기호다. 우리말에서 성교를 뜻하는 은어인 '먹다'(혹은 먹히다)는 말이나 펠라티오(혹은 쿤닐링구스)의 뜻을 함의하고 있는 영어 eat는 이에 대한 언어적 증거라고 할 수 있다. 소세지, 바케트, 햄버거 등이 섹스 어필 광고에 활용되거나 과일의 신선함과 탐스러움을 강조하기 위해 포도나 복숭아의 한 부분을 클로즈업해 여성의 신체를 은유하는 것을 보면, 성욕이 식욕을 유발하는 문화적 상징으로 활용되고 있음을 확인할 수 있다.

요리를 소재로 한 방송들이 비정상적인 열기로 끓어오르는 현상의 근저에는, 요리와 요리를 먹는 행위를 선정적이고 자극적인 장면으로 만들어 식욕을 성욕화하는 (혹은 성욕을 식욕화하는) 동일시의 감각 논리가 숨어 있다. 다 아는 얘기를 해서 미안하지만, 메슬로우의 욕구단계설에 따르면 식욕과 성욕은 허기를 면하고 개체의 생명을 유지하는 생리적인 욕구로 단계상 최하위에 놓여 있는 욕구다.

한 사회의 구성원이 유독 먹을거리와 섹스라는 원초적 본능에 집착하는 것은, 그 다음 욕구인 안전의 욕구, 애정·소속의 욕구, 존경의 욕구, 자아실현의 욕구에 대한 심각한 불안감과 불만을 느끼고 있다는 것에 대한 반증이다. 도심이나 도시 근교를 막론하고 우후죽순 들어서 있는 러브호텔과 함께 뒤엉켜 있는 음식

점과 술집들은 우리 사회의 욕망의 풍속도를 적나라하게 보여주고 있다.

메르스와 같은 고위험 감염병과 대규모 자연재해 및 인공재해로부터 안전을 보장받지 못할 뿐만 아니라, 1인 가구의 증가와 비정규직의 확장으로 애정과 소속의 욕구를 느끼지 못하며, 사회적 존경은커녕 생존 자체가 목적이 되어 버린 현실에서 자아실현은 꿈도 꿀 수 없는 우리 사회의 자화상이기도 한 것이다. 이것은 욕구가 상위 위계로 나아가지 못하고 1차원적인 차원에 고착되는 하나의 문화적 퇴행(regression) 현상을 반영하고 있을 뿐만 아니라 억압된 욕구를 단지 보는 것만으로 대리충족하려는 비주얼 헝거(visual hunger)의 슬픈 생존 본능의 하나라고 할 수 있다.

식당에서 음식이 나오자마자 스마트폰으로 사진을 찍어 SNS에 올리기 바쁜 우리의 모습은 자신의 일상을 드러내는 것임과 동시에, 혀의 몽둥이로 자위 영상을 노출하는 것과 다르지 않다면 지나친 생각일까. 어쩌다가 우리가 이 지경이 되었을까. 혀에 쏟아 부어지는 미각적 쾌락이나 우리의 몸뚱어리에 마사지되는 성적인 쾌락에의 집착은, 말초성에 기반한 우리 사회의 일차원적 현주소를 확연하게 보여주고 있다.

부의 편제가 양극화되고 정당한 계층상승의 통로가 막혀 있는 상황에서 사회는 저성장 구조 속에서 허덕이고, 노동시장은 계약직·일용직 심지어 파견직에 이르기까지 심각한 고용불안의 상황 속에 놓여 있다. 오륙도들은 명예퇴직으로 물러나 망하기

위한 치킨집을 차리고, 청년들은 3포를 넘어 9포 세대로 나아가고 있다. 이웃 나라에서도 미래에의 희망을 모두 포기한 채 현실에 만족하며 사는, 일본판 9포 세대인 이른바 사토리(さとり) 세대가 등장해, 잉여세대의 절망이 우리만의 문제가 아님을 알려준 바 있다. 득도 혹은 깨달음의 뜻을 가지고 있는 '사토리'는 체념의 다른 이름으로 지금 우리 사회의 역설적인 상황을 잘 설명해 준다.

'죽기 전에 꼭 먹어야 할 음식 101'이라는 한 먹방 프로그램의 이름을 떠올려 본다. 죽기 전에 꼭 만나야 할 사람도 아니고, 꼭 가 봐야 할 여행지도 아니고, 꼭 봐야 할 책이나 영화도 아니고, 꼭 들어야 할 음악도 아니다. 미각 신경을 통한 말초 감각의 쾌감이 일생일대의 과업인양 소개되는 것을 어떻게 받아들여야 할까. '죽기 전에 꼭 해봐야 할 체위 101'이라는 성인방송이 곧 나올지도 모른다. 이 식욕과 성욕이라는 형이하학적 쾌락이 인생의 의미를 채워주는 형이상학의 극치인양 선전되는 모습이야 말로 먹기 위해 사는 헬조선의 생얼일지도 모른다.

'위생'의 발견

—깨끗한 나라

근대와 위생

근대하면 무엇이 연상되는가? 아마도 많은 사람들은 시커먼 연기가 솟는 공장이나 스모그가 드리운 도심의 마천루 등을 연상할 듯하다. 이러한 산업화와 도시화라는 근대의 경제적·사회적 프로젝트와 함께, 위생이라는 새로운 관념의 창출과 이에 따른 위생 제도의 수립이 근대 사회를 그 이전 사회와 구분하는 분기점이라는 사실을 생각해 볼 필요가 있다. 잘 알려진 바와 같이 근대 이전의 사람들은 잘 씻지 않았다. 당시 사람들은 물로 몸을 자주 씻는 것을 금기시하였을 뿐만 아니라, 비누와 같은 세정제도 물론 사용하지 않았다. 대신 노출이 되는 얼굴 부위는 분으로 화장을 하고 향수를 통해 체취를 커버하려 하였다. 사람들이 모여 사는 도시 공간도 청결을 위해 행정력을 동원하지 않았다. 15-16세기 유럽에서 거리의 오물을 피하기 위해 귀족들이 통굽 구두를 신었다는 사실을 떠올려 보면 중세 거리의 위생을 짐작할 수 있을 듯하다.

그런 의미에서 오물과 분뇨를 유상수거하고 처리하는 일에 국가의 행정력이 개입하기 시작한 것 자체가 근대의 상징이다. 정상과 비정상이라는 근대철학의 이분법적 토대 위에서 오물과 분뇨 등은 문명개화의 반대편에 놓여 있는 것일 뿐만 아니라 현실적으로 인구의 과밀화와 관련하여 근대도시에서 이를 효과적으로 (눈에 보이지 않는 곳에) 처리하는 것이 중요한 도시행정의 일부가 되었기 때문이다. 이와 함께 도로 및 하천 정비 사업이나 가옥 개량 등 근대적 위생의 프로젝트는 근대화와 그 궤를 함께하며 '깨끗한 나라'를 만들어 가게 된다. 이러한 근대적 위생 관념의 내면화에 따라 현대인들은 시도 때도 없이 씻고, 씻고 또 씻는 생활에 익숙해졌다. 중세인들이 세균감염이나 전염병 등에 대한 과학적 지식이 없었던 것은 사실이었겠지만, 반대로 근대인들이 가지는 청결에 대한 의식과 생활태도는 하나의 강박으로까지 치닫고 있는 형국이다. 그런 의미에서 위생의 관념이 근대인의 삶에 도입되었다는 사실에서 우리는 근대적 신체의 탄생과 관련된 하나의 장면을 목도하게 된다. 이렇게 깨끗한 우리 시대, 우리의 몸은 왜 점점 더 외부 환경에 저항력을 잃어만 가는가?

아토피와 같은 피부질환은? AI와 구제역과 같은 동물전염병은? 왜 깨끗한 나라에 이러한 병들은 시도 때도 없이 창궐하는가?

위험사회와 위생

"빈곤은 위계적이지만 스모그는 민주적이다."라는 유명한 말이 있다. 위험 앞에서 계급·국가·대륙의 구분이 무의미하며 언제나 위험은 보편적으로 잠재적으로 존재한다는 뜻으로, 『위험사회』에서 울리히 벡(Ulrich Beck)이 한, 격언과도 같은 말이다. 최근 중국과 한반도를 뒤덮고 있는 미세먼지를 생각해 보라. 지금까지 우리가 축적한 지식이나 정보로 이를 효과적으로 방어하고 있는가? 어떤 의미에서 이러한 위험은 평상적인 인간의 지각 능력을 벗어나 있고 예보 차원에서 경고가 나올 뿐이지 거의 속수무책으로 당하고 있는 것이 사실이고 보면, 이는 공장의 굴뚝을 틀어막거나 내연기관을 장착하고 있는 운송수단의 운행을 금지하지 않는 이상 대책이 없다.

이처럼 보편적인 재난 앞에서 행정은 무기력하고 개인은 결국 각자도생의 길을 모색하게 된다. 미세먼지 마스크를 착용하고 공기정화기를 작동하는 것은 물론, 옷에 묻은 먼지는 의류관리기에 넣어 터는 것도 잊지 말아야 한다. 이는 인류가 풍요로워질수록 개인에게 맡겨진 위험 요소도 증가할 수밖에 없는 근대의 아이러니 자체를 가리킨다. 더 나아가 개인은 교육·취업·결혼·고용안정·노후 등 요람에서 무덤까지 위험이 이어지는데, 이는 개인의 자율성이 증대됨과 동시에 개인이 떠맡아야 할 선택의 불안 역시 증가했기 때문이라는 것이 울리히 벡의 설명이다.

마스크 착용과 손 씻기와 같은 개인위생이 위험 사회의 최선의 보루라는 것은 재난이 일상화되어 버린 이 시대의 슬픈 자화상이다. 한치 앞을 내다볼 수 없는 불확실성의 시대를 살고 있는 우리들은 매일매일이 위기의 연속이다. '아몰랑'이라는 신조어는 단순한 책임회피가 아니라 위기가 일상화된 시대를 살아가는 사람들의 불가피한 '판단중지'를 의미하는 것은 아닐까. 제도와 시스템이 구성원을 보호하지 못할 때, 개인들은 집착적으로 위생에 매달린다. 내 몸이라도, 내 가족이라도 지켜야 한다는 생각으로, 미세먼지가 날리는 날이면 나를 위한 마스크를 착용하고 내 가족을 위한 공기청정기를 가동한다. 남들이야 어찌되건 말이다.

위생강박과 백색신화

일반적으로 오염과 세균에 대한 병적인 공포증을 가리키는 강박인 결벽증은 우리 일상 곳곳에서 나타난다. 이는 오염된 환경으로부터 스스로를 지키고자 하는 안간힘이 병적으로 발현된 것이기도 하지만 근대의 위생학이 극단적으로 고착되어 추(醜)의 카테고리로 구분된 일체의 부정성을 제거하려는 의도에 기인한 것이기도 하다. 그런 의미에서 오늘날과 같이 "순수한~" "맑은~" "깨끗한~"이 상품 담론에서 하나의 관형어처럼 따라붙었던 시대가 있었는가? 음료수도, 화장품도, 심지어 소주도 맑고 깨끗하지 않다면 팔 수 없는 시대인 것이다. 이는 1990년대를 풍미한 웰빙과 결합한 하나의 상업전략이었고, 최근 이를 대체한 힐링 담론과 연동하여 현대인의 정신성에 있어 하나의 지향처럼 강조되고 있다. 하얗고 투명하고 순수하고 깨끗하게? 이 더러운 시대의 끝자리에서 말이다.

식당에 가면 서로의 수저를 놓아주는 정겨운(?) 장면을 여기저기서 목도하게 된다. 사랑스러운 '자기'를 위해서 수저 밑에 희디흰 냅킨을 깔아놓는 것도 잊어서는 안 된다. 다중이 이용하는 식당의 식탁은 언제나 불결한 것이므로. 하지만 당신의 애인이나 가족들의 입으로 들어가는 수저 아래 깔린 냅킨이 더 더럽다면? 작은 먼지입자는 물론 형광증백제까지 범벅이 된 것이 당신들의 달링들의 수저 아래 놓여있다면? 그것이 더럽다는 생각을 하지 않은 것은 그 냅킨이 희기 때문이다. 하얀 것은 깨끗하다는 신화가 작동하고 있는 것이다. 먼지가 풀풀 나는 흰 티슈는 어떠한가? 그것도 모자라 물에 적신 티슈라니! 끈끈함까지 사라지게 만드는, 물로 씻은 듯 깨끗한 청량감을 제공하는 물티슈는 어떠한가? 언제나 강박은 더 큰 강박을 낳는다.

하얀 휴지, 하얀 속옷, 하얀 생리대, 하얀 이불……. 이 백색신화는 극단적인 사회적 이분법으로 확장되기도 한다. 이성애와 동성애, 순혈과 혼혈, 백인과 흑인, 내국인과 외국인, 국민과 난

민, 정규직과 비정규직 등의 구분이 바로 그것이다. 하나하나 그 구분의 모순을 비판한다면 아마도 현생 인류의 적나라한 야만이 그대로 드러나 수십만 권의 책으로도 다 담을 수 없을 것이다. 호모섹슈얼리티에 대한 온갖 편견과 오해들을 생각해 보라. 아직도 순혈주의에 기초한 민족담론이 당연하게 받아들여지고 있는 대한민국의 슬픈 현실을 생각해 보라. 단일민족 국가니, 8천만 겨레니, 한민족이니, 하는 담론이 깨어지지 않는 이상 우리는 진정한 다문화 사회의 일원이 될 수 없다. 이러한 민족담론이 나치 하에서 홀로코스트를 가능케 했던 인식의 뿌리다. 백인 우월주의와 같은 담론도 역시 백색신화와 연결되어 있고, 외국인에 대한 여러 가지 차별도 같은 맥락에 있다. 외국인 노동자에 항시 불법이라는 단어를 접두어처럼 붙이는 우리의 무의식을 생각해 보라! '불법 외국인 노동자'가 아니라 '미등록 이주 노동자'로 고쳐 불러야 한다는 말은 우리 사회에서 마이동풍이다. 그만 두자. 이 깨끗한 나라에서 무슨 비판이란 말인가? 비판은 부정, 부정은 추, 추는 더러움의 범주에 있다고 가르치는 깨끗한 나라, 당신들의 대한민국에서!

계급사회와 위생

앞서 인용한 "빈곤은 위계적이지만 스모그는 민주적이다."라는 울리히 벡의 말은 어쩌면 이 대목에선 수정되어야만 한다.

재난에 모두가 취약한 것은 아니기 때문이다. 가공할 미세먼지의 위험도 다음의 상식적인 사례만을 떠올려본다면, 절대 그 위험이 동질적일 수 없기 때문이다. 24시간 풀가동되는 공기청정 시스템을 갖춘 주택에 산다면? 공기정화 기능이 장착된 차량을 이용한다면? 근무환경이 유해환경과 무관한 직종이나 직급이라면?

잘 알려진 바와 같이, 봉준호 감독의 영화 〈기생충〉(2019)은 첨예한 계급의 문제를 '냄새'로 알레고리화한 서사물이다. 숨길 수 없는 계급의 냄새. 어쩔 수 없이 풍기는 '기택'과 그 가족들의 반지하 냄새. 기택의 가족이 하나하나 일자리를 접수한 '박 사장'의 집에서 사장이 제일 싫어하는 사람은 바로 "선을 넘는 사람들"인데, 그 냄새만큼은 선을 지킬 수 없다. 이 냄새야말로 '기택'네가 모두 이름이나 외양을 세탁했다 해도 결코 감출 수 없는 계급적 실체이기 때문이다. 박 사장은 기택이 선을 넘을 듯하면서도 결코 선을 넘지 않는 게 좋다고 말하지만, 같은 차에 있을 때 "오래된 무말랭이 같은, 행주 삶을 때 나는 듯한 냄새"가 불쾌하다고 말한다. 자신의 아내 '연교'가 이를 못 느꼈다고 말하자, 그는 "지하철이나 버스를 타면 나는 냄새"라고 힘주어 부연한다. 이 대사를 들은 기택의 낭패감어린 얼굴은 이 영화에서 가장 결정적인 장면이다.

그 영화를 보면서 분노하면 당신도 기생충이라고 말했던 누군가의 얼굴을 떠올리며 나 역시 느낄 수밖에 없었던 자괴감! 영화의 후반부, 박 사장 아들의 생일 파티가 벌어지고 있는 정원에, 방공호와도 같은 집 지하실에 살고 있었던 '근세'의 등장은, 박

사장이 그토록 불쾌하게 여겼던 계급적 악취의 습격이라 할 수 있다. 이윽고 근세의 몸에서 나는 지독한 지하생활자의 냄새에 얼굴을 찌푸리는 박 사장을 충동적으로 칼로 찔러버리는 기택의 행동은, 자신을 향한 계급적 경멸에 대한 무의식적 반응이었다는 점에서 나도 어쩔 수 없이 그와 같은 자리에 설 수밖에 없었다. 저 빠다 냄새 나는 새끼를 죽여 버려, 라고!

그런 의미에서 영화 〈기생충〉은 냄새라는 계급적 위생학에 대한 사회학적 보고서다. 가진 자에겐 부자의 냄새가 나고, 가난한 자에게선 빈자의 냄새가 난다. 부르디외에 따르면 이렇게 지속적으로 내장된 성향체계로서의 아비투스(habitus)는 육체적 핵시스(hexis)의 한 차원을 구성한다. 그는 '조음 스타일'에서 나타나는 계급성을 예로 들어 이를 설명한 바 있는데, 그것이 바로 이 영화에서 말하는 냄새다. 선을 넘지 않아야 한다는 것은 '유리천장(glass ceiling)' 사회를 살고 있는 우리 시대의 풍경이기도 하다. 계급 상승의 사다리가 사라져 버린 사회에선 모든 계급적 냄새는 계급의 부면에 따라 예리하게 잘려나간다. 이것이 바로 계급적 위생학의 증좌이다. 가진 자들에게 서민의 냄새는 거부와 경멸의 대상이다. 그들에게 지하생활자들은 '곱등이'이자 '기생충'이다.

그런 의미에서 이 영화는 이창동 감독의 〈버닝〉(2018)과 맞물린다. "한국에는요 비닐하우스들이 진짜 많아요. 쓸모없고 지저분해서 눈에 거슬리는 비닐하우스들. 걔네들은 다 내가 태워주길 기다리는 것 같아요."라는 '벤'의 말은, 가난한 여인들을 하나씩 유혹해 그녀들을 취하고 비닐하우스에서 살인방화를 저지르는 그의 범죄행위의 결정적 증거이다. 그 엽기적인 행위 속에는 가진 자들의 계급적 위생학이 개입되어 있고, 이 작품의 말미에서 '종수'가 그를 죽이고 그의 시신을 방화하는 것도 영화 〈기생충〉에서 기택이 박 사장을 칼로 찌르는 것과 같은 맥락에 서 있다. 가진 자들에게 빈궁은 경멸의 대상이다. 그들은 악취다. 선을 넘는 것은 죄다. 이것이 계급 사회로 고착된 우리 사회의 민낯이라면!

사회적 관계와 위생

하지만 이러한 냄새가 철저하게 휘발되어 있는 공간은 어디인가? 누구나 익명성을 기반으로 또 다른 자아를 노출시키는 공간, 거기가 바로 SNS이다. 자신이 찾은 아름다운 관광지의 풍경을 업로드하고, 맛집과 음식 사진을 올리며, 자신의 댄디한 문화생활의 단면들을 선전하는 공간! 자신의 '좋아요' 일상을 과시하고 타인의 '좋아요'로 자신을 증명하는 공간! 페이스북이나 인스타그램만 보면 대한민국은 파라다이스라고 종종 말하곤 하는 나는 이미 SNS를 끊은 지 벌써 오래다.

철학자 한병철은 자신의 책 『아름다움의 구원』에서 바로 이 '좋아요'를 '매끄러움'과 연관시키며 이것이 바로 오늘날의 긍정 사회를 체현한다고 설명한다. 이와 관련하여 한병철은 제프 쿤스(Jeff Koons)의 작품을 예로 든다. 그의 잘 알려진 〈Balloon dog〉과 같은 작품에서는 "와!"라는 감탄사밖에 얻을 수 있는 것이 없으며 그저 매끄러움이라는 쾌적한 촉각만을 전달해주기 때문에 어떤 의미나 심오함도 배제되어 있다고 말한다. 이와 관련하여 브라질리언 왁싱에서처럼 온몸에 털을 제거하고 매끄럽고 깨끗한 피부를 유지하려는 것 자체가 바로 위생강제의 한 예가 될 수 있다고 덧붙인다. 따라서 이러한 매끄러움이 일종의 위생강제이며, 더러움에 본질이 있는 '에로틱'은 종말을 고할 수밖에 없게 되는 것이다.

사회적 관계 속에서도 매끄러움은 현대 사회에서 끊임없이 요구되는 덕목(?)이다. 직장 동료와 상사 간의 매끄러운 관계는 어떤 부정이나 비판도 개입할 수 없는 긍정기계의 생활 방식이다. 부정과 비판은 거친 것이고 피곤한 것이고 더러운 것이라는 사고는 사회적 위생학을 작동시키는 정치적 무의식이다. "그 사람 젠틀해!", "그 사람 성격 쿨하다!"는 식의 말이 대인관계에서 최고의 찬사처럼 들리는 시대다. 이런 상황에서 무엇인가를 비판하려 하면, "그 사람은 늘 불평불만이야!", "그 사람은 툭하면 징징거려!"라는 말로 손쉽게 매도당하기 일쑤다.

우리를 '좋아요'로 길들이고 '좋아요'로 말하게 하는 긍정사회의 위생학! 이 과정에서 얻어지는 조직의 효율과 잉여가치는 모두 자본의 몫이 되리라. 그렇다면 나의 생각은 기생충의 철학인가? 이 깨끗한 나라에서 나는 곱등이인가? 쓸모없고 지저분한 비닐하우스인가? 이 사회에서 나는 흉측한 벌레가 되어 간다.

그들이 아무리 위생을 강조하며 자신들의 삶을 순백의 철옹성 속에서 가꾼다 할지라도, 벌레는 절대 완전히 박멸할 수 없다. 벌레는 아무리 밀어내도 계속 들어온다.

자유가 너희를 구속케 할 것이다

"무엇 때문에 불평하는 거야? 바로 네가 선택한 일이잖아."
— S. 지젝, 이현우 외 옮김, 『폭력이란 무엇인가』(난장이, 2011)

의회민주주의와 시장경제 질서를 근간으로 하는 민주주의라는 체제에 공적으로 반대하는 정치적 운동이 현재 한국사회에서 가능한 일인가? 이는 법적으로 불법일 뿐만 아니라 사회적으로는 좌경이나 종북이라는 딱지를 감수해야 한다. 더구나 지난 연대 우리의 싸움에서 대통령 직선제 등 절차적 민주주의를 확보하는 데도 수많은 사람들의 피가 그 대가로 요구되었다. 그렇다면 고작 선거와 같은 소극적 자유를 위해서 그 시간을 허비한 것인가? "아프니까 청춘"이라는 것을 가르치기 위해서, 이런 세상을 물려준 것인가. 경쟁과 변화의 회오리가 당연시될 뿐만 아니라 이를 더 가속화시키고, 이러한 흐름은 개별 기업과 조직은 물론 지역과 국가의 장벽을 넘어서 전세계를 하나의 흐름으로 연결시키고 있다. 이것이 목숨 걸고 "타는 목마름으로" 찾으려 했던 민주주의인가?

잘 알다시피, 헌법상의 자유민주주의는 "자유민주적 기본질 서"로 표현된다. 이는 "the basic free and democratic order"로 영역 되는 것으로 "liberal democracy"라는 한정적 의미와는 거리가 있 다. 특히나 학문적으로 개념이 모호하고, 그 용례에 있어 남북 대결이라는 제한적 의미에서 협착한 개념으로 사용되는 자유민 주주의가, 민주주의라는 용어를 대체하고 있는 현실은, 우리 사 회의 졸렬한 이념적 지형도를 여실하게 보여준다.

우리 사회의 한 축에서 그토록 신봉하는 자유의 실체가 대체 무엇인데, 이처럼 자유를 붙이지 못해 안달인 것인가? 그럼 우리 는 어떤 자유를 누리고 있는 것일까. 때만 되면 줄줄이 사탕으로 거리에 나붙은 인물들을 뽑기 위해 투표장으로 향하는 자유? 대한민국의 주권이 미치는 영토라면 어디라도 거주를 이전할 수 있는 자유? 자신이 갈 대학을 자신의 성적에 맞게 선택할 수 있는 자유? 정규직이든 비정규직이든 능력에 따라 자유롭게 선택할 수 있는 자유? 신용불량자가 될 수 있을 만큼 보장된 소비의 자유? 서로가 좋으면 동거를 하든 결혼을 하든 함께 살 수 있는 자유? 자녀를 몇이고 마음껏 낳을 수 있는 자유? 해고와 구속과 손해배상을 염두에 둔다면 일단은 파업에 돌입할 수 있 는 자유? 놀 수 있는 자유, 실업자가 될 수 있는 자유? 사회의 미풍양속(?)을 해치지만 않는다면 어떤 종교를 믿어도 되는 자유? 삶에 회의를 품은 자라면 언제 어디서든 죽을 수 있는 자유? "원하는 것은 무엇이든 할 수가 있고 뜻하는 것은 무엇이든 될 수가 있다"고 선전하는, 이 선택의 자유가 얼마나 은혜롭기에, 이를 떠받들고 신봉해야 하는 것일까. 이런 투의 말을 인터넷 게시판에 올린다면, 우리의 '일베'들은 이런 댓글을 달아줄 것이다. "X정은에게 가라!" '가스통 할배들'도 집 앞에 피켓을 들고 나타날지 모를 일이다.

이에 대해 우리의 친애하는 슬라보예 지젝은 이렇게 말한 바 있다. "실제로 우리가 가지고 있는 선택의 자유라는 것은 단지 우리가 억압과 착취에 동의했음을 의미하는 형식적 제스처로 기능하는 경우가 많다."(『폭력이란 무엇인가』) 나는 이 말을 신봉하고 앞으로도 이런 유(類)의 선택의 자유와 이를 둘러싼 미망에서 깨어나지 못한 자들과 싸울 것이다. 내가 제대로 알고 있는 세계의 전부라고 할 수 있는 대학의 예만 들어도 답은 명확하게 나온다. 한 강의전담교수에게 다음과 같이 물었다고 하자.

"왜 비정년트랙 교수로 일하세요?"

"그래도 강사보다는 낫잖아요." 이런 순진한 대답을 하는 사람도 있을 것이다. "누군 이렇게 있고 싶어서 있나요?" 이런 대답은 그나마 자신의 처지에 대해 자조하고 있는 사람이겠다. "비록 억울한 게 있어도 고맙게 여기고 근무하고 있습니다." 이렇게 말하는 순종형의 인간도 있을 것이고, "이 자리를 발판으로 계속 다른 대학에 지원하고 있습니다." 이렇게 자신의 능력을 믿고 있는 사람도 있을 것이다. 이상의 대답을 종합해 보면, 결국 비정 년트랙 교수가 근무조건과 급여에 있어, 정년트랙 교수에 비해 여러 가지 불합리하고 불리한 조건에 있다는 사실을 알고 들어 왔다는 사실 이외에 이들이 택한 자유란 없다는 것을 알 수 있다. "무엇 때문에 불평하는 거야? 바로 네가 선택한 일이잖아." 이러 한 힐난에 이 땅의 모든 비정규직 노동자들은 할 말을 잃는다. 이들의 선택은 불평등한 고용 조건에 이미 동의했다는 것을 의 미하므로. 우리가 말하는 자유라는 것이, 자유민주주의 사회에 서 자유라는 것이 고작 이것이다.

Q: "지방대 출신이어서 그런지 취업이 안 되네요."
A: "무엇 때문에 불평하는 거야? 바로 네가 선택한 일이잖아."

Q: "대통령이든 국회의원이든 정치인들이 하나 같이 마음에 안 들어요."
A: "무엇 때문에 불평하는 거야? 바로 네가 선택한 일이잖아."

Q: "전월세입자에 대한 횡포가 너무 심해요."
A: "무엇 때문에 불평하는 거야? 바로 네가 선택한 일이잖아."

Q: "이주노동자에 대한 임금 체불 등 불합리한 일들이 끊이지 않아요."

A: "무엇 때문에 불평하는 거야? 바로 네가 선택한 일이잖아."

Q: "우리 사회에서 장애인으로 살아가는 게 너무 힘들어요."
A: "무엇 때문에 불평하는 거야? 바로 네가 선택한 일이잖아."

Q: "성 소수자에 대한 사회적 차별이 너무 커요."
A: "무엇 때문에 불평하는 거야? 바로 네가 선택한 일이잖아."

Q: "학교에서 국문과를 폐과시키려고 해요."
A: "무엇 때문에 불평하는 거야? 바로 네가 선택한 일이잖아."

Q: "기초예술에 대한 지원이 너무 미미해요."
A: "무엇 때문에 불평하는 거야? 바로 네가 선택한 일이잖아."

Q: "강사법이 대학 강사들을 벼랑으로 내몰고 있어요."
A: "무엇 때문에 불평하는 거야? 바로 네가 선택한 일이잖아."

이 고마운 선택의 자유에 대한 Q&A는 무수하게 만들어낼 수 있다. 이처럼 자유로운 우리 세계를 어찌한단 말인가. 세계화의 은혜 속에 지역과 국가를 넘어서 온 세계에 자유가 가득하니, 이 멋진 자유를 어떻게 향유한단 말인가. 공동체의 가치와 의무보다는 자율성과 개인적 자유를 존중한다는 자유주의의 뿌리는 무엇인가? 이는 "소비자가 왕"이라고 선전하는 자본의 논리와 다를 바가 없다. 자본 시장은 절대 소비자의 편이 될 수 없으니까. 이런 노래가 있었다. 「빈 의자」(장재남, 1978). "서 있는 사람은 오시오. 나는 빈 의자. 당신의 자리가 돼 드리리다." 이 의자, 먼저 앉는 게 임자다. 앉을 의자가 있든 없든 불평하지 말고. 일단 앉은 사람은 안락한 의자든, 부서진 의자든, 심지어 전기고문 의자든, 불평하지 말고. 바로 네가 선택한 의자잖아. 이 무한한 자유의 '콩사탕'을 우리의 입에 쳐넣는 저들에게 말하리라. "나는 콩사탕이 싫어요."라고.

아포칼립스 나우Apocalypse Now[*]

사람이 미래다?

사람이 미래다, 라는 말이 모 기업 광고의 카피라면, 사람이 먼저다, 라는 말은 한 정치인의 슬로건이다. 미래든 먼저든 간에 사람을 가장 중심에 두고 생각하고 행동한다는 것일 텐데, 겉보기에 희망적으로 혹은 감동적으로 들리는 이 말은 기실 다분히 이데올로기적이다. 전자는 사람의 가치를 기업의 인재상에 꿰맞추고 있다는 측면에서, 후자는 자본과 국가 제체 안에서 사람의

---

[*] 우리말로 「지옥의 묵시록」(1979)으로 번역되었던 영화의 원제로, '지금이 종말이다'라는 뜻이다.

의미가 극히 모호하여 진의가 왜곡되거나 비일관적으로 변질될 가능성이 크다는 점에서 그렇다. 이런 모토는 여론 형성을 위한 프로파간다로 기능케 될 뿐, 실체 없는 텅 빈 기표인 경우가 다반사다. 요컨대 이는 기업의 경영이나 국가의 통치성을 작동시키기 위한 푸코 식의 담론적 장치(dispositif)로 기능한다.

하지만 자연인으로서의 인민이든, 국가의 통치권에 복종한다는 의미를 지닌 국민이든, 주권자로서의 시민이든 간에, 모든 사람이 위에서 말한 사람의 범주에 포함되지 않는다는 데 문제가 있다. 가령, "늘 원칙을 지키는 예측 가능한 사람이 믿을 수 있는 사람입니다."라는 앞서 말한 기업 광고 카피는 겉으로는 규범과 신용을 지키는 성실한 사람됨을 권면하는 듯하지만, 수많은 불확실성을 제거하고 기업 경영의 리스크를 최소화시키려는 경제적 효용성의 원리가 은밀하게 내재되어 있다. 그런 의미에서 이 기업 광고에서 말하는 사람의 범주에는, 박태순의 「외촌동」 연작이나 양귀자의 『원미동 사람들』에 등장하는, 속물성을 거침없이 드러내는 무수한 장삼이사들은 존재하지 않는다. 김수영 식으로 말하자면 "요강, 망건, 장죽, 種苗商, 장전, 구리개, 약방, 신전, 피혁점, 곰보, 애꾸, 애 못 낳는 여자, 無識쟁이, 이 無數한 反動"(김수영, 「거대한 뿌리」)은 그들이 말하는 사람 속에 없다.

사람이 먼저다, 라는 말도 곰곰 생각해 보면 바닥 없는(no floors) 유리천장(glass-ceiling) 사회에서는 한낱 구호에 지나지 않는다는 것을 대번에 알 수 있다. 최근의 노동 현장에서 발생한 비극들은 이를 분명하게 보여준다. 2018년 12월 11일 태안화력발전소 석탄 이송 컨베이어 벨트에서 작업 중 숨을 거둔 외주업체 소속 비정규직 노동자 김용균 씨, 이어 2019년 2월 20일 현대제철 당진공장에서 역시 컨베이어벨트에 끼어 사망한 외주업체 노동자의 비극은 이들이 과연 사람으로서의 최소한의 인권이나마 가지고 있었는지 의심스럽게 한다. 게다가 현대철강에서 일어난 참사는 2007년부터 12년 동안 모두 36명의 목숨을 앗아갔을 정도로 반복적으로 일어나는 사고사였다. 연평균 3명이 사망했음에도 불구하고 공장은 아무 일도 없었다는 듯 멀쩡하게 돌아갔다는 사실을 생각하면, 이들에게 노동자의 죽음이란 기계가 고장난 것에 불과했음이 분명하다. 아감벤에 따르면 모든 권력은 예외를 통해 주권을 확장한다. 모두가 같은 사람의 범주에 포함되어 있는 듯한 비식별 상태에 놓여 있지만, 사실상 이들은 '포함인 배제'의 상태 속에 방치된 존재이다. 이런 사회에서 사람이 먼저다? 지금 당신이 편안한 삶의 지위를 누리고 있다고 생각한다면, 그것은 누군가의 삶을 착즙한 결과라는 것을 명심할 필요가 있다.

계급 놀이 하세요?

신의 눈으로 인간 세상을 바라본다면 얼마나 유치하겠는가. 인종, 빈부, 성별, 나이, 종교, 정치이념, 입직(入職) 루트, 성적 지향 등으로 구획된 수많은 구분선을 따라 형성된 지배와 예속의 관계들을 보라. 세상은 기본적으로 기득권의 논리로 운영된다. 이 권리는 타자를 정상의 범주에서 배제하고자 하는 힘의 반동력에 의해 유지된다. 국가 간의 문제도 이와 다를 바 없다. 최근 결렬된 2차 북미회담을 생각해 보라. 이 회담이 성사되지 않은 것에 대해 기뻐할 이들은, 우리나라나 일본이나 미국이나 모두 우익들이다. 그들은 북이라는 적이 있어야 자신의 입지를 확보할 수 있는 족속들이다. 국내의 안보 논리와 미일의 군비 증강도 모두 북이라는 타자가 있기에 가능한 일이다. 그런 의미에서 그들은 역설적으로 비핵화나 평화라는 담론에 계속적으로 위장이라는 접두사를 앞세워 딴지를 걸어야만 한다. 그들을 우리는 '안보 기득권' 세력이라고 부른다.

누구든 자신의 기득권을 내놓지 않으려 한다. 계급의 피라미드 안에서 유리천장을 뚫고 올라갈 수 없기에 자신의 아래에 을을 만들어 갑질을 한다. 프랜차이즈라는 특정 업종을 예를 들어 미안하지만 이것은 단지 예일 뿐이다. 프랜차이즈 점주는 프랜차이즈 회사를 상대로 갑질을 할 수는 없지만 자기가 고용한 아르바이트생에게는 갑질을 할 수 있다는 얘기다. 세입점주가 건물주에게 갑질을 할 수는 없어도 자신이 고용한 비정규직원에게는 갑질을 할 수 있다는 얘기다. 비정년트랙 교수가 정년 트랙 교수에게 갑질을 할 수는 없지만 시간 강사에게는 갑질을 할 수 있다는 얘기다. 인간들이 모여 사는 세상이 거대한 '계급 놀이' 판 같다는 생각이다. 모두가 자신의 기득권을 배타적으로, 악의적으로 활용하며 자신의 지위를 유지하는 거대한 동물의 왕국.

펭귄들이 남극에서 혹한의 계절을 견디는 방법을 아는가? 그것은 다름 아닌 '집단 허그'다. 각자가 모두 까치발로 서서 얼음과 닿는 면적을 최소화한 채 거대한 무리를 이루고 서로를 껴안는다는 것이다. 하지만 놀라운 것은 가운데 서 있는 펭귄과 가장자리에 서 있는 펭귄이 끊임없이 자리를 바꾸며 모두가 골고루 서로의 체온을 나누어 가진다는 사실이다. 특정한 펭귄들만이 가장자리에서 추운 바람을 막아내는 것이 아니라 자발적으로 서로의 위치를 바꾸어가며 추운 계절을 견딘다. 과연 이들의 행위를 단지 본능이라고 치부할 수 있을까. 계급 놀이를 즐기며 온갖 사회적 위험을 끊임없이 아래로 아래로 떠밀며 살아가는 인간들의 무리에 비춰볼 때, 그들의 본능은 얼마나 위대한 것인가. 반대로 인간이 가진 본능은 얼마나 저열한 것인가.

새로운 성장 동력을 확보하지 못하는 이상, 현재 우리 사회는 구조화된 저성장의 늪에서 빠져 나갈 수 없다. 일자리는 창출되는 게 아니다. 공공 일자리를 억지로 만들어 내지 않는 한 구직난은 계속된다. 잘 살아보세, 를 외치던 개발시대의 구호는 개소리가 된 지 오래다. 이 속에서 사회는 양극화되고 부(富)는 수저론이 말해주듯이 고착화된다. 이 속에서 우리는 김수영이 시에게 말한 바와 같이 "땅주인에게는 못하고 이발쟁이에게 구청직원에게는 못하고 동회직원에게도 못하고 야경꾼에게 20원 때문에 10원 때문에 1원 때문에"(김수영, 「어느 날 古宮을 나오면서」) 개지랄을 떨며 산다. 이 거대한 계급 놀이 사회를 적시한 김수영에게 영광을, 치어스!

우리도 힘들어, 라는 말

위기담론은 항시 있어 왔다. 1980년대 경제적 호황기에도 장사를 하던 나의 어머니는 물건 값을 깎으려는 손님에게 불경기라서 안 된다고 토를 달았다. 이 정도의 말이라면 장사꾼의 어설픈 응수라고 할 수 있겠지만, 요즘 들려오는 우리도 힘들어, 라는 말은 분노를 넘어 구토를 유발한다. 이런 말은 주로 상대적으로 기득권의 자리에 앉아 있는 이들이, 자신들이 불리할 때마다 습관적으로 내뱉는 말이다.

지금이라고 전혀 다를 바 없지만, 이른바 보따리장수를 하던 시절에 한 교수가 이런 말을 한 적이 있었다. "교수 하지 마세요. 그냥 쭉 강사하세요. 그게 자유롭고 좋지. 전임, 이거 빛 좋은 개살굽니다." 순간 나는 이상한 살의를 느꼈고 쉼 없이 나불대는 그의 주둥이를 꿰매버리고 싶었다. 학령인구 감소로 대학이 심각한 위기를 맞고 있다는 것은 어제 오늘의 얘기가 아니다. 실제로 신입생 미충원 사태와 재단 비리가 겹치면서 폐교가 속출하고 있는 상황이다. 하지만 이런 위기 담론의 피해자는 넌테뉴어들과 비정규 직원들의 몫이다. 이들의 모가지를 더 죄고 길들이고 불평불만을 잠재우는 데 위기담론은 만병통치약으로 기능한다.

지난 수십 년 간 국가 경제 규모의 비약적인 성장에도 불구하고 위기담론은 노동대중을 착취하는 장치로 이용되어 왔다. IMF 사태 이후 벌어진 혹독한 구조조정과 노동시장 유연화 정책이 (쉽게 채용하고 더 쉽게 해고하는) 먹혀 들어간 것도 모두 기득권 세력이 사회 저변에 매설해 놓은 위기담론이라는 트랩이 있어 가능했다. 이는 적시적소에 맞춤형으로 위기의 지표를 터뜨리며 사회적 약자들의 입을 틀어막았다. 최근 BH 비서실장의 입에서 "민주노총이나 전교조는 더 이상 사회적 약자가 아니라고 생각합니다."(2018. 11. 06)라는 말이 공공연하게 터져 나오는 것을 보면, 이제는 위기담론을 넘어서 노골적인 억설까지 담론조작에 개입하는 형국이다. 노동자들이 모래알처럼 흩어져 있으면 약하지만 뭉치면 강해지는 것은 당연한 것. 그러니까 유니온(union)이 아닌가 말이다. 점점 기득권자들의 입은 거칠어지고, 무례해 지고, 무지해진다. 이쯤 되면 막 가자는 거지요? 사장님도 힘들고, 건물주도 힘들고, 다 힘들면 이 나라에 안 힘든 사람 있어요? 그래서 헬조선인 것이로구나!

여기서 다시 세대담론이 개입하여 청년들을 두 번 죽이는데, 그것은 바로 "내개 해봐서 아는데" 식의 말들이다. 50대를 살고 있는 386으로 지칭되는 소위 민주화 세대는 현재 주류세대의 지위를 누리고 있다. 그들은 늘 이런 식으로 말한다. "내가 대학 다닐 때는 말이지……." 그럴 때면 그 앞에 최루탄이라도 터트려 그의 추억어린 담론에 부응하고 싶어진다. 이런 말은 우리 시대 청년들에게 고문경찰관처럼 다가간다. 그래봤자 당시 그들은 취업걱정 한 번 해 본 적이 없는 세대들이다. 감방에 다녀왔다는 이력까지 훈장으로 덧붙으면 그것이야말로 화룡점정이다. 주류 세대인 그들이 고의든 미필적 고의든 세대폭력을 휘두르고 있는 장면들은 사회 곳곳에서 목격되고 있다. 그러면서도 계속 지껄이지, 우리도 힘들어, 라고.

우울한 열정

해방과 전쟁, 산업화와 민주화, IMF 사태를 두루 거치며 여기까지 왔다. 세계사적 질곡을 압축적으로 지탱하며 달려왔고, 두 번의 올림픽과 한 번의 월드컵으로 국가적인 허세도 여러 번 잡아봤다만, 남은 것은 무엇인가. 그저 사람이고 싶은 소박한 소망이 항상 유예되었다는 사실은 우리를 더욱 슬프게 한다. 사람이 아니무니다, 사람이 아니무니다, 라는 철지난 개그 코너의 유행담을 떠올려도 아픔은 가시지 않는다.

이제 이 나라는 계급사회다. "기회는 평등하고 과정은 공평하고 결과는 정의로운 상식이 통하는 나라다운 나라"를 만들겠다 했다, 했었다, 했더랬다. 하지만 지금은 글쎄올시다. 개천에서 용이 나는 사회가 아닌데, 흙수저가 금수저 되겠어요? 정규직 전환이라는 이슈는 이벤트로 인천공항을 떠난 지 오래다. 입직의 순간 계급이 정해지는 고용 신분제 사회를 수수방관하는 것을 보아도 이러한 말은 하나의 정치적 레토릭이거나 허언에 불과하다. 어디 썩어문드러진 가문의 양반 문서라도 사고 싶은 비정규직의 소망은 매번 허물어진다. 그것은 희망 고문이고 그 과정에서 충분한 착즙이 이루어진다. 여기에 아포칼립스 나우, 우리의 지옥도가 있다.

당신들이 거창하게 사람이 먼저다, 미래다, 말할 때, 나는 그저 사람이고 싶다. 일한 만큼 정당하게 받으며 살림 걱정 안하고 처자식과 소박한 저녁상에 둘러앉아 오붓하게 하루를 마감하고 싶다. 국가에서든 사회에서든 직장에서든 그냥 사람이고 싶다. 나의 이 허술한 글도 부디 초가(楚歌)가 되어 당신들만의 리그를 성가시게 하는 잡음이 되길 소망한다. 나는 당신들이 말하는 예측 가능한 사람이 믿을 수 있는 사람, 이라는 담론에 포섭될 수 없는 인간이다. 나는 당신들이 말하는 인간의 길을 거부한다! 지금-여기 진정한 문학의 자리도 바로 여기에 있다. 이는 랑시에르가 말하는 "감각의 재분할"(『정치적인 것의 가장자리』)과 맥을 같이 하는 것으로, 당신들의 담론과 질서에 딴죽을 걸고 이를 방해함으로써 당신들의 지각원칙이 뿌리내리는 것을 거부할 것이다. 파시즘이 행하는 '정치의 예술화'에 맞서 '예술의 정치화'로 나아가야 한다(「기술복제 시대의 예술작품」)는 벤야민의 오래된 말씀도 같은 맥락일 것. 이 우울한 열정이 이 시대 진정한 예술의 근기(根氣)일진저!

『시인동네』, 2013년 가을호.

지옥에서 시쓰기—김성규 시인의 시론시(詩論詩) 혹은 우는 심장

『리토피아』, 2014년 봄호.

멜랑콜리아의 시선들—유병록·류성훈·이진희의 시

『시인동네』, 2014년 가을호.

오래된 그늘

박미란 시집『그때는 아무 것도 몰랐다』해설, 문학의전당, 2014. 9.

저주의 양식 혹은 피학의 윤리학—박순호 시집『승부사』

『웹진 문화다』, 2015년 3월호.

유럽풍 샹들리에를 거부한 자의 빈 소주병

박승출 시집『거짓사제』해설, 문학의전당, 2015.

회향(廻向)의 시학—안상학 시인의 시 세계

『열린 시학』, 2015년 겨울호.

거짓 우상과 마멸의 날들—이재훈 시인의 근작시 혹은 묵시의 애가(哀歌)

『시와표현』, 2015년 11월호.

문학의 삶-되기, 삶의 문학-되기

강세환 시집『앞마당에 그가 머물다 갔다』해설, 실천문학사, 2015. 12.

오래 삭힌 슬픔으로 빚은 금빛 노래

이상호 시집『마른장마』해설, 시로여는세상, 2016. 6.

소리의 집

장시우 시집『벙어리 여가수』해설, 문학의전당, 2016. 10.

제3부 문학장場을 읽는 눈

잘 알지도 못하면서―쓰레기가 되는 삶과 우리 문학의 직무유기

『시로여는세상』, 2018년 겨울호.

닫힌 사회와 그 적들―The remix 한국문단

『시인동네』, 2014년 겨울호.

시문학 구락부 전락기―도마(Thomas)의 의심

『모:든시』, 2018년 봄호.

제4부 문화를 읽는 눈

나도 가수다, 라고 전해라―문화적 사건으로서의 '노래방'

『1990년대 복고 키워드』, 문화다북스, 2017. 1.

먹방·쿡방, 욕망의 포르노화

『웹진 문화다』, 2012년 2월호.

'위생'의 발견―깨끗한 나라

『포지션』, 2019년 가을호.

자유가 너희를 구속케 할 것이다

『웹진 문화다』, 2014년 4월호.

아포칼립스 나우(Apocalypse Now)

『문예바다』, 2019년 여름호.